無自覚な天才少女は気付かない 1

mujikakuna tensaisyoujoha kidukanai

～あらゆる分野で努力しても家族が全く褒めてくれないので、家出して冒険者になりました～

まきぶろ
illustration
狂zip

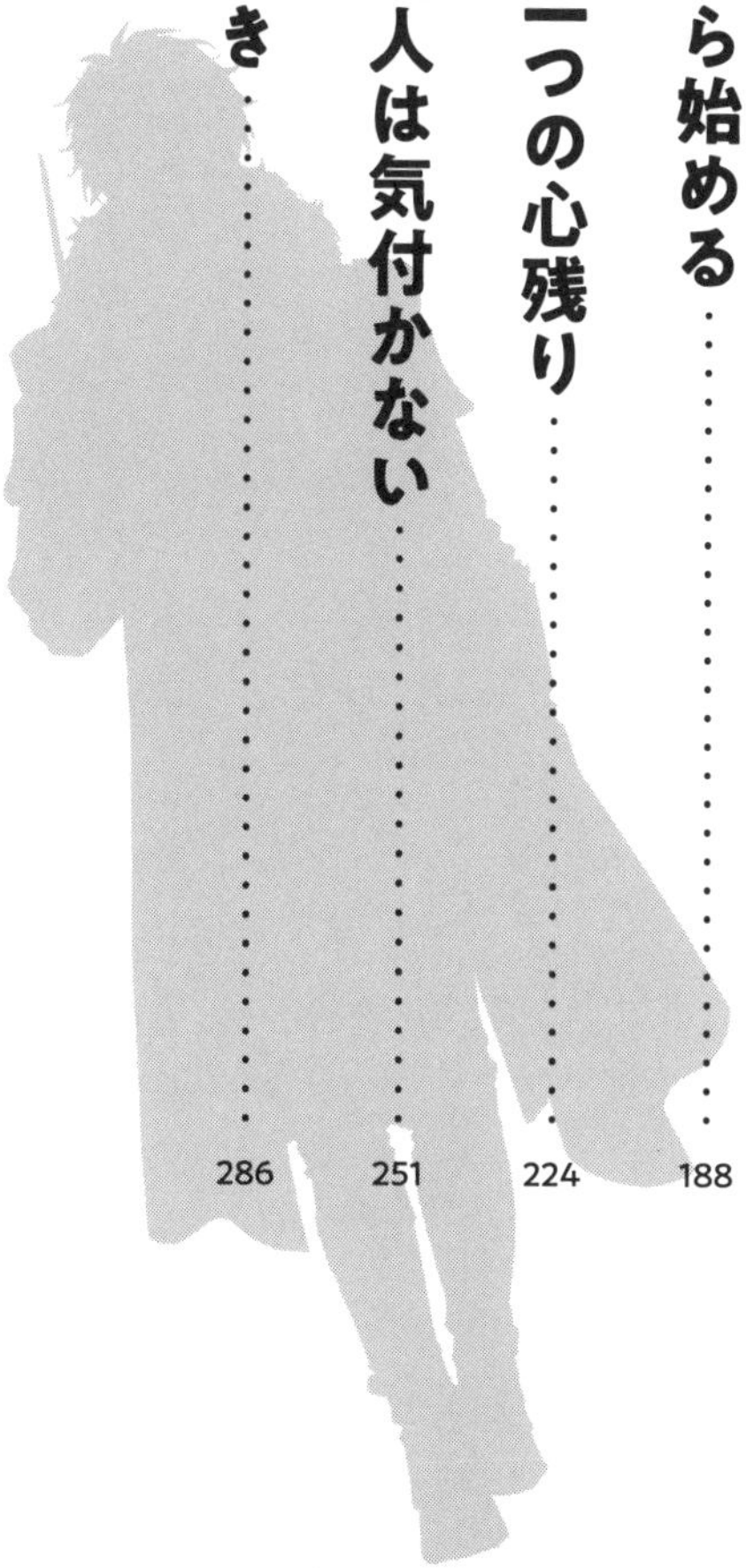

プローグ

「……ああ、皆さまのその目」

リアナと名乗る冒険者は、美しい銀髪をふわりと揺らして周りに目を向けた。その細腕で街道をゴロゴロ引いてきた台車に山と積んだ倒れ伏した男達から視線を外して、ひきつった顔をしている男を正面から見つめる。

「私……また何かやってしまったのでしょうか？」

無垢な疑問を口にする幼な子のように、わずかに首をかしげる。その表情も仕草も、老若男女関わらず魅了するほどに可愛らしい。天使のように美しい顔《かんばせ》を持つ彼女がそうして不安げに佇む姿は、一般的な冒険者の装備に身を包んでいても少しも魅力を損なわない。

むしろ女性にしては長身だがほっそりとした華奢な体とボーイッシュな短髪と合わせて、危うげでアンバランスな愛らしさを生み出していた。

その姿からは、男が十人ほど山積みされた台車をどうして牽引しているのかなどまったく推測できない。

「今度は何がいけなかったのでしょうか」

「何かというか……なあ？」

正面に立っていた男がため息を吐きながら頭をかく。その横に立っていた女性が彼の袖をつついて「ギルドマスター！」と叱咤を飛ばした。言ってやってくれとその瞳が言っている。

「リアナ君……これをまた、一人で片付けたのか……？」

「はい」

「さすがと言うべきか、いくらなんでもそこまでとは思っていなかったと言うべきか……複数パーティーの合同依頼を想定していたのに、一人で受けた時はまさかと思ったのに」

「いいえ、何も特別な事はしていません。捜し出した隠れ家を強襲して捕らえただけですから」

完璧で優雅な笑みを浮かべた少女は、謙遜ではなく心からそう思っている様子だった。

大通り、冒険者ギルドの前に出来た人集りの中心に立つリアナは誇る事も照れる事も無い。

「依頼を出してからまだ三日だぞ……？　アジトも見つかってなかったのに、一体どうやったんだ」

「ごく普通に、目撃証言のあった、街道沿いの三十七箇所に対人の追跡魔法を仕掛けただけですけど……ああ、取り逃がしが心配でしたか？　ご安心を。拠点を突き止めた後は丸一日かけて監視しましたし、一度忍び込んで拠点内に残っている魔力痕跡と人数が一致する事を確かめてから捕らえましたので誰一人逃したりはしてません」

何でもないと言うようにさらりと言ってのけたリアナのその言葉に周囲がざわめく。冒険者ギルドも全て把握できていなかった盗賊の目撃証言をどのように得たのか、諜報の専門訓練を受けていたのか、魔物と区別できる対人の追跡魔法を三十七箇所も同時に展開出来るなんて魔術師としても一流だと確信して。

その上拠点に踏み込んで、人数などの情報を持ち帰るどころか一人でこの依頼を解決してしまうとは。

さすがリンデメンの街で今一番と評判の冒険者リアナであると誰かが感嘆を漏らすと、その賛辞を耳にしたリアナは自分の功績を否定した。

「いいえ」

「私は何も称賛に値する事はしていませんけど……。えっと、これぐらい普通に出来て当然なのでは……？　今回追跡魔法を含めて私が使ったのは少し魔法を学んだものなら誰でも扱えるものだけですし、専門の戦闘訓練を受けていないごろつきに勝つ事だって、何も特別難しい事ではないでしょう？　同じことが出来る人はたくさんいると思います。褒めてもらえるような事は何も……その言葉は本当に優秀な方に捧げてください」

その自称「優秀ではない」リアナ本人に否定されて、そのリアナの足元にすら及ばないと自覚のある、周囲にいた一般的な冒険者達の多くが内心で膝を折って天を仰いだ。

普通の魔法使いは視認すらできないような広範囲に三十七箇所も魔法を展開出来ないし、対人に指定して拠点まで追跡するような高度な使い方ならなおさら。そりゃあ追跡魔法自体は一般的だけど、と周りは言葉を飲み込む。

情報を収集して、忍び込んで残留魔力を分析して、人数と照合するなんて憲兵の専門調査機関の人間しかできないような事までしている。その上戦闘にも長けていて、奇襲とはいえこの人数を一方的に負かせて捕らえているというのにそれを「何でもない」と……。

確かにひとつひとつを箇条書きするとそれぞれそこまで珍しい話ではないだろう。しかし同じレベルで使いこなせる人が一体どれほどいるだろうか。その上、まったく別系統の技術を、ここまで多岐にわたって習得している希少性については一切気付いていない。

本人に謙遜のつもりが無く、自分と同じことが出来る人はたくさんいる、心からそう思っているためタチが悪い。ならそれすら出来ない我々は一体何なんだと、称賛する街の人間に交じって行き場のない怒りにいら立つ者もいる。若い才能を褒めたたえる声に交じることなく、面白くなさそうな顔をした数人がその場から目を背けて離れようとしていた。

「いやぁ、それを大したことが無いって言えちゃうんだからすごいよねぇ」

台車に積まれた悪党どもを見物に集まっていた観客の輪をするりと抜けて、長身の男がギルドマスターと冒険者リアナを取り持つように間に立つ。

リアナが彼を見上げて「フレドさん」と名を呼ぶと、長い前髪で目元はほぼ見えないが安心させるように唇が笑っていた。

「鍛えたのがすごい人だったから、いつまで経っても自分に対してもめっちゃ厳しいんだよねぇ。俺も見習わなきゃな～」

「たしかに、お前はちょっと楽天的すぎるな」

ひどい、と大げさに嘆いて見せる男を中心に笑いが起きて、観衆の意識は依頼を完璧にこなしたのに謙遜をしていたリアナではなく、リアナと親し気に言葉を交わす黒髪の男に移る。一言二言野次馬と楽し気に応答をしながら、背中にさりげなく庇われたリアナは、英雄の凱旋に押し寄せる民衆にもみくちゃにされる事なく無事に冒険者ギルド内に逃げ込めた。

「あの、ごめんなさ……ありがとうございます。また騒ぎにしちゃったのを助けてもらって」

「お礼を言われるほどの事はしてないよ。リアナちゃんのすごさがまた予想外だっただけ……もう大概の事では驚かないと思ってたけど……リアナちゃんの才能はほんと底知れないなぁ」

「普通に、誰でも使えるレベルの初級魔法を工夫して使って……地形を利用して一対一になるよう計算して、確実に勝てる戦闘をしただけだったんですけど……」

「もうそれが出来るのは普通じゃないんだよねぇ」

その言葉が余程意外だったのか、リアナは猫のように大きな目をわずかに見開いて思案する様子を見せる。初級魔法の組み合わせであそこまでのことをやってのけて、大勢の動きを予測してコントロールして一対一に持ち込み、ただ倒すだけでなくその全員を生きたまま、大きな傷を負わせず捕縛するなんて余程の実力差が無いと出来ない。そんな事は「普通の人」には不可能だなんて全く思っていないのが分かる反応に、フレドは思わず苦笑した。

「帰ってきたって先にアンナさんに伝えとくね。ギルドに報告終わる頃にはちょっと豪華な晩御飯が出来てるから楽しみにしてて」

周りの冒険者からの目を避けるように、依頼の報告をするためにと個室に案内されるリアナに労いの声をかけてフレドはまだ人のごった返すギルドの外へと出て行った。耳目の的となったリアナがギルドの中に無事入れるかを心配してくれただけで、それ以外に用は無いらしく晩餐の材料を求めに市場のある方角に向かって行く。

「……また、失敗して迷惑かけちゃった。あのくらいなら出来て当然って、家族には言われてただろうけど……私、今回も何か間違えてたのね」

畏怖と嫌悪と羨望のないまぜになった視線をリアナの背中に向ける者には、自分を戒めるようにリアナが小さく呟いた言葉は届かなかった。

第一話　不可視の愛情

リアナが家族のもとでリリアーヌ・カーク・アジェットとして過ごしていた頃。

彼女は「あの」有名なアジェット公爵家の末娘として社交界中の貴族に知られていた。

一族揃って神に愛されたようなあふれる才能の輝きの中でもさらに彼女は一際人の口にのぼった。

輝く銀髪に、人形のような整った容姿だからではない。いやそれも目を引く要因ではあるが、一族、両親の才能を受け継いだ兄姉と同じように、いや十五歳にしてすでに各専門家と並んで名を知られる寵児だった。

貴族の通う学園では当然のように首席、武にも恵まれ、同年代では魔法も剣も彼女に勝てるものはいない。魔術専門誌に掲載された論文を書いたのは学園入学前だという。錬金術では特許を複数取得しており、その自身が開発した商品を主に取り扱う商店の経営も大成功、近々五店舗目を出店するという話だ。

それでいてさらに芸術の女神にも愛された彼女は、絵画や彫刻、歌やいくつかの楽器の腕も素晴らしいと評判だ。古代神話を翻訳し、自分で編纂し、自ら挿絵も付けて一般国民の親しみやすい形として出版した絵本がベストセラーになったのは去年の話なのでペンネームである「アネット・

J」としてご存じの方も多いだろう。

外国に向けた翻訳版も、語学の才能も持つアネット・J本人が手掛けたのは有名な話だ。

当然彼女の才能が花開いたのは様々な分野のエキスパートの揃う家庭環境に恵まれていたのも大きいが、本人がそれだけ優秀だったのだと誰もが認めていた。


「勝者、リリアーヌ・カーク・アジェット！」

天覧でもあるこの剣術大会は騎士を目指す若手の登竜門として有名である。

その決勝、一瞬置いて沸き上がった大歓声の満ちる闘技場の中心、ほんの少し乱れた息を吐きだしたリリアーヌが対戦相手の喉に突き付けていた細剣レイピアをおろした。

「さすがだな、リリアーヌ。また君には勝てなかったよ」

「過分なお褒めの言葉、ありがとう存じます」

凛々しい騎士服で隠しきれないほっそりとした、女性らしい華奢な体が丁寧に礼をとる。王子であるライノルドに対する臣下の礼ではなく、それは対戦相手に感謝する騎士の姿だ。

ライノルドは悔しさを飲み込んで精一杯の笑顔を勝者に向けた。決勝戦で勝利を手にしたというのにリリアーヌの美しい髪は一筋の乱れもない。

中性的な美しさのあるリリアーヌのこの姿は男装の麗人として貴族令嬢すら熱を上げており、観客席にはリリアーヌの瞳の色である菫《すみれ》色のハンカチなどを手に握って観戦していた令嬢までいた。

彼女達はご贔屓の優勝に、涙ぐんで喜んでいるようだった。

「殿下、お疲れ様でございました」

「ウィルフレッド、君の妹は強いな」

闘技場の舞台から下がると、石造りの通路の手前に近衛騎士のウィルフレッドが控えていた。リリアーヌの次兄にあたる彼は二十にしてこの国での最強の名を与えられている武の天才で、武芸においてのリリアーヌの師匠でもある。

騎士であるウィルフレッドは本日の剣術大会の参加者ではなく、大会の警備責任者だ。当然、かつて参加者だった時はウィルフレッドが毎年優勝者として表彰されていたのを知らない者は軍部にいない。

ライノルドは自身の指南役でもあるウィルフレッドに、悔しさを隠して王子として模範的な笑みを向けて勝者をたたえた。

「過ぎた言葉でございます、……リリアーヌ、また体力配分を間違えたな？　勝ちに急いで剣筋が雑になっていた」

「申し訳ございません」

「あの一太刀が決まらなければ劣勢になっていただろう。俺はそのような一か八かの剣を教えた覚えはない」

体力、腕力で単純に男のライノルドより劣るリリアーヌが勝つには技術を磨き速攻をかけるしかない。ライノルドも自分なりに鍛錬して今日の剣術大会に臨み、実際他の参加者には自分の成長を実感しつつ勝ち進んだ。リリアーヌはさらにその上を行って剣筋が速くなっていたわけだが、それが雑だったかどうかなんて気付いてすらいないのに。

少しの居心地の悪さを感じながら、ライノルドはウィルフレッドが妹に指摘する言葉を聞き流していた。いつもの事だと知っていたからだ。

「今日の反省を帰宅後に行う。鍛錬所で準備して待っているように」

「かしこまりました、お兄様」

まるで上官とその部下のようなやり取りを終えて、リリアーヌはライノルドに今度は臣下として礼をしてからその場を辞した。この後は簡素だが表彰式がある、そのために身嗜みを整える必要があるが女性であるリリアーヌは控室がある場所が離れているためだ。

リリアーヌの姿が見えなくなったころ、ウィルフレッドの顔がだらしなく崩れて「殿下、うちのリリアーヌはさすがでしょう」と機嫌よく口に出した。そこに、近々「剣聖」の名を戴くのでは……と噂される硬派の武人の姿は無い。

「いやぁ本当に、今度は私もいい試合ができるのではと思ったがダメだったよ」

「まったく、そんなことではうちの可愛いリリを嫁にやる事は出来ませんよ」

「分かっている。でも強くなったと褒めてくれたじゃないか」

「殿下が強くなった分、リリも成長するわけですから。差が縮まっていないという事ですな」

「お前が私と婚約させたくないと、わざと私が勝てないようにリリアーヌを鍛えてるのかと勘ぐってしまう」

「それもありますが、でもなんたってうちのリリは天才ですからね」

手放しに妹を褒めるウィルフレッドの姿に、ライノルドは苦笑した。悔しくはあるが、妬みや嫉みは感じない。彼女が天才なのは誰もが知っている。何もしないでも婚約が決まっていたであろう二人だが、「何か一つでもリリアーヌに勝ってからプロポーズしたい」とアジェット公爵家当主、コーネリアスに、ライノルド王子が談判したのは社交界で有名な話だ。

見目麗しい王子と完璧な天才少女の勝負については自分の思いが本人に伝わるのを恐れた王子によって緘口令が敷かれていたはずだが、それから十年、貴族では知らない者が誰もいないようなほほえましい話になっている。

故にこの年でまだライノルドに婚約者はいないが、噂話として平民にまで広まる今は誰一人としてその空席を心配していない。王子がリリアーヌに何かしらで勝つ日はいつだと皆が注目し、その初勝利を待ち望んでくれている。

ライノルドはそれをくすぐったく感じているが、祝ってくれる人が多いのは良いことだと考えていた。リリアーヌ本人の意思も無視しないように、折を見て好意もきちんと伝えていた。リリアーヌも自分を憎からず思っているのは確信しているが、自分が不甲斐ないせいで待たせてしまっている。

決してライノルドは劣っているわけではない。むしろ同年代の中では優秀で、非の打ちどころのない王子だと評判だ。ただリリアーヌがさらにその上を行くだけで。

もうこれはプライドや矜持の問題ではなく、意地になっているのではとライノルド自身も思う事がある。でも幼い日の自分が誓った言葉をたがえることはしたくない。リリアーヌに関して妥協はしないと決めていたのだ。

次にリリアーヌと競い合えるのは何だったかと、予定表を頭の中でめくったライノルドは魔物討伐を兼ねた学園の狩猟日を思い浮かべており、剣術大会で二位を勝ち取った誉は頭の中のどこにもなかった。


「おかえりなさい、リリアーヌ」

剣術大会のトロフィーを侍女に預けたリリアーヌの元に、玄関ホールで自分を見下ろすアジェット公爵夫人、ジョセフィーヌが現れる。子供が六人いるとは思えないほど若々しく美しい、華のような人がそこにいた。社交界のボスとも呼ばれるが、かつて伯爵令嬢だった時は歌姫として国外でも活躍していた。音楽の庭の神が嫉妬する才能だと言われた歌はこの年でも衰えることなく、むしろ艶が出て魅力が増したという声すらある。

リリアーヌとは姉妹と言っても通用しそうなジョセフィーヌは、しかし公爵夫人らしい威厳をまとって末娘を出迎えた。

「お母様。……ただ今帰りました」

母親に向けるにしては礼儀作法に則りすぎた完璧な淑女としての挨拶であったが、騎士服に身を包んでいるためスカートをつまんだカーテシーではない。しかしその完璧な笑顔と優雅なふるまいは凛々しい装いなのに誰よりも淑女らしい。

ふわりとかぐわしい香りがしそうな空気にホールで出迎えていた使用人達は内心で小さくため息

を漏らしていた。

「また男性に交じって大会に出ていたそうね？」

「はい」

「リリアーヌは女の子なのに、困ったわねぇ」

「申し訳ありません」

剣術大会で優勝するだけの者なら、じゃあこれを命令したウィルフレッド本人にそう言ってくれと反論でもしそうなものだが、リリアーヌは粛々と頭を下げる。優勝したのだと成果を誇ることもなく、指南役であるウィルフレッドがそう指示したからだと弁明をすることもない。

トロフィーを受け取った、リリアーヌ付きの侍女のアンナがぐっと息を呑む。

「乱暴な事ばかりじゃなくて、ピアノの練習もちゃんとしてるの？」

「はい、お母様」

「んーん、ダメよ。昨日サロンで弾いていたけど運指に気を取られていて情感を込めるべきところでもたついていたわ。音楽には毎日触れないとダメよ？」

「かしこまりました。……ウィルフレッドお兄様の帰宅後にご指南いただくことになっているので、それまでピアノに向かいます」

「まぁ、まだ剣を振るの……？　はぁ……傷が残るようなことはやめて頂戴ね」

「かしこまりました」

けだるげな空気を醸し出しながら、美しい顔《かんばせ》に憂いを滲ませたジョセフィーヌはゆったりした足取りで玄関ホールを後にした。

　傷が残るかどうかは武術の指南役のウィルフレッド次第なのだが、事実だとしてもそう伝える事をしなかったリリアーヌは頭を下げてそれを見送る事しかしない。


「リリアーヌ、おかえり」

「……コーネリアお姉様、ただ今戻りました」

　ピアノに向かう前に一度騎士服を着替えようと自室に戻るところだったリリアーヌは、アジェット家の次女、コーネリアに呼び止められて足を止めた。

　その手には、昨日リリアーヌがコーネリアに提出した魔道具の仕様書がある。常に眠そうな目をしているこの少女はリリアーヌと並ぶと姉と妹を間違えそうな小柄な女性だが、この若さで国外でも有名になっている数々の発明をした、稀代の魔女と名高い錬金術の天才だ。

「これ。仕様書通りに動かしたいなら魔導回路の設計が甘い。理想環境でしかこの数字出ないから」

「はい、申し訳ありません」

「もう少し実際に使えるもの作ろうか、リリアーヌ」

　たとえばここ、と立ったまま解説を始めたコーネリアの手元を真剣な目で覗き込む。特徴的で、天才ゆえに感覚的な話し方をする、常人では理解が難しいコーネリアの言葉に、まだ学園では習っていない高度な内容の次元でリリアーヌは食らいつくように付いていっていた。

「再提出は今週中に」

「かしこまりました、コーネリアお姉様」

仕様への書き込みで真っ赤になった書面を受け取ったリリアーヌは、自室の机にそれを置くと騎士服を着替えるのを諦めてサロンに向かった。ウィルフレッドが勤務を終えて帰宅するまでと考えると練習時間はあまり残っていないと判断したためだったが、騎士の姿のままピアノを奏でていたのをジョセフィーヌに見咎められ、また注意を受けてしまうのだった。


「リリアーヌはもう寝てしまったのか？」

プライベートフロアのサロンにやってきたアジェット公爵家の主、コーネリアスが長男のジェルマンに声をかけた。王太子の執務室で側近を務め、次世代の財務大臣との呼び声も高い息子が、同じく激務とは言え自分よりほんの少しだけ早く帰宅していたのを知っていたからだ。

「私が帰宅した時には部屋の明かりが落ちていたからとっくに寝てると思いますよ」

残念そうにそう告げるジェルマンに、公爵も眉を下げる。公爵は、国軍元帥として城で過ごす部屋を与えられているというのに家族の顔を見るために出来るだけ家に帰りたがる愛妻家で子煩悩な御仁だと有名だった。

繁忙期となっているせいで二日ぶりの帰宅になったが、どうやら一番の目的は叶わなかったらしいと察した家令が気の毒そうに壁際で控えたまま苦笑いをする。

「また今日もうちのお姫様にはおやすみすら言えなかった」

大げさに、がっくり肩を落として見せた父の姿に、ジェルマンを含めたその場にいた家族は笑った。

「私ももう三日もリリと会話ができていません。王太子の付き添いの剣術大会で、あの凜々しくも可愛い姿を遠目に見ただけで」

「私に比べればまだマシだろう。陛下がこき使うせいで毎日家に帰る事すらできないなんて」

末娘に会えないと嘆く二人を前に、ジョセフィーヌはその社交界の華と呼ばれる、見惚れるような笑顔を向ける。

「可哀そうだわぁ、二人とも。夜が遅いせいで、まだリリの練習を聞けないなんて」

「母上、うらやましくなるので自慢はおやめください」

「最近また腕を上げたのよ！　あの年であの譜面をあそこまで正確に奏でられる奏者なんて他にいないんじゃないかしら。あそこにさらに情感が込められたら……ああ！　年末の感謝祭が楽しみだわ」

「自慢はやめてくださいと言ったじゃないですか！」

「兄さん、元気出して」

「コーネリア……」

「まぁ、私はリリと魔道具の設計について有意義な時間を過ごしたけど」

「お前も自慢か」

やれやれと言ったようにジェルマンは首を振る。

「ここのところ剣術大会前の追い込みだと言ってリリはウィルフレッドに独占されてたと思ったら、開発中の魔道具のブラッシュアップでコーネリアに取られそうだな」

「無駄に独り占め、してるわけじゃない。必要な事。リリがせっかく開発する魔道具に、ケチつける奴が絶対出て欲しくないだけ」

「そんなこと言って、開発会議だって口実にリリとお茶でも飲みながら楽しい時間を過ごしてるんじゃないか？」

「そんなことしてない。厳しくしてるもん。リリが店を出す時に経営を補佐するって名目で構いに行ってた自分の自己紹介？　兄さんこそ経済の講義だって言いつつ、甘やかしてるんじゃないの？」

「私は甘やかしてなんかいない」

にらみ合ったままバチバチと火花を散らす二番目と三番目に、あらあらと困った顔をしたジョセフィーヌが仲裁する。

「二人とも、リリの取り合いをしないの」

「俺は母さんこそリリを甘やかしてそうで心配だが」

「あら、私は音楽に関しては身内びいきはしないと決めてるのよ！」

「兄弟の中で唯一音楽の才能があるからと、リリをいつもベタ褒めしてる方の言葉ですからね……いまひとつ信憑性が」

「ウィルフレッドこそ、少しでも一緒に過ごす時間を作りたいからって、いい加減リリに武術を仕込むのはやめなさい。護身ならもう十分でしょう、リリが怪我したらどうするの」

「俺が教える時は十分に注意してますし、何よりあの才能なんですよ？　性別を理由に取り上げるなんて時代遅れだ」

「じゃあ他の人が教えるんでもいいのかしら？」

「ダメだそんな！　……いや、俺が教えたいからではなくて、可愛いリリに騎士とはいえ男を近づけるのは……」

　言い訳をするウィルフレッドの姿に、兄姉は「仕方がない奴め」という顔をする。

「アルフォンス、昼夜逆転してるお前はリリと生活サイクルがずれてるくせに余裕だな。お前もリリとしばらく口を利いてないいんじゃないのか？」

「ん？　俺はね、明日の朝にリリの新作を添削指導することになってるから。その時たっぷりリリを摂取できるからいいんだよ」

「まったく、お前も自慢か……稀代の小説家Ａ・Ａが手ずから文章を指導するなんて、お前のファンが聞いたら嫉妬の嵐が吹き荒れるな」

「いやいや、アネット・Ｊのファンとしてこれは俺の趣味でやってるんだよ」

「それよりも、お前がリリの起床時間に合わせて起きられるのか？」

「大丈夫、実はさっき起きたところでね。このまま朝まで執筆と、リリの新作を読んで校正も入れるつもりだから」

「不健康な奴め」

長男が嫉妬半分で弟をいじる横で、国内で最強の魔導士と呼ばれる公爵閣下は寂しそうに、「リリが魔法の指南を受けたがるような用事は何かないか？」と家令に確認をしていた。

「まぁでもアンジェリカよりは恵まれてるだろう。なんたって私は同じ屋敷で暮らしているわけだからな……」

「いや、アンジェリカは王太子妃としてリリにまた肖像画の依頼を出してたからしばらく定期的にリリを独り占めするんじゃないかな」

「なんだって？　そんなもの、リリに会う口実じゃないかどう見ても！　おのれ職権乱用しおって……」

「まぁでも、リリは実際あの年で王宮のお抱え絵師に並ぶような絵が描けるんだからすごいよ」

「いいや、それもあるが口実に決まってるだろう！　第一絵ならアンジェリカが自分で描けばいいいじゃないか！　もちろんリリの描いた絵はアンジェリカの作品にも迫るような素晴らしいものだが……」

「それはそうだけど」

画家として、海外にも出店する大人気ブランドを立ち上げたデザイナーとしても有名な王太子妃。その長女と勝るとも劣らないと言葉を尽くして賛辞を贈り、盛大に末っ子を可愛がる父の言葉に、その妻と子供達は微笑ましいものを見る目を向けた。

第二話　人は見えないものに気付けない

「リリアーヌお嬢様、おはようございます」

カーテンが開いて朝日が差し込む室内にアンナの声が明るく響く。そのほっとするような笑顔に私も自然と笑顔を浮かべていた。

「おはよう、アンナ」

そのままアンナに朝の身支度を世話されながら一旦訓練用の簡素な服に着替える。もうすぐ学園の狩猟会があるので、今朝からは剣術と時間配分を交代して攻撃魔法の軽い慣らしも始める予定だった。

勘が鈍らないように、剣術も休むわけにはいかない。ただでさえウィルフレッドお兄様に一言すら褒めていただけるレベルに達していないので、せめて現状維持はしないと。

……昨日はもしかして褒めていただけるんじゃないかと思っていた。女性が優勝するのはあの剣術大会の歴史上初めての事だから。

でも剣筋が雑だったと指摘されて、褒めてもらえるのではと付けあがっていた自分が恥ずかしくなった。時間が経つほど体力に差のある私は不利になると、確かに勝ちを急いでいた。ライノルド殿下に勝つためにと精密さを犠牲にして速攻をかけたあの一撃は正直指摘された通りにギリギリだった。殿下の一撃が私が知っているものより重くなっていたから、あれは運も味方した。

人と比較してどうこうではない、私はまた、期待に応えられるような事が出来なかったのだ。剣術大会だけではなく、ピアノも、仕様書に載せた魔導回路でも。

褒めてもらえるようなレベルに達していなかった、それだけ。

朝食をとってそのままアルフォンスお兄様の部屋に向かう。鍛錬の前に、先日提出した次の絵本の草稿を添削してもらった校正をいただくことになっている。

「ねぇ、リリアーヌ。この主人公は貧しい生まれながら正義感の溢れる、読者が応援したくなるような少女だって設定だよね？」

「……はい、お兄様」

「それにしては、ここの……主人公のポーラが親のいない子供に食べ物を恵むシーンで、可哀そうだと思った次の瞬間にすぐ渡しているよね」

アルフォンスお兄様の指が示した一節に私も視線を向ける。主人公の少女がつらい境遇にめげずに優しさを忘れず頑張る中で妖精と出会い、その優しさを愛した妖精が様々に力を貸してくれて周りの人も一緒に幸せになる話。その冒頭の方で主人公のポーラの貧しさとその中でも他人に向ける優しさを持った素敵な女の子だと描写するためのエピソードだった。

「自身も貧しいという苦しみというか、葛藤が感じられないんだよね。空腹の厳しさを知っているからこそ、我が身も案じる。しかしそれを上回る優しさがあるからこそ分け与える、そんな背景が見えないんだ。まぁ、文学に正解は無いから間違っているわけじゃないけどね。絵本だから文字数削りたかった？　でも可哀そうにと感じた、だから一切躊躇なく施しを与える、これでは衣食住に苦労していないみたいだと僕は思ったんだけど、リリアーヌはどう思う？」

「……指摘されるまで思いもしませんでしたが、確かに私も、少し逡巡する様子を描いた方が貧しい境遇を考えると読む人に現実感があると思わせられるし、『それなのに見知らぬ人に食べ物を差し出せる』とポーラの優しさが際立つと感じました。文字数については本に仕立てる時のデザインにもよりますけど、ページ数的には余裕があるはずなので描写を加えたいと思います」

「そうか。うん。第二稿でどうなっているか楽しみだよ。ああ、あとここも。中盤に出てくる妖精の価値観についての描写とちょっと矛盾するよね。いやまぁ、そのくらい気まぐれなのが妖精だってことでもいいんだけど」

「いえ、ここは。あの、矛盾に今気づいたのでここも修正します」

推敲はしたつもりだったが、言われて気付くことが多すぎて情けなくなる。

昨日コーネリアお姉様に返された魔導回路も至らないところばかりだった。今指導していただいたこの次に刷る絵本の原稿も、それと同じかそれ以上に真っ赤になっている。

「ご指導いただきありがとうございました」

私は頭を下げて部屋を出ると、校正の入った原稿を部屋に置いて家族が使う鍛錬所に向かった。

……と言っても利用するのはお父様とウィルフレッドお兄様だけだが。

練習とはいえ攻撃魔法を使うのに、引きずって気がそぞろになってはいけない。頭を切り替えないと。

「今日はリリアーヌも魔術訓練をするのか」

「はい。学園の狩猟会が控えていますので」

王都のタウンハウスで魔術訓練を行うため、城で使われているのと同じ、お父様の構築した結界が張られている訓練用のスペースで攻撃魔法のコントロールを確認するために軽い威力のものをいくつか撃っているとお父様がやってきた。出仕用の、魔導士塔のローブを着ているのでお仕事前なのだろう。

今は冬の前だから、各地の魔物の活動が活発化しているのでお顔を見たのは数日ぶりだった。学園の狩猟会も魔物の討伐を兼ねている、そのくらい魔物を減らす手がこの時期は必要とされている。お父様のような本職の方達しか倒せないような魔物に専念していただくために、雑魚の数を減らすのも重要だ。人里に出たら低級の魔物も十分脅威になる。

「久しぶりに訓練を付けてやろう。……本物の魔物と想定してやってみなさい」

「かしこまりました」

お父様が指で指し示した鍛錬所の端に、的としてだろう、小さな光が浮かんだ。

狩猟は、向かい合って審判の合図で始める対人戦とは根本から違う。気配を絶って自分の間合いまで近づいて、獲物の意識の外から一撃で狩り取る。

気付かれて魔物と戦うような失態は命取りだ。よほどの使い手でも、あえて魔物と対峙して戦うような愚かな真似は普通しない。

魔法も使う対人の試合では魔法の展開速度が何より大事になる。フェイントなどの頭脳戦も必要だが。

対魔物で必要なのは急所を狙う精密操作と、魔物を仕留めるための威力。狩猟を想定しての事なら獲物をなるべく綺麗に残す事も考えないとならない。もちろん安全に仕留める事が最優先なので通常はどこに当たっても大体致命傷になる胴体を狙う事が多いが、お父様の出したあの的の大きさを考えると眼球か首を想定しているのだろう。

内臓と同じく、いやそれ以上に眼球も錬金術の素材としては貴重品として扱われるので、ならば首と想定した一撃を放とう。

自分の中の魔力が周囲に漏れて獲物に気付かれないように体内に圧縮する。限界まで力を込めて練った魔術をお父様の浮かべた的の中心に向ける。

警戒心の強い魔物ですら気付けないと自信を持って言える魔力を消した隠密状態から、自分の最大威力を込めた会心の一撃を私は放つ。芯を捉えた。

……が、狙いは外れていなかったけれど当たる直前で減衰して的を揺らす事すらできなかった。

「あ……」

「本物の魔物と想定してと言っただろう。足元に魔物の根を想定した魔力を巡らせていたのに気付かなかったようだな」

言われてから、地面の下に魔力探知を行った。……っ、……あの的の真下を中心に張り巡らされている。確かに。

……本物の魔物を想定したと言うなら……狩猟会を行う森に発生する可能性のある魔物を考えると、ドライアドだろう。

ドライアドならば獲物の首を狙うつもりで私が放った、一般的に使われる風属性の攻撃魔法はほとんど役に立たない。私の一撃も、魔力で硬化した樹皮に阻まれて確かに届かなかっただろう。

それにドライアドならば、あれは的じゃなくて「核」を模していたのだ。魔物植物の希少素材にあたる……的として狙うのではなくて、あの的を抉り出すように、ドライアドの魔力で硬化した樹皮を貫ける火属性の攻撃魔法を使って的の周囲を破壊するのが正解だった。

私は自分の失敗を悟って拳を握りしめる。

「気付いたようだな。……ドライアドは確かにレーメンの森に出現するのは稀な魔物だが、一切考慮せずとも良いほどではない。実際の狩猟会ではゆめゆめ油断しないように」

「はい……申し訳ございません、気を引き締めます」

「アジェットの者として、怪我を負うような無様な真似はしてくれるなよ」

「承知しました」

悔しい、情けない。また満足していただけるような姿を何もお見せ出来なかった。

頭を下げてご指導いただいた事に感謝を告げると、お父様は出仕の時間になったと城へ向かった。

出勤前の貴重なお時間をいただいたのに……きっとお父様は私があの的がドライアドを想定しているのに気付いて、相応しい対処が出来ると期待してくださっていたのに。私はそれに応えられなかった。

お父様のいなくなった鍛錬所の隅で、汗を拭うためのタオルに水を滲ませて顔を覆った。不甲斐ない自分の悔し涙が誰にも見られないように。

「お嬢様……どうか、そんなにご自分を追い詰めないでください。絵本のために書いていたお話だってアルフォンス様がご指摘される前から十分主人公のポーラが優しい事は伝わりましたし、今だって、実際は目で見てドライアドか血の通う魔物か分かった上で魔法を使うのですから、ドライアドに風属性の魔法を使う事など無いではありませんか……」

けど、気遣わしげに声をかけてきたアンナの声に、彼女にはバレているのが分かってしまった。そう指摘せずにただ寄り添って、慰めの言葉をかけてくれる優しさに何度救われただろう。

「いいえ、でも、本物の魔物と想定して探知魔法を使っていたら気付けていたわ」

「そんな……！」

アンナの言いたいことは分かる。いくら実践を想定したと言っても鍛錬の場でまで探知魔法を使う人はいない。普通は。

私だって、ここが実際に狩猟会の森だったら足を踏み入れる最初から探知魔法を常に発動させていただろう。

けど全て終わった後から言っても仕方がない。

「私は、出来なきゃいけなかったの。家族の誰にも褒めてもらえないのも、当然ね……」

「そんな事、ないです……リリアーヌお嬢様は私の知ってる人の中で、一番すごい人です！」

「でもお父様やお母様や、お兄様やお姉様達が私の歳の時にはもっと上にいたわ」

「お嬢様は、それだけじゃなくて色々な分野で成果を出しているじゃないですか！　私は……お嬢様はすでに十分に頑張ってらっしゃるし、実際成果も出してると思います……！」

「うん、ありがとうアンナ……」

じわりとにじむ程度で堪えていたのに、アンナの声に涙が交じったせいで私も決壊したようにこぼれてしまいそうだった。

アンナが私の家族に、私の知らないところで「リリアーヌお嬢様にどうか、何かたたえるお言葉をかけていただけませんか」と訴え出てくれていたのを知っている。

貴族家の出とはいえ、男爵家の四女で十歳からずっと奉公している家に……彼女がどんなに勇気を出してくれただろう。

もちろん私もただ悲しんで「いつか認めてくれるはず」と嘆くだけではなく、「一言でいいから褒めて欲しい」と願った事がある。いや十歳頃から毎年誕生日、家族に何が欲しいと聞かれてそのたびに物はいらないからと私を褒める言葉をねだっていた。

一年に一度だけ、今年はこんなに頑張ったからこの一年分を褒めて欲しい、と。

けどアンナの懇願も、私のお願いも叶わなかった。認めるような成果があったら考えようとその度に、家族皆にそれぞれ言われて、現に褒めていただけない私はそれに値するような成果が出せていないのだろう。

仕方ない……仕方ないのだ、私が期待に応えられないから、これは仕方がない事なんだ。

物心ついてから今まで、お母様にもお父様にも、お兄様とお姉様達にも褒めてもらった事がないのは私が至らないせい。

自分の家族が皆互いにたたえあっているのをどんなに羨ましく見てきただろう。私だけ、私だけ褒めてもらえない。でも私が悪いの、褒めてもらえないのは私のせい。まだ足りない。

だから、これはきっと、「私だから褒めてもらえない」わけじゃない。違う、私は家族に嫌われてなんかいない。

「褒めて……褒めてよぉ、私こんなに、頑張ってるのに……一番になったのに、……どうして」

こんな醜い私欲から出た言葉なんてアンナにも聞かせられない。顔に押し付けたタオルの中に溶かし込むように、ほんの小声で呟いた。

「何故……なんで、ご家族の皆様はリリアーヌお嬢様だけに厳しいんですか……っ！　私じゃ、私の言葉じゃ足りない……届かないのに、どうして……」

嗚咽を我慢しているだけの私には、同じように声を堪えて歯を食いしばるアンナの嘆きは届かなかった。

目標があって頑張ってる人はすごいし、うらやましい。私は「褒められたいから」って低俗な動機しかないのに。

ああ、でももしいつか褒めてもらえたら。私は何をして生きていけばいいのだろう。褒めて欲しいってそれ以外に考えたことがないから、手に入れたら私はどうなってしまうのか。空っぽになってしまうかもしれない。

もう、意地とかそんな可愛い言葉じゃなくて、自分でも執念のように感じる。お母様に、お父様に、褒めてもらえたら。褒めてもらえるような何かが出来たらきっとその時は自分の事が好きになれると思うの。

褒められたい、褒めてもらいたい、すごいねって、私が必要な存在だって言って欲しい。

「お嬢様、学園に着きました」

「……私、寝てたのね」

心配そうに私を見つめるアンナの目が不安気に揺れる。

「昨日もお休みが遅くなりましたから……」

「そうね……うん、今日はなるべく早くベッドに入れるようにするわ」

そう言って、私は何か言いたげなアンナを無視して送迎用の魔導車を降りた。ご学友の令嬢達に声をかけて教室まで向かう途中で私に憧れているとキラキラした瞳を向けてくれる……主に年下の女生徒達が視界に入る。

学園祭の劇で王子の役を私がやってからどうも根拠のない噂が生まれてそれだけ独り歩きしているらしくて。私は自分の噂を聞いて「それ、誰？」って何度も思った。

演技の才能もあったのかと王都の劇団の関係者から称賛されたなんて話はもし本当なら悪い気はしないけど。ふふ。でも、ご家族とも仲が良くて、アジェット公爵家の方は皆リリアーヌ様をベタ褒めしてて仲が良くて素敵だなんて。これは私にとってはとってもつらい作り話だった。

私がそれを聞いて何を思ったかを知ったら幻滅されてしまうだろう。だから訂正する気はない。あの子達の心の中だけでも「家族から愛されるリリアーヌ」が存在するなら素敵だと思うの。

現実の私はそんなに素晴らしい存在ではない。他にも求婚者が次から次へと現れて公爵は断りの手紙を書くのに大忙しだなんて噂もあったけど、現実での私は求婚どころか異性とデートに行ったことすらないのに。

近年は政略結婚も時代遅れだと言われるようになったけど、我が家の規模からすると私に許嫁や婚約者すらいないのはやっぱり不自然に思う。だってお兄様、お姉様達には決まった方達が小さいころから誰かしらいたもの。親や家の仕事の関係上、どうしても「縁づいて問題がないかどうか」はやはり懸念されるから仕方ないし。

昔のように結婚相手まで決められるという訳ではなく、その縁づいて問題ないお家の子と互いに何度か会わせて相性が良さそうな組み合わせを探すような感じのもの。なので幼馴染の縁《えにし》の中から複数カップルが生まれることになるのが高位貴族では一般的だ。

まぁ、私にはいないのだけど。うんと小さいころ、それこそ四つとか五つのころは自分と同じくらい小さい子達のいる場に連れて行ってもらった記憶がある。そこで何人か……遊んだり楽しくしゃべったり、友達のような存在もいた気がするけど幼すぎて名前も顔ももう覚えていない。

幼馴染にさせようと周りの大人が場を整えたのなら同じ派閥の貴族の子供なのは間違いない。お母様に聞けば分かるだろうが、そんな小さいころのほんの少しの交流をもとに友人面されたら彼女、彼らも戸惑うだろうから当然そんな事をするつもりはないが。

気が付いたら、私が交流するのは兄姉とライノルド殿下だけになっていた。幼いころの私はそれが普通の貴族令嬢の過ごし方ではないというのをよく分かってなかったのだ。普通は同年代の友人という存在がいるらしいと初めて正式な茶会に出席した時に他人同士の会話を聞いて察した。

私も正式ではない茶会にはデビュー前にもたくさん出ていたが、それはほとんど家族に連れられてのもので。大人の他には少し上の兄姉の年代しかいなくて、呼ばれた家族のオマケということで皆様には良くしていただいたけど……今思うとあれは兄姉の友人宅での茶会だったのだろう。

でも同じ子供とひとくくりにされても、一番近いアルフォンスお兄様も四つ上だった。子供で四歳差というと対等な友達になるのは難しい。

お呼ばれしたお家に私と同年代の子供が居たら友人になれたのかもしれないが、それもなく。兄姉の友人には弟や妹がいる人もいたのに、何故かその方達のお家への招待には連れて行っていただく機会はそう言えば無かった。

家庭教師からの教育は気が付いたら神童と呼ばれる兄姉達が同席し、いつしか直接教わるようになっていた。私が学んでいた事は今でもそうだが多岐にわたっていたため、殿下からのお呼び出しがある時と兄姉かお母様の茶会についていく以外は何かを勉強していた記憶しかない。

そうして茶会への公的なデビューの時にはすでに同年代の子供達の友人関係がほとんど構築されてしまっていたのだ。

もちろんアジェット家の娘という事でないがしろにされたことなんて無いし、学園に入学してからできたお友達の皆様も良くしてくれるけど、幼いころからの友人同士の間にはやっぱりどうしても入り込めずに一歩引いてしまう。

私にとっての幼馴染というか幼いころから唯一定期的に顔を合わせていたのはライノルド殿下だけだが、噂されるような親しい関係ではない、それだけは本人である私は誰より正しく分かっている。

お友達はデートだと言っていたが、あれは殿下の言う通り城下街や市民の遊楽地へのお忍びでの査察でしかない。何より殿下は私といる時に目も合わせようとしないし愛想笑いすらしないから。

普段人前で周りや私に向ける笑顔も社交用の余所行きだが。

私も小説の中でしか知らないけど、あれらは絶対にデートなんて素敵なものではないと思う。お忍びにふさわしい、周りから見て分かるような護衛を付けなくても済む令嬢だったからとかそんな理由だろう。

では幼馴染でないなら正しい呼び名は何かと聞かれても私にもよく分からない。

「なぜライノルド殿下は私を毎回夜会でパートナーにするの？」と、お母様やお父様を含めた周りの大人に聞いてもはぐらかされて正しい理由は教えてもらえなかった。だって婚約者か許嫁でもない限り周りにそんな人いなかったから。

自分で考えてみなさい、と言われて自分なりに当時の王家と周りの家の婚約関係と噂などから推理したら「都合が良かったから」という結論になった。

同年代の令嬢で派閥などの関係から王家に嫁げる者は残っていない、ライノルド殿下には婚約者にと望む令嬢がいるという話も事実だときちんと裏付けもとったし。

集めた情報から考えた結果、そのお相手は五年前から国内が緊張状態にあるニュアル国の一の姫で間違いないと思う。

第一、彼女が過去こちらの国に滞在した時に私は本人の口からライノルド殿下との婚約を整えに来たと話を聞いているし。あれは私が十歳のころだからライノルド殿下は十一歳で、一の姫は十二歳か。今から五年前だ。

しかしニュアル国では当時から反王家組織が国内でテロ行為を繰り返しており、内戦がいつ始まるかもしれないと王族の婚約を結ぶのは様子を見るしかなかったのではないか。

現在のライノルド殿下はニュアル国の騒動の鎮静化に未だ学生の身ながら尽力している。ご本人も成果を出したらプロポーズして婚約を結ぶのだと私に言っていた。

つまり私は一の姫にプロポーズするまでに夜会などでパートナーをいちいち探さずに済むので都合が良かったからそうされているのだろう。はとこだが血縁でもあるし。

周りの大人がはぐらかしたはずね、本人にこれを言うのははばかられたから言葉を濁すしかなかったのでしょう。私はそのように納得した。

この微妙な国際問題も関わる婚約事情を周りに説明するわけにもいかず、私は学園などではライノルド殿下の「婚約者候補」という扱いになっている。

その設定の中では、どうやら私があんまりにいろんな分野で目立とうとでしゃばるせいで、殿下は嫌気が差して正式な婚約者にはせず候補で留め置かれているんだそうだ。なんとも親切な、お父様の敵対派閥のお家の令嬢がそう教えてくれたわ。ふふ、そうだとしたらとってもくだらない話ね。

その場にいた私のお友達は「ドリス侯爵令嬢はライノルド殿下を昔からお慕いしていた人ですから……気にしたらダメですよ」と言ってくれたけど、隣にいるってだけで嫉妬に巻き込まれるなんて損な役回りだわ。殿下の想い人は国外にいるわよって喉のここまで出かかったもの。

……今日は放課後に城に上がって、王太子妃であるアンジェリカお姉様の肖像画を描く日だ。当然一日では仕上がらないのでしばらくは定期的に城に上がることになる。あの有名なデザイナーでもあり偉大なアーティストである『アンジェリカ』に直接指導をしていただけるなんて私はとても恵まれているとよく羨まれる。

でも私にとっては「アンジェリカお姉様」でしかないのだ。

だから、精一杯頑張らないと。頑張って、今日は私の大好きな家族に、お姉様に、褒めてもらいたいから。

アンジェリカお姉様という天才からしたらやはりとても拙いのだろう。自分でも自覚はしている。正確に見たままを描けるだけで迫るものが何も無い。

学生の中でのコンクールでは入賞しているが、技術的には私には劣っていても芸術として私の作品より優れたものを作る人は他にもいるから。

アンジェリカお姉様は、当時から技術も誰より優れていた上に既にプロのアーティストと並ぶような作品を次々作り上げていた。

十歳離れているアンジェリカお姉様は画材の匂いのする部屋でキャンバスに向かっている姿が一

番記憶に残っている。褒められたいだけでアンジェリカお姉様を超えたいと思ってすらいないのも飢餓感が無いと言われるのだろうか。

アンジェリカお姉様は表現として、何か創作をする事がイコール「生きる」と感じるような人。心から芸術が好きだと伝わる、描かずにいられないんだと湧き出るような情熱を感じた。私にはないもの。

私は褒められたくてやっている。表現したいものがあるわけじゃない。

「私はリリアーヌお嬢様が好きだから、どうしても贔屓目で……描いた絵も一番素晴らしいって思っちゃうので」

そう言ってくれるのはアンナだけだ。

こんな邪な気持ちで作った作品を手放しで褒めてくれて、いつも少し救われた気がしている。はっきり万人にとっての順位が存在するものではないからこそそう言ってもらえるのが嬉しい。

それでも今日指導を受けながら描いた絵もお褒めいただけるような出来にはならなかった。

アンジェリカお姉様の「お上手に描こうとしてるだけで何も心を打つものがない」という言葉はその通り過ぎて悲しみすら感じない。だって私にはどこがどうして悪いのかも分からないから。

「もっと作品を見てセンスを磨かないと。経験と知識が蓄積した中からしか人は選択肢が持てないのよ」

「かしこまりました。精進いたします」

学園の往復の時間は休憩にあてていて、今日みたいに寝てしまう事も多かったけど画集を眺める事にしようかと私は心の中で思った。

　ぼんやりとしていると、話があると通された部屋にお父様もいるのに気付く。ご挨拶をした後に、ティーセットの用意された席に私とアンジェリカお姉様も着いた。

　話題は私が今日描いた絵について、侍従の方がキャンバスを持ってきてくださるとお父様が「なかなか上手く描けてるんじゃないか？」と口にする。

「ダメね、まったくお父様ってば貴族のくせに芸術センスが全然無いんだから。このレベルの作品を買ったりしたら陰で笑われるわよ。分からないなら変に評価しようとしないで」

「アンジェリカこそ、自分には魔法の才能がまったく無いくせにリリアーヌの魔術について無責任な事を言っていただろう」

「私にとっては出来ない事だと思ったからそう口にしただけじゃない」

「まぁ、部外者から見たらそう思うのかもしれないな。……リリアーヌ、分かってない者の言葉は真に受けるなよ」

「……はい、承知しております、お父様」

「まぁ、失礼なお父様」

　これは褒めたうちには入らないのは分かっている。だからこれを真に受けて増長するなと言いたいのだろう。

　安心していただきたい。一番の専門家本人に否定されておいて、芸術に関して素人のお父様の感想が正しいなんて都合の良い事を信じるつもりはないから。

一般的に見たらそこそこ見られる絵が描けてるのかもしれないがアーティストである『アンジェリカ』にとっては評価に値するものではないような作品なのは分かっている。魔術も、使えない人から見たら使えるだけですごいと感じる、それだけの話だ。真に受けたりしない。

クスクスと笑うアンジェリカお姉様の声を聞きながら、全てにおいて至らない自分の不甲斐なさを恥じる。この場にいるのは肉親だが、私の体から緊張感が消えなかった。そもそも「家族団欒」というものも、私はよく分からない。記憶の中を探っても家族とはそれぞれの専門分野についてこうしてご指導を受ける事がほとんどで、日常的な会話はあまりなかったから。

家族としてティータイムを過ごしているこの部屋は、肉親と過ごすプライベートなエリアのものなのに教師の前で縮こまる生徒のような気分だった。

ここにかかっているのはもちろんアンジェリカお姉様の絵で、一人目として生まれた王子が二歳になった記念に王太子様と並んで描いたものだ。

幸せそうな家族。描かれているのは一番小さい姿なのに、王子に真っ先に目がいく。溢れるような光を感じるけど眩しくはない、教会の聖母を前にした時のような、跪いて愛を乞う気持ちが湧く絵だった。

ああ描いた人の想いが伝わるというのはこんなものを言うのだろうなと改めて実感して、私も想いを込めた絵が描けたら家族は私の事を褒めたくなるかな、なんて考えてみた。

「それで、義妹になる子が……ニナだっけ？　今日到着するのよね。落ち着いたら城にも連れてきてね」

「……え？」

義妹、とは？

何の事だと本気で首を傾げる私に、アンジェリカお姉様は面白そうに笑った。

「遠縁の子よ、十四歳になっていきなり強めの光魔法が発現したから、その保護を兼ねてるんでしょう？　リリアーヌと同じ学園に通うって聞いてるけど……？」

「いいえ……何も、私は何も……聞いてません……」

「やだ、もううちの末っ子ちゃんは……いきなり下が出来るからって拗ねてるの？　かわい……」

「本当に、何も聞いていないのです。……お父様、何の話ですか？」

私がどうやらふざけているのではないと察したアンジェリカお姉様が言葉を途中で切った。

気まずげに、ティーカップをゆっくり傾けながらお父様に視線を向けている。

「……聞いて……いなかったか？　家の事はジョセフィーヌに任せているからてっきり……」

「いつから決まっていたお話だったのですか？」

「地方で力を確認されて……保護されたのは一月半前と聞いている」

「そうでしたの……お母様もお忙しかったのでしょうね。それで、私はどのように振る舞えば良いのでしょうか」

聞いていない、どうして何でと癇癪を気持ちのままに表に出せるほど幼くはなかった。伝え忘れられていたのは何が理由だったとしても悲しさしか感じないが、起きた事はしかたがない。

義妹となるニナという少女が今日やってくるのは決まっているのに、急に聞いて動揺してしまっているのは私の都合だ。

慣れない環境で一番不安なのは彼女なのだから……。

「没落しかけの男爵家でほぼ平民と変わらない暮らしをしていた娘でな。遠縁と言っても血のつながりもほとんど無くて……王宮の貴族年鑑の管理をしている部署の調べから、陛下よりの通達で保護できる力のある我が家に受け入れることになった」

「光属性は貴重ですものね」

頭では分かっているフリをしているけど、やっぱりダメだ。一人だけ知らなかったショックがおさまらない。他の家族は皆知っていたらしい口振りなのに。

今すぐ一人になって、言葉にできない気持ちのままに叫びたいくらいだ。

「連絡がうまくいってなかったようだな。まぁ急になってしまったが、リリアーヌも問題無いな？」

「はい、お父様。私にも妹ができる事、大変嬉しく思います」

頭の中はぐちゃぐちゃになっているけど、頑張ったのにやっぱり褒めてもらえなかったと心の中だけで泣きじゃくって隠しているのはいつもの事なので お二人に向けた笑顔に不自然なところは無かったと思う。

良かった。いつも期待に応えられない情けない娘で妹だから、ここで自分の感情のままに嘆いて見せたりしたらきっともっと失望されてしまう。

今日はお父様と二人で、出仕にお使いの魔導車で屋敷に帰る。いつもより更に口数が少ないお父様に生返事を返しながら、新しくできる妹について想いを巡らせていた。

元々平民と同じような暮らしをしていて、いきなり保護だと言えど家族と離されて公爵家に連れてこられてしまいかなり戸惑っているだろう。

急な事で私の感情は荒れ狂っているが、その新しく家族となる彼女に対して悪い気持ちは何もない。何か力になれたらいいなと漠然と考えていた。

そうね……お母様とお父様も、お兄様お姉様達も素晴らしい方達だけど妥協を許さない厳しい所をお持ちだから……専門家としては一流だけど、これから学び始める子には少しつらいかもしれない。

きっと学ぶ事も急に変わって大変だろう、初めて姉になるのだし、せめて私だけはたくさん褒めてあげたいと思った。

「連絡の行き違いがあったことに怒っているのかい？　リリアーヌ」

「いいえ、お父様もお母様もお忙しかったのでしょう、それよりも私がニナさんと義理とはいえ家族として過ごすために留意する事はございますか？」

「ん？　まぁ……そうだな、出来たら妹と姉として仲良くなってくれればとは思うが……」

「かしこまりました。まずはお友達になれるようにはげんでみますね」

光属性持ちは貴族に迎え入れられて、やはりどこかしらの貴族と縁付くことが多い。魔法の才能は両親、特に女親からの遺伝が強く関係する。婚約者のいない令息本人もその親もたくさんの目が集まるだろう。その中には本人の意思を無視する人達も多い。

今回のように後見となった家は、そういった手から、生まれたての魔法使いを守る役割もある。そのため希少な光属性などは貴族ならどこでも後見できるわけではない。国から指名されたのは誉なことだ。それくらい私だって理解しているから、一か月前に聞いていればこんなにモヤモヤした気分にならなくて済んだのに。

玄関ホールに入ると、聞き覚えのない女の子の楽しそうな声が二階から降ってきた。おそらくこの声の主が私の妹になる子なのだろう。

家族が過ごすフロアのサロンに入ると、普段家で過ごすことの多いコーネリアお姉様とアルフォンスお兄様に加えてウィルフレッドお兄様とジェルマンお兄様も揃っていた。

お母様の隣に、肩を強張らせて座っている彼女がニナさんだろう。

私とお父様が帰宅した前触れを受けていたらしいお母様が、彼女を立たせて優しく「ほら、今やった通りに自己紹介してごらんなさい」と促した。

お母様が教師役だった、マナーについて厳しく教わった覚えしかない私はほんの少し違和感を覚える。

まだ名乗られていないし、正式に紹介もされていないから私から声をかけるわけにはいかないけれど、とっても可愛らしいお嬢さんだった。肩までの長さの栗色のふわっとした髪の毛に、ヘーゼル色の温かみのある瞳。

彼女は恐々と立ち上がると、ほんの少しふらついた。毛足の長い絨毯に足を取られたのか、ヒールのついた靴に慣れていないのか。その両方だろう。

「お、おはつにお目にかかります。この度光魔法を授かりまして、アジェット家に迎え入れていただきました……ニナと申します」

挨拶の口上の後におそるおそる、と言った様子で腰を落とす。平民が挨拶でやるような首から上だけ倒すお辞儀がクセで出てしまったのだろうか、略式とはいえきちんとしたカーテシーにはならずペコリと頭も下げてしまっている。どうやら没落しかけの男爵家で、ほぼ平民のような暮らしをしていたという話はその言葉の通りだったらしい。

でも体幹はしっかりしている、思ったより深くまで腰を落としていた。

しかし口上もつっかえていたし、音楽だけでなくマナーの授業も同じだけ厳しかったお母様は雨《あめ》霰《あられ》のように指摘をするだろう、と思った私はその後にフォローの言葉をかけるつもりでいた。

幼いころの私も、まったく経験のない状況での振舞い方や挨拶を「まずはやってみなさい」と言われては手探りで自分で考えて。その後は……指摘されてないポイントの方が少ないというくらいにたくさんダメ出しをされたから。

けれど。

「そうね。初めてにしてはとっても筋がいいわ」

「ほ、本当ですか？　公爵夫人……あっ、えっと、お義母さま……？」

「ふふ、そうね。もちろん直すべき所はたくさんあるけど、貴女は呑み込みが早いからきっとすぐに素敵なレディになれるわね」

「わあっ……嬉しいです、ありがとうございます、わたし頑張りますね！」

「そうね、貴族令嬢になるのだから、もう少し声のボリュームを落とすべきかしら」

「あっ……すいません、エヘへ……」

え……？

はにかむように笑う少女に向かい合ってほほ笑む女性は、本当に私のお母様なのだろうか。

見ている光景が信じられずに私は社交用の微笑のまま固まって息すら忘れてしまう。

私は……一回も、本当にただの一回すら褒められた事がないのに。どうして？　どうして？　言われたことが出来るようになった時も、コンクールで一番になった時も……。

それなのに、今日家族になったばかりの血もつながってない子が、私の目の前で、拙い挨拶を披露した、ただそれだけで……どうして。

手のひらを重ねて一番優雅に見える姿勢で立っていた、その手の陰で痛いくらいに制服の裾を握りしめる。血の気が引いたように背中と指が冷たくなって、耳鳴りがして、自分の吐息がざらざら鼓膜に響いて意識が遠のきそうになる。

空っぽの胃から何かがこみ上げて、私は自分の手の甲を強くつねってどうにか押しとどめた。

どうして、なんで、私は褒めてくれないのにその子は褒めるの？

叫び出しそうになるのを必死で抑えて、紹介に与った後見の家の娘としての最適を舌に乗せる。

「……アジェット家が三女、リリアーヌです。ご家族と急に離れて寂しいでしょうけど、これからはぜひ本当の姉と思っていただければ嬉しいのですが……よければニナと呼んでもいいかしら？　ぜひ、私の事も姉と呼んでいただければ」

家族として迎える前提のかしこまりすぎない言葉を選んであえて略式の挨拶を返す。親族同士でやるもので、これで相手を家族扱いしているという返答になる。

挨拶の言葉もふるまいも、私は何一つ間違っていないと思った。だけど……。

「う、っ……！」

突然、つらそうにうめき声を漏らすとニナさんは俯いてしまった。

「……っ、おい、リリアーヌ……話聞いてなかったのか？」

「な、何をですか……？」

私が一人事情を分かっていない。アルフォンスお兄様の言葉で、何か事情があったらしい彼女の傷に私が意図せず触れてしまった事だけは理解した。

「いえっ……いいんです、皆さん配慮してくださると思い込んでたあたしが悪いんです……いきなりだったから、ちょっと不意打ちで思い出しちゃっただけで……ごめんなさい！　空気を悪くしちゃって……」

「無理しなくていいのよ？　ごめんなさいね、リリアーヌが」

「いえ、いいんです、こんなに素敵なご家族に囲まれていたリリアーヌ様には、家族に虐げられて暮らしてたあたしみたいな存在なんて、知らなかったんだと思います」

その言葉で背景を大体理解した。あまり恵まれた家庭でとは言えない生活を送っていたのだろう事と、私の無遠慮な一言でそれを思い出してしまった事が。大変申し訳ないことをしてしまった。

けど言い訳させてもらうなら、そんな事ちっとも知らなかったのだ。希少な光使いの保護のため養子を迎えると知ったのも今日の話だったのに。

「ご、ごめんなさい、本当に……わざとではなかったの、ニナさんの事情について知らなくて……」

「はい、大丈夫です。平民がいきなり妹になるって言われても受け入れにくいし、細かい話なんてわざわざ覚えていられませんよね」

「そんなつもりは……！」

義理の妹との初対面は最悪なものになってしまって、委縮する彼女に申し訳なくなった私は晩餐の席を体調不良を理由にして辞退した。これ以上私のせいで悪くなった空気の中にいるのに耐えられなくて逃げたとも言うけど。

本来は家族揃って歓迎を示すべきだったと思うが、謝罪しても恐縮されるばかりで、「今日はもうこれ以上押しかけないほうが良いだろう」と思ってしまったのだ。……これから少しずつ誤解を解いていけるといいのだけど。

学園に通うと聞いているから、これから私が一番長い時間を過ごすことになる。機会は多いと前向きに思いたい。

「ねぇ、ニナちゃんのこと、リリアーヌには伝わっていなかったようね。わたくしもお父様も、行き違いがあっててっきりとっくに伝えてあると思い込んでたみたいなの。ごめんなさいね、リリアーヌ」

「いいえ、私は謝罪されるような事は何も。ただ、私がニナさんのご家庭の事情を知らないせいで傷付けてしまったのが申し訳ないと思って、それだけ気がかりなだけで」

複雑な事情があるなら教えておいて欲しいと、お父様に車の中で留意する事柄について聞いたのに。他の家族の間ではすでに最重要項目としてとっくに周知されていて私に忠告するという事すら浮かばなかったのだろうか。

晩餐が終わった時間にお母様の部屋に呼び出されて私の顔を窺うようにそんな話をされた。私が聞かされていなかったのは分かってもらえたようだが、なんだか、私がまるで……知らない子が妹になるなんてとふてくされているみたいではないか。それともお母様の中では私はそのような反応をする娘だと思われているのだろうか。

しかし結果的に彼女の触れて欲しくない事を口にした私が叱られるだけならまだしも、心の傷がある少女を迎え入れる家としては随分不用心ではないかと文句を言いたくなってしまう。意図せずとも加害者になってしまった戸惑いをお母様にぶつけているだけだと分かっているから口にはしないが。

「大丈夫よ。ニナさんは苦労してる分強い子だから、気にしないと言ってくれていたわ」

「それでしたら……安心いたしました。急な申し入れになってしまいますが、学園で同じことが起きないように周りの方にも協力していただきたいと思います」

私を褒めてくれないお母様が私の前で、よその子を褒めていた。それがまだ消化できなくて、嫉妬の心すら湧いてしまう。きっとそれで頭が混乱していたのもあった。

どうして私を褒めてくれないのにあの子は褒めたの、と今も怖くて聞けない。

でも何とか自分の役割を考えてそう提案すると、「学園側には事情は話してあるけど、そうね、リリアーヌのご友人方には説明して協力を仰いでちょうだい」と言われた。

学園への説明は忘れていらっしゃらなかったのね。まぁ魔法使いを養子にするなら学園への入学はセットだからさすがにそこは忘れないわよね。

「他に私が、ニナさんのために出来ることがあったらご指示ください。妹ができるのは初めてなので」

「まぁ、そんなに気張らなくてもいいのよリリアーヌ。あなたが今まで上の兄姉達にしてもらった事を思い出して同じようにしてあげればいいだけなのだから」

「かしこまりましたわ、お母様」

意識して美しい笑みを浮かべながら、心の中だけで私は毒を吐いた。

私がしていただいたような、どんな結果を出しても一番を取っても褒めずにどこか至らない所を探して指摘し続ければいいのだろうか？

思い浮かべて鼻で笑った。実の妹ならともかく、養子にとった魔法使いにそんな事をしたら義妹の努力を認めず虐げるとんでもない令嬢だと悪評にされてしまうだろう。

ああ、嫌な子。お姉様達もお兄様達も私の事を思って指導してくださっているのに、お褒めいただくような成果の出せない自分を棚に上げて。

部屋に戻ると、私と同じくニナさんについての話を知らされていなかったアンナがまだ待っていて、わざわざいたわりの言葉をかけてくれた。確かに疲れていた私はそのねぎらいにじわりと染みるような温かさを感じて、「明日こそは、褒めてもらえないにしても及第点のふるまいができるようにしたい」と思いながらベッドに入った。

第三話　見えるものはあまりにも

家族が増えるという大事な話を誰も私にしてくれなかったし確認すらなかった。偶然が重なって起きてしまったことだが、それは私の心に影を落とす。

「次からは、何か共有しておかなければならない情報は使用人づてでいいので伝えていただけると助かります」

「いやだわ、リリアーヌ。大事な話を使用人を介して伝えるなんて娘をないがしろにしているみたいじゃない。そんな事言わないで」

詳細な事情をこうして後から聞かされても。

つい当てつけのような言い方をしてしまった私に、お母様がひどく嘆いたのでそれ以上を口にするのはやめた。お母様の侍女のエダにも、お母様とお父様で互いに私へ伝達不足があったことで口論のようになってしまっていたと聞いた。

私が原因のように言われたけれど、私に過失はなかったのではと反論したくなる。

家政を取り仕切るお母様には私に伝える義務があったし、車の中で話していれば間に合ったのに、何か留意する事柄はあるのか聞いた時に元の家庭の事情を私に伝え忘れたお父様どちらにも非があると確かに私も思う。でもそれを指摘したら余計にこの件について煩わしくなるだけで何も得るものがないのは分かっていた私はこの話を終わらせた。

必要だった話をしないほうが実際ないがしろにしているように見えるんじゃないかと思ったのも言葉にはしないでおく。

だから友人にも「私だけ知らなかったの」なんて言えなくて、ニナさんの事は私が伝え忘れていたことにして編入当日に紹介した。ずっとお忙しくしていたものねと言っていただけたけど、私が彼女の事を歓迎していないと思われてしまったかもしれないとこれはこれで気分が重くなった。

ニナさんは突然違う環境のただ中に入ることになって不安だろうが、学園に通う子息令嬢ならば急に貴族社会に加わる養子の方達については教育されているはずなので習慣や文化の違いでトラブルになることは無いとは思いたい。

けど善意に任せるだけの事はせず、当然後見となった家の娘として初登校となる日は彼女が編入するクラスまで付き添って、ニナさんのクラスメイトになる方達に簡単に紹介もさせていただいた。アジェット公爵家の庇護がついていると知れば、光使い相手とは言えど不埒な考えを持つ輩は出ないだろう。

そこには幸い、去年私が劇に出てから「憧れてます」と慕ってくれている令嬢が数人いらっしゃったので、ニナさんのご家庭の事情についてやんわりと話してそこに触れないように、他の級友の方達にも陰で周知してもらえるようにニナさんと離れてからこっそりお願いした。

これで同じ事は起きないだろう。

「あ、あの、おはつにお目にかかります。この度光魔法を授かりまして、アジェット家に迎え入れていただきました、ニナと申します！」

「君がアジェット家に迎えられた光使いだね。初めまして、私はライノルド・ソァサル・アナスタシオ＝クロンヘイム、この国の第二王子ではあるが、この学園に通う間は同じ学徒として気軽に接して欲しい」

「ご挨拶出来て光栄ですっ」

学園中にニナさんの後見がどこの家か知らせる目的と兼ねて、私の交友関係にも紹介する。お昼は友人の令嬢達か、誘われた時はライノルド殿下とご一緒しているのだが、今日はニナさんを引き合わせるために大人数での会食になった。

普段ライノルド殿下と昼食をとる時にいない、殿下の側近の男性もいた。彼らとは交流がほとんどないので私からは名前とご実家くらいしか教えることはないが。

「ライノルド様……あっ、ライノルド様ってお呼びしていいですか？　お兄様もいるなら名前の方が分かりやすくていいと思うんです！」

「……私は構わないよ」

なぜか一瞬私の方を見た殿下に、とりあえず微笑んでおく。お目こぼししてもらえる程度の最低限の礼儀はこの一か月で学んでいるとはお母様に聞いている。現に殿下も許しているし。少しギョッとしたが問題ないのだろう。

殿下の側近には、私の友人の婚約者である方も多いので紹介は彼女達に任せた。ニナさんと同じ学年の方はこの場にいないが、皆様には弟や妹もいらっしゃるので何かあったら力になってくださるだろう。

昼食の前にニナさんの家庭については話に出さないように伝えたが、ご家族の方にもそのあたりの事情について伝えておかないと。

家に帰って、ライノルド殿下の側近と、私のお友達の弟妹に向けたニナさんの学園生活についての依頼状を書いていると昨日からの話に引き続きアンナがぷりぷり怒っていた。

「お嬢様がそんなに気を遣うなんて……そもそも、家族って言葉を聞いただけでいちいち思い出して怯えるなんて、不自然ではないですか？」

「私が口にした時のタイミングが悪すぎたのでしょう。私には彼女の苦しみは分からないから、きっと聞くだけで思い出すほどつらい思いをしたのかもしれないわ」

アンナは大げさだと感じているようだったが、たしかに思い出すたびにあんなに酷く怯えてしまうなら周りの方は戸惑ってしまうかも。私はそこについてもフォローできるような言葉を加えて、六通のお手紙を書きあげた。ライノルド殿下の側近の方の弟妹に宛てたものは、殿下を介して兄にあたる方達に渡していただかないとならない。

交流のない方への手紙としてはこれが正しい手法なのだが、殿下を郵便の仲介にしてしまうのはなんだか申し訳ない気もしてしまった。

　翌日、昼食に迎えに行くとニナさんは教室で大勢の令嬢に囲まれていた。もう友人ができたのかと社交性にびっくりする。当然剣呑な話ではなくて、囲んでいる令嬢方が楽しそうな声で何か話しかけているのが分かったからだ。

「あっ、アジェット先輩！」

「皆様、ニナさんと仲良くしていただいてありがとう。素敵なクラスメイトが出来たみたいで、私も姉として嬉しいわ」

「そ、そんな……！　私達、感謝していただくような事なんて何も……！」

「いいえ、妹にさっそく友人が出来たのが喜ばしくて。でも私も初めてできた妹が嬉しくてしかたないの。今日の昼食も彼女を独占しちゃってごめんなさい」

「いえっ！　そんな！」

　少し姉ぶりすぎていただろうか。一番年の近いアルフォンスお兄様は留学していたし、他の兄姉達とは在学期間が被っていないのでどう振舞うのが正解なのかいまいち分からないのだ。

　教室の外で待っていただいていた友人達に声をかけると、後ろからニナさんを囲んでいたご学友達のはしゃぐような可愛い声が聞こえてきた。ニナさんはこの教室でもうそんなに人気者になっているのね。良かった。

　昼食をとる予定のサロンに向かう途中で何か困っていることはないかと聞いてみる。大丈夫だと言われたが、人前で言いにくいこともあるだろうと気付いて帰りに車の中でもう一度聞いてみようと頭の中にメモをした。

しばらく慣れるまで昼食に誘おうと思っていたが、でもこの調子なら必要ないかもしれない。クラス内で友人を作ったり、その友人と交友を深める方がどちらかというと大切だし。

そう思って明日からは、さっき話していたクラスの子達と昼食を過ごすようにしないかと聞いてみると悲しそうにされてしまった。

「……私が一緒にいたら、迷惑ですよね……もうしわけありません、リリアーヌ様。お友達の中に交ざっちゃって……」

「そんなつもりはないのよ。ごめんなさい……同じ年齢の方達のほうが過ごしやすいかと思って。……そうだ、明日は彼女達もこちらの昼食に誘いましょう。ニナさん、お声かけしておいていただける？」

「そ、そんな……貴族の方に声をかけるなんて畏れ多くて。私には無理です」

おびえたようにそう言われて、私もそうだが私のお友達たちも困ってしまって顔をそっと見合わせた。屋敷での様子や、ライノルド殿下達とは積極的に打ち解けようとしていたから社交的な方だと思ったのだけど……いえ、まだ慣れていないようだから、無理強いするのはやめておこう。

家にいる時はお姉様と呼んでくれるけど、学園では平民が貴族にするような仰々しい敬語がどうしても抜けないし、緊張しているのだろう。家族として接してとお願いはしてるけど、あまり言いすぎると命令のように感じてしまって窮屈かと思うと指摘しづらい。

はやく慣れてくれるといいのだが。考えごとをしながらサロンに入って席に着く。

「ライノルド様達はいついらっしゃるんですか？」

キョロキョロ部屋を見渡したニナさんにそんなことを聞かれて、一瞬虚を衝かれた私はポカンとした顔をしていたと思う。

「……殿下とは、いつも昼食をご一緒しているわけじゃないのよ。昨日はニナさんのご紹介のためだったけど」

「えぇ……そうなんですね」

何故かニナさんはがっかりしたので少し心配してしまう。でも殿下を呼んでくるわけにはいかないし……。

どうしたものかと思いながらも気落ちしたニナさんを元気づけるために明るく努めたが、昼食中も、帰りの車の中でも彼女のはじけるような元気な笑顔が戻ってくることはなかった。


家の中ではぎこちないながらも、姉と妹として上手くやれていると思う。私の前で、お父様やお母様、お兄様達やお姉様に褒められているところを見て、「私はそんな言葉をかけてもらった事がないのに」と泣き出したいのを堪えているし、顔にも出していないから。

学園に着くと「お姉さま」が「リリアーヌ様」になって少し寂しいけど、「まだ慣れていなくてご不快な思いをさせて申し訳ありません！　リリアーヌ様」と、そう謝罪されてしまったのでもう姉と呼んで欲しいと声をかけるのはやめようと思った。

ニナさんの声で注目を浴びてしまって、目立ったように感じて話を終わらせてしまったともいう。

まるで私が義妹を受け入れてないみたいな他人行儀な話し方をされて、どうしたらいいのか分からなくて。

けど家では「リリアーヌお姉さまにはとても良くしていただいてます！」と他の家族に笑顔で話して私の腕に抱きつくことさえあるのに、何が良くないのか私には本当に見当もつかないのだ。

私が抱えている、なんだか上手く言葉にできない感情は置いておいて、ニナさんは上手くやれているようだった。

昼食はクラスメイトととるようになって、常に人に囲まれている。見目も良い彼女は男性からの視線も集めていた。当然公爵家の庇護する魔法使いにあからさまに近寄る男子生徒は目につくところにいない。彼女のクラスの方達がお願いした通りにそれとなく守ってくださっているのもあるだろうが。

座学はまだまだで、養子となった方向けの補習を受けつつ励んでいるようだ。あまり結果は芳しくないようだが進むペースは人それぞれなので、とりあえず様子を見ている。

ニナさんの学園生活を陰ながら見守りつつ、私は狩猟会の準備も進めていた。ニナさんは座学が苦手な代わりに魔法の実技は成績が良くて、まだ入学して一か月に満たないが異例として狩猟会への参加が認められたそうなのだ。

周りの嫉妬を買うから口外はあまりしないようにと光属性の担当教官のアマド教授は話された。

その中で、本人の実力も裏打ちしたが、稀有な光使いの力を実戦で見たいという意向も強く感じられる。おそらく国か学園が関わっているのだろう。治癒ともうひとつ、魔物を浄化する力。その程度を確認したいので私は狩猟の成果を上げるのではなくニナさんのフォローをメインに動くように指示をされた。

学園が手配した警備用の冒険者や教師ではなくなぜ一介の学生の私が、と思うと、ニナさん自身が大人の方を怖がってそう希望したらしい。さらに言うと本人はライノルド殿下に随伴したがったのだが、奥地に向かう殿下達と行動させるわけにはいかないからと私が役目に選ばれたのだという。

学園の教師に「アジェット嬢ならまかせられるから」と言われて、ちょっと荷が重いとも思ったが応えたいと考えてしまった。

家族からの称賛ではないけれど、それがもらえない私は必要とされるとどうしても喜びを感じてしまうのもある。

お父様が学生の時に打ち立てた、学園の狩猟会の記録。これを塗り替えたら褒めてもらえるかもしれないと挑戦するつもりだったが、初めての実戦となるニナさんの身の方が大切なので当然引き受けた。これを機にまた仲良くなれるといいのだけど。

どうか何も問題が起こらず、狩猟会が成功しますようにと祈ったが、私の願いは天に届かなかったようだった。


「ダメ……！　ニナさん！　皆のところに戻りましょう！」

「えー、別に他の女の子達、いらなくないですか？」

風魔法で索敵を担当する子や、遠距離支援に優れた子を交ぜた四人のパーティーで行動していたのだが、どんどん進むニナさんを追うために別行動になってしまった。ニナさんを一人にするわけにいかなくて私だけついてきたけど……助けを呼ぶように指示した後、彼女達は先生達と合流できただろうか。

私も、現在の状況では救難信号を打つべきなのは分かっているが、移動しながらではできない。止まってもらわないと、と思うのだが、ニナさんは聞いてくれなくて、私は困り果てていた。

この狩猟会にはもともと女性はほとんど参加しない。本来私一人だけなら奥地に向かって成績のために自由に魔物を狩る予定だったが、パーティーを組んだ子達にも今回は点数の高い魔物を狩れる奥地に行くのは諦めてもらったのだ。

だから、初めての実戦になるニナさんに合わせて森のごく浅いところで魔物を狩るつもりしかなかったので、そのための準備しかしていない。もしもの備えは用意していたが、ここまで積極的にずんずん奥地に向かってしまうなんて予想すらしていなかった。

今のところはニナさんの光魔法の浄化の一撃で倒せているからか、危機感がまったくないようだ。私一人ならたしかにもっと奥に行くつもりだったけど、魔物との戦闘のサポートに慣れた人ならともかく彼女を庇いながら戦う自信は無い。

どうしよう。

「ここまであたし、ちっとも手こずらずに倒せてるじゃないですかぁ。それともあたしがたくさん狩りの成果を出したらそんなに困るんですかぁ？」

「ここは急に強い魔物が出ることもあるの！　お願い、言う事を聞いて、皆のところに戻りましょう！」

乱暴になってしまうと力ずくにならないようにした手は先ほど振り払われたが、もう余裕はない。痛みが出るくらいに力を込めることになってしまったが、しっかりと腕を掴んで通ってきた道なき道を戻り始めた。

嫌がるように抵抗されるけど、もう気遣っていられない。普段のニナさんとかなり口調が違うのも、私は気にしてすらいなかった。

「いったぁ……痛いってば！　ねぇさっき倒した魔物まだマジックバッグに入れてないんだけど！」

「そんなもの！　危険な魔物が出てくる前にここから離れないと……！」

「あぁ……そう、そんなにあたしの活躍を邪魔したいわけ……？　……このっ！」

「きゃあぁっ！」

一瞬で視界が真っ白に染まった後世界が暗転した。強い閃光で一時的に目が焼かれたのだと気付くのに数秒かかってしまう。

どうして、光を放つ魔物なんてこの森にいないはず。そもそも索敵はちゃんとしていて、私の近い範囲に魔物はいなかったのに。……もしかして、ニナさんが？

混乱する私がやっと視界を取り戻したころには、手を振り払ったニナさんは先ほど倒した魔物のもとに駆け戻ってしまっていた。はるか後方に、地面にしゃがんでいる背中が見える。

「……ニナ!!　顔を上げて!!　十一時の方向!!」

「えっ……いやぁっ?!」

「私の方に向かって逃げて！　こっち！」

死んだ魔物を獲物と見たのか、森の奥手から別の魔物が姿を現していた。体表をびっしりと苔が覆う小山のような粘液状の大きな体。相当大きいが……スライムの一種だ。索敵手段を持たないニナは私が叫んだ今やっと気が付いた……遅い！

私は叫びながら駆けだした。

「何してるの！　走って！」

「いやぁあ！　やあ！　ぎゃぁあっ！」

ここまでのように先に私が接敵していないので、突然至近距離に魔物を見て腰が抜けたみたいで座り込んだまま動かない。私の声も聞こえていないようだった。めちゃめちゃに腕を振り回して浄化の光を放っているけど、スライムに対しては相性は最悪、表面を焼くだけであまり効果はないのだ。高出力でまるごと浄化するなら話は別だがパニックで魔法がきちんと編めていない、大部分が霧散してしまっている。

スライムは光を嫌がってはいるようだが、中途半端な挑発にしかなっていない。体を硬化させてあの質量で殴られたらニナに身を守るすべはないと気付いてぞっとした。座り込んで動けない彼女の元に私が駆け寄るのが先か、スライムが臨戦態勢に入るのが先か。

「ひっ、や、うげっ」

「……くっ、う……!!」

ひたすら混乱したままでたらめに腕と魔法を振り回す彼女の首根っこを掴んで勢いよく引き寄せ

た。寸前まで座り込んでいたところをドパン、とスライムの体が打ち抜いて地面がくぼむ。ニナの足を狙ってもう一撃が振りかぶられたので、胸ぐらをつかんで後方に転がした。

代わりに一撃、足に入ったのは覚えている。

臨戦態勢に入ってしまったスライムは学生の身に余る脅威でしかない。知恵も痛覚もないので、自分が動けなくなる瞬間まで近くの範囲の生き物の命を奪おうと本能のままに動くから。

小さいものなら魔法で焼き尽くせるけど、人ひとりより大きい、表面に苔が生えるほど年季の入った体積の大きなスライムなんて一人で討伐するものではない。そんなのバカがやることだと分かっているけど、今この場に戦える者は私しかいない。

遠距離攻撃手段は持たない魔物だし移動は遅いのだから逃げてしまえばいいのだが、同じ体格の人間を一人連れて逃げるのにはさすがに足りない。選択肢は一つだけ。

「はぁ、はぁっ……はぁ、げほっ、……はぁ……」

考える余裕なんて無くて、無茶をするしかなかった。最終的に腕を突っ込んで、中からスライムを焼いた左手は火傷でボロボロになっていて、脈打つたびにズキズキと痛む。手の表面が全部神経になってしまったみたいだ。それくらい痛い。

よけきれずに殴打されたところも痛むけど、そんなのが霞むくらい。

体内から爆破されて、あたりに飛び散ったスライムだったものは「キーキー」と体液を震わせて音を立てながら死んでいっている。

……頭がぼーっとする。

ああ、そうか……スライムは討伐するなら焼き尽くすことになるから、学園の狩猟会の舞台になるこの森では倦厭されて長年生き残ってこんなに大きくなっていたのか。手間がかかるのに目立つ成果にならないから。索敵して見つけても誰も狩らなかった。近づかなければたしかに怖い魔物ではないけれど、これは次回からは議題にあげて対応しないと。

私はびちびち跳ねながら断末魔の叫びを上げる粘液を眺めながら、今考えなくてもいいそんなことをぼんやり考えていた。

「あ、あたしっ、悪くないから！　勝手に怪我したのそっちだからね！　邪魔されなきゃちゃんと気付いてたし、落ち着いて対処すればスライムくらい簡単に殺せてたんだから！」

至近距離で爆発を起こして、キーンと耳鳴りがする。ニナさんが何か言っているのは分かっていたが、それに対応する余裕がなかった。聞こうとすれば会話もできたのだろうけど、今はここから離れて人を呼ぶ方が先。

一方的に「他の魔物がまた寄って来ないうちに離れて、助けを呼ぶから」そう告げて彼女の腕を、火傷してない右手で摑んで有無を言わさず歩き出した。

疲れていたし、痛いし、恐ろしい目に遭ったニナさんを気遣う事を忘れたまま、私は救援を呼びやすい、空の見える木々の空白地帯にたどり着くと学園の規定で決められた救難信号を空に向けて放って地面に座り込んだ。

スライムを倒して、日の射す場所に出て気が緩んでしまったのも大きいと思う。

いつの間にか、私は痛みから気を失っていて、次に目が覚めたのは自分の部屋のベッドの上で、狩猟会はとっくに終わって三日も経っていたのだ。

「アンナ……？」

「ああ、お嬢様……！　目が覚めましたか?!」

体を起こそうとしたが全身が痛くてベッドに座ることすら出来ない。口がカラカラに渇いていて、まずはお水を、とアンナが差し出す吸い飲みで口を湿らせた。

アンナによると私は救難信号を見て駆け付けた教師と冒険者に保護されて、三日も意識を失ったままだったらしい。この三日間ほとんど寝ずに看病してくれていたのだろう、目の下に隈を作ったアンナが「意識が戻ってよかった」と喜びに涙を流してくれた。

心配させてしまった事に申し訳なさを感じるが、その思いが嬉しいと思ってしまう。

「奥様と公爵様を呼んできます」

「アンナ……そんなの他の人に任せて貴女は寝て頂戴。私、自分のせいで貴女が倒れたらそれこそ自分を許せなくなるわ」

しぶるアンナを説き伏せて、どうにか自室に下がってもらってすぐ、バタバタと他の使用人が私の部屋を出入りしたと思ったらお母様とお父様がやってきた。

「目が覚めたのね！　リリアーヌ……何であんな真似をしたの?!」

「実戦が初めてのニナを連れてあんな奥地に行くなんて！　とんでもない事になるところだったんだぞ!!」

「……え？」

一瞬、お二人が何を怒っているのか本気で分からなくて、理解できなくて、まともに言葉が返せなかった。

固まっている私を見て、お父様もお母様も勝手に話を続ける。

「自分が預かるからと狩猟会にニナを参加させるなんて、貴女は自分の実力を過信しすぎだわ。大事には至らなかったからいいものを」

「お前の左手の火傷はニナが治してくれたんだぞ。無茶をしたお前を庇って負った自分の捻挫を後回しにしてまで……後でちゃんと感謝を言うように」

あまりのショックに、私はハッハッと浅く短い発作のような呼吸しか出来ずにベッドの上で溺れそうになっていた。

頭が理解を拒絶している。

何で？　何で私が無理矢理ニナを狩猟会に参加させたことになってるの？　どうして私が自らニナの引率を引き受けたことになってるの？

ニナは止める私を振り切って奥に向かったのに。忠告も聞かなかった。活躍したいと言っていたのもあの子。閃光で目潰しまでされて、それでも何とかニナを守るために怪我してまで庇ったのも私なのに。

「ニナはずっとリリアーヌの心配をしていたんだ」

震える子ウサギと見間違うような、泣きはらしたのか真っ赤に充血した目のニナが部屋に呼び入れられる。

怒りを抑えきれずに強くにらむと、大げさにおびえて小さく悲鳴まで上げていた。何それ。何で？　貴女のせいでしょう？

「お姉さま、ごめんなさい……私が役立たずだったから。私が代わりに怪我して、ううん、死んじゃえばよかったんだわ！　ごめんなさい、ごめんなさいっ……！」

「そんなことを言わないで。ニナちゃんは十分リリアーヌのために頑張ってくれたわ」

森の中で乱暴な言葉で「あたしは悪くない」と叫んでいた子と同じ人物だと思えない。

いきなり言われた言葉が荒唐無稽すぎて、あっけにとられてしまった。そしてその言葉に、お父様とお母様が何に怒っているのか、その嘘を誰が作ったのか一瞬で理解する。

その嘘つき女をお母様が労るように背中を撫でていて、それが余計に私の気に障った。

「よくもそんなでたらめが……！」

当然、私はその子の言っていることは全部でたらめだと、お父様とお母様に真実を話した。狩猟会以前の話、そもそもニナさんを同行させるように頼んだのは学園側だと、そこから全部。

私の話を聞いて顔をこわばらせたお二人が、何か口を開く前にニナが叫んだ。

「ひどい！　お姉さま……失敗して、ショックなのは分かるけど、私のせいにするなんて、どうして！」

私とニナと、順番に見たお父様とお母様は困ったような顔をしたけど何も言わなかった。

それを見て、お二人がどう判断したのか分かってしまって……それ以上、私は何も、事情を説明する気にすらならない。

私、そんなバカな真似をするような娘と思われていたの……？

事実を話したのに信じてもらえないなんて。実際は全く違うのだから、私の発言をもとにきちんと調べれば事実は判明するだろうが、反論する気すら起きなかった。

「苦痛を和らげるために光魔法を使って差し上げたいから、お姉さまと二人にさせていただけますか？　人に見られてるとまだ緊張して上手くできる気がしなくて……少しでも、効果の高い魔法をかけたいのです」

優しそうな声色でそんなことを言い出したニナは、まんまとお父様とお母様に使用人まで全員追い出すと私のベッドサイドに膝をついた。

耳に唇を寄せて、悔し涙をこらえてる私にそっと囁き始める。

「アマド先生は研究のためにあたしを狩猟会に無理言って参加させたみたいで、元々お姉さまなら問題なく引率できるだろうからってお姉さまの推薦で参加したことにしてたの」

「アナベルとマリセラだっけ？　あの子達はね、公爵令嬢を一人で森の奥地に向かわせて怪我までさせたお叱りを恐れて、でも嘘をつく度胸はなかったみたいで『気が付いたら二人とはぐれてた』って証言してるの」

「お父様もお母様も、お姉さまが慢心して起こした問題だってあたしの事を信じてくれたわ。活躍しようとちょっと焦って少し騒ぎになっちゃって、どうしようかと思ったけど……リリアーヌお姉さまって、信用無いのねぇ」

愉快そうに笑ったニナは、わざわざ私と目を合わせるようにのしかかってきた。私の体に影がかかる。

「だからもうあんたが何を言っても誰も信じないよ」

そう告げて醜悪に顔を歪める。その言葉に私は共感してしまったの。

ああ、そうね。実際にお父様もお母様も信じてくれなかったわ。

「あ、そうだ。治しとかないと不自然だしね。えーと……治癒の光よ、我らが神の慈悲をここに――」

ニナの口から長々と語られる光魔法のための呪文は、知識で知ってるだけの私でもところどころ間違ってるのが分かったけど強引に発動させたらしく、ほんの少しだけ体が楽になった。

治療が終わったと外にいたお父様とお母様を呼び入れると、まるで「姉を慕う妹」みたいに可愛い声に戻ったニナが私の容態を案ずる。

「リリアーヌのために、ありがとう」

「本当に。ニナがいてくれて良かったわ」

「いえ、そんな……私は私のために出来ることをやっただけですから！」

私は、リリアーヌがいてくれて良かったなんてお母様に言ってもらった事なんてない。

お父様にああやって頭を撫でてもらった記憶もない。

それに改めて気付いたら、今までたった一言褒めて欲しいと頑張ってきた自分がとんでもなくバカらしく感じて、心の中で何かがぽきりと音を立てて折れた。

見舞いにと城から駆け付けたアンジェリカお姉様を含めた他の家族からの言葉もどうでもよくなって、内容を理解せずに全部聞き流す。

「もう二度とこんな真似しないで」って、私がしでかしたって話をそのまま信じてるのね。どう思われているか分かっていたけど。


『アンナへ』

そうして私は一人になると、私の大切な侍女に宛てた長い長い手紙を書きはじめた。会ってから姿を消したらアンナの責任にされてしまう。それだけは避けたくて。

本当は何が起きたのか、何を言われたのか。感情が昂って、ちゃんとした文章になっていない、ひどく字の荒れた手紙を。

もう無理だった。もう頑張れない。アンナという大事な味方はいるけど、どうしようもなくむなしくなってしまったのだ。

ここにいたくない。私を褒めてくれないのに、他所の子を褒めるお母様もお父様も見たくない。見ていたくない。

■□■□

こうして、何も褒める所のない娘、妹であるリリアーヌ・カーク・アジェットは、手掛けていた事業と依頼についてすべて放り出す謝罪と、家族に向けて不出来を詫びるだけの短く簡素な手紙を残してある夜忽然と王都の屋敷から姿を消したのだった。

第四話　少女は目を背ける

長い手紙を書いて、夜通し荷造りをしてそのまま家を出てきた時、はるかかなたの空が明るくなりかけていた。一睡もしていないし体もまだ痛みが残っているが、頭だけが爛々と冴えて疲れも眠気も感じない。

タウンハウスの並ぶ貴族街から離れるために私は小走りで音を立てずに舗装された夜の道を駆けた。

王都の外壁の門は日没と共に閉じられて夜明けから半刻経つと開くと決められている。衛兵が周囲を警戒できる環境を確保するためだ。

この季節なら開門の時間は……と、頭上の星の位置から大体の時間を割り出した。門が開いたら外に出る商隊か冒険者達に上手く紛れて出て行けばいい。私はフィールドワーク用の外套のフードを深く被り直すと、歩きながらもこれからするべき行動について考えていた。

狩猟会の後だから荷物がまとまっていて良かった。もしもの時に備えたあれこれを入れたマジックバッグの中身は、ほとんど使う間も無くニナを追いかけてそのままだったからそれが丸ごと役に立った。

野外活動用の準備は完璧にできていたし、中身も細かく把握していたので荷造りの時間が大幅に減らせたのだ。

あの時、使い慣れた短槍を失ったのがちょっと惜しい。無いよりは良いだろうと細剣《レイピア》を代わりに持ってきたが護身にしかならないだろう。

しかし、まずは王都から離れないと話は始まらない。公爵家の名にかけて、失踪した私の身柄を全力で捜索するだろう。……褒める所のない娘であっても、放置することはできないから。

だから私は本気で、全力で逃げる必要がある。何一つ褒めてもらった事も、認められたことの無い私はすぐ見つかって連れ戻されてしまうかもしれないけど、「だからやっても無駄だ」なんて諦める理性が働かないほど私は限界だった。

夜間の人の出入りは制限されているが、戦時中でもないので日中はいちいち身元を改められるようなことはない。まだ私が家から消えたのも発覚すらしていないはず。

夜が明けた後、悠々と王都の門をくぐって外に出た私はまだ薄暗い空の下を進み始めた。

今はとりあえずこれでいいが、まともな宿屋に滞在したりこの先国境を越えるには身分証が必要になる。当然本来のものを使うわけにはいかないので、「身元不明の女」になってしまうわけだがそんな事をしたら失踪した公爵令嬢と紐付けられてしまうだろう。

宿屋の方は身分証明の必要のないところを使えばいいのだが、正規の手段では家も借りられないしまともな職にも就けない。先の事を考えると不安だが戻るのはもっと嫌だったので、私はまず王都から離れるために黙々と足を進めた。

勢いで家を出た高揚感で興奮して疲れも眠気も感じずずっと歩いてきたら、気付くと太陽は真上に昇っていた。考え事をしていた私の意識が現実に戻ってくる。

街道の端で、魔導車が停まってその横で男性が煙管をくゆらせていた。

魔導車の形状を見るに、屋台に変形できるタイプの商業用のものに見える。車体の横には所属する店の名前が塗装されていて、私が見ているのに気付くと接客に慣れた人好きのしそうな顔で中年の男性は「どうも」とあいさつを口にした。

車体に書かれているのは確か、去年商業ギルドに登録された比較的新しめの店の名前だったはず。私が携わっていた店の新規店舗開拓をするにあたって経済と市場の勉強を、と与えられた資料に載っていた。

記載されていた内容を思い出して、ちょうどいいと思った私は視線の向け方から指の一本まで意識を切り替えて私ではない別の人間を演じ始めた。

きっと普段の私の思考なら、痕跡を残さないように立ち回ったほうが良いと素通りしてたかもしれないけど、寝不足と精神的な疲れで私はなんだか気が大きくなっていたのだと思う。

「こんにちは、おじさん。お客もいないのにこんな所で何してるんだい？」

設定としては冒険者になって一、二年の少年というところ。私はこの年と性別にしては背が高いので変声期前の十三、四歳の男の子を演じてもそこまで不自然ではない。

家族が見に来てくれるからと、学園祭の演劇のために張り切って王都の劇団に弟子入りした経験がこんなところで役に立つとは。肝心の目的の、家族に褒めてもらう事は叶わなかったけど。

身分を隠して雑用の下働きからはじめて、最終的には準主役ももらったけど。きっとどこかの時点で私の身分がバレてたのだと思う。でなければ芸術全般に造詣の深いアンジェリカお姉様に一言も褒めていただけない演者がそんなに評価されるはずないもの。

忖度《そんたく》させてしまったと気付いて、その演目の上演が終わってすぐに劇団を抜けさせていただいたけど、正当に頑張っている方達の活躍の場を奪ってしまった恥ずかしさと申し訳なさは未だに消えない。

人を感動させられるような情熱は込められないけど、たまたま街道で出会った少年くらいなら問題なく演じられるだろう。練習にと男装しておつかいをさせられた時も一度もバレたことはなかったし。

野外活動用のこの外套には認識阻害の機能もあって、私の顔はぼんやりとしか記憶に残らない。目立つ銀髪は束ねた状態で外套の下に入れてある。それに、資料で見た、各地のダンジョン前で冒険者向けに移動商店を行っている形態のこの店が次に王都に戻る時には私は遠く離れた地にいるからここから辿られる危険性も少ない。

そのあたりは一応考えはした上で、何か事情がある様子で座り込んでいる男性に話しかけた。マジックバッグにはまだ容量に空きがある、買える時に長距離移動に必要な物資をそろえてしまおう、不自然ではない程度に。

「ああ、魔導車のエンジンが突然壊れちまってねぇ。ついてない……一緒に乗ってたやつにこの先の街から技師を呼んできてもらってるとこなんだよ」

「それは災難だったね、おじさん。暇してるならついでに買い物してもいいかな？」

歩いてきた地形を思い出して簡単に現在地を推測すると、ここは王都と次の街のほぼ中間だ。次の街、ロイタールにやや近いと思うが一番面倒な場所で立ち往生してしまったようだ。

「これってダンジョン前によく店を開いてるタイプの車だよね。次はどこに行くの？」

「王都でポーション類は仕入れたから、ロイタールで保存食も含めた食料品を馴染みの業者と取引したらビグアナイルに向かう予定だよ」

「じゃあ前回から売れ残ってる保存食があるってことかな。僕もロイタールで買うつもりだったんだけど、在庫処分のつもりで僕にまとめて売ってみない？」

商人のおじさんは快諾してくれた。試食していいと渡された乾燥した穀物のバーは二種類ともまずまずの味だったのであるだけ全部買うと申し出ると驚かれる。

「こう見えても、荷台の一部は拡張魔導構造になってるんだ。在庫もすごい量だぞ」

「僕のこの鞄も一応マジックバッグだけど……どのくらいあるの？」

「この保存食だけでも、大体三十タンタルはあるかなぁ」

体積に使う単位で答えた商人に、いやそれなら問題ないから全部買うからいくらになるかと聞き返した。固まってしまったが、どうしたんだろう。お金が払えるか心配してるのかと思ってマジックバッグから、この家出のために持ち出してきた所持金……の一部でふくらんだ財布を出して見せてみる。

銀行に預けている資産については後始末に使ってくれと書き残してきたが、手持ちのお金も持ち歩くには大金なので全額を一つの財布にまとめないでいる。これだけでもおそらく十分に足りるはずだ。

「は……はぁ、坊主。若いのに、そんなに大きい容量のマジックバッグを買えるくらい稼いでるのかぁ。実は高名な冒険者なのか？」

「まさか、そんなことないよ。これは自分で作ったんだ」

「つく……?!　三十タンタルの入るマジックバッグを、自分で?!　そ、その見た目で容量がそれっていうと、四等級以上の拡張機能じゃないか……！」

驚愕する商人に、私は何のことか分からず首を傾げた。

正確には、色々入れて三十タンタル以上の容量が残っているので六等級相当のマジックバッグだが、けど何をそんなに驚いているんだろう。

拡張魔法は八等級以上で付与できるようになってやっと一人前と言われたのに、当然私はまだそこに到達してない。しかもこれには時間停滞だけでコーネリアお姉様が「最低限」とおっしゃっていた時間停止の機能すらないのに。

そんな拙い手作りの品だが、自分で使う分には別に不自由しなかったのでちゃんとしたものをわざわざ買わずに使っていた。作るのに使った材料ももったいないもの。

でも普段本職の人が持つ、プロの作ったものを見慣れている人に見比べられているような気がして私は意識してそこから会話をずらした。

「そんなに驚くことかなぁ。僕はまだ見習いだからよく分かんないな」

「はぁ……まったく価値を理解してないのか、自分で作れる人はすごいなぁ。冒険者じゃなくて旅行中の錬金術師だったわけか」

感心した様子の商人が金勘定をしようとしたところで何かを思いついたように顔を上げた。

「そうだ、坊主。魔導車のエンジン直せないか？　同乗してた奴もちょっと詳しいんだけど、道具もないしで手に負えないって言われてな」

「一応道具は入ってるけど、詳しい人が無理だったのを僕が直せるかなぁ……」

頼むよ、直せたら保存食も半額にしてやるからと言われて「とりあえず見るだけなら」と了承した。

しかしエンジンルームを開けてみると拍子抜け、些細な原因での故障だった。特に変な改造もされてないのでこれなら私でも直せる。同乗者は本当に、道具がないから手が出せなかっただけなんだろう。

「大丈夫そうだ、これなら僕でも直せるよ。約束通りまけてね」

良かったと安心した商人の目の前で、魔道具制作に使う道具を取り出して作業に入る。手持ちの魔道具のメンテナンスに使うからと持ち物に入れていて良かった。冷却水周りのトラブルで焼け付いていた魔導機構を清掃して焼き付きを解消した後、劣化した冷却水を抜いて、手持ちの錬金術素材で不凍液を調合すると代わりに充塡した。

部品の方に機械的な破損は見つからなかったのでこれで大丈夫だと思う。

「原動力にしてた魔石の属性処理が甘かったせいで、熱が出すぎたんじゃないかな。戻る前は火属性の魔物が出るプシュコの洞窟のあたりで商売してたんじゃない？」

「あたりだ。やっぱりギルド認証のとこで魔石買うんだったなぁ」

ぼやく商人は「ほんとに直るとは思ってなかったから、あれだけじゃ悪い」と言ってきて、じゃあせめて街まで乗せてやろうと提案してくれたのでその言葉に甘えることにした。

でもこんなに感謝してくれてちょっと悪いわ。少し魔導車に詳しい人なら道具があれば誰でも解決できる事しかしてないのに。

それに私なんかではプロみたいな保証も出来ないので、ロイタールの街でちゃんとした錬金術工房に絶対に行ってくれと念を押しておいた。街に着くまでの応急手当で、お代をもらうような働きはしてないとお礼を強固に辞退する。

「そ、そこまで遠慮するなら……坊主、ずいぶん謙虚なんだな」

「リオでいいよ。実際たいしたことしてないってば」

よどみなく偽名を答えた私を怪しむ様子は無く、やれやれといったように肩をすくめた商人、トノスと名乗った男は助手席に乗るよう私を促した。

「リオのお師匠が厳しい人だったんだろうな……」

「トノスさん、何か言った？」

「いいや、何でもないよ。途中でフレド……ああ一緒に乗ってた男なんだけどな。道中の護衛兼店員で雇った気のいいやつだよ。まだ街に着いてないだろうからついでに拾わないと」

フレドさんという人について話すトノスさんの言葉に相槌を打ちながら、私は「この人の宿泊してる宿屋に口を利いてもらって、知り合いとして部屋を取ればアジェット家が捜す『一人で家出した貴族令嬢』に該当せずに逃げられるな」と打算的な事を考えていた。

ロイタールと王都を結ぶ街道を進む人達とすれ違う。こっちからロイタールに向かう人がいないなと思いかけたが、当然だ。スタートが王都なら、徒歩で魔導車より先を進んでいるわけがないのに。私はそんな事にも気付かなかった自分がおかしくて少し笑ってしまう。

「おーい！　フレド！」

そうやって私を助手席に乗せたトノスさんとしばらく当たり障りのない世間話をしていると、速度を緩めた魔導車の窓を開けて道を歩いていた男性の一人に声をかけていた。

きっとあの人が護衛兼屋台の店員だというフレドさんなんだろう。

「えっ……あれ⁈　なんで⁈　故障してなかった⁈」

「それがなぁ、偶然錬金術師が通りかかってよ。道具も持ってたからササッと修理してくれたんだ」

「いや。いやいやそんな……道具があるからってさっと直せるレベルじゃなかったと思うけど……」

口元をひきつらせたフレドさんは、冒険者らしいがっしりした体つきに簡素な防具を身に着けた黒髪の男性だった。年は二十代前半というところだろうか。挨拶のために車から降りた私は同じ高さに立って簡単に自己紹介をし合った。

「いやぁ通りかかってくれてありがとう、腕がいいんだな。俺はフレド。冒険者登録をしてるけど聞いての通り護衛から店員までわりと何でもやる便利屋みたいなもんだよ」

「僕はリオ。錬金術師の卵ですけど……腕がいいなんて、そんな。お世辞でも嬉しいです」

まだ一、二年目の駆け出し冒険者のつもりだったが、トノスさんはそう思ってるみたいなので便乗して錬金術師見習いだと名乗っておく。

技術職は呼ばれて街を移動することもわりとあるので不自然な言い訳にはならないだろう。私は頭の中で、聞かれた時に答えるための架空の「どこにでもいそうな十四歳の錬金術師の卵、リオ少年」のカバーストーリーを組み立てていく。

別に詳細である必要はない、私が国境を越えるまで問題が起こらない程度でいい。

フレドさんの顔は、長くてボリュームのある前髪で目元はほぼ隠れているが輪郭や鼻と口元からすると整った顔をしているのではないかと思う。また姿勢や体重移動の仕方を見るとなるほど確かに護衛の仕事を受けるくらい強いんだなとはっきり分かった。警戒はされていないようだが、強い人は勘も良いので不審に思われないように細心の注意を払わねば。

「リオ君は謙虚だねぇ」

ほがらかに笑うフレドさんの雰囲気と口元を見て、私はプーリーという牧羊犬をつい思い出してしまった。毛足が長くて目が隠れている犬種である。犬に似てるなんて失礼だから本人に言ったりはしないけど。

ロイタールへはスムーズにたどり着き、商人ギルドで仕事があると言っていたトノスさん達はまた魔導車を走らせていった。計画通り、知り合いを装ってまともな宿屋に身分証を使わず部屋を取ることが出来て良かった。

何かの縁だし夕食はぜひ一緒にとろうと誘われて、私はそれを快諾した。夕食までにフードを外せるようにしておかないと。

幸い今はまだ認識阻害の効果で、私の顔も思い出せないどころかずっとフードをかぶったままでいる事にも違和感すら抱いていないように見えるが、接触する回数と時間が増えればいつかは解けてしまう。私が自分で作ったこの外套に付与した程度の機能ならそれはずっと早く訪れるだろう。その前に軟着陸させないと。

コーネリアお姉様が作ってくれた、私がいると大抵の人には認識すらされないような高性能な外套も持っていたがあんな高価で、もし見破られたら逆に目立つものを家出先で使うわけにはいかなかったのだ。当然家に置いてきている。

さて、と私は鞄の中から錬金術に使う素材を出すと、くくっていた髪の毛を編んで束のまま少しずつ切り落としていった。少年のふりをするのに髪は邪魔だし、貴族令嬢でないなら伸ばす必要もない。

それに、これだけの量なら使い道もある。私はこれで家族の追跡を少しでもかわすつもりだった。

長い髪束を切り落とした後は、自分で適当に鋏を入れて見苦しくない程度に整える。個室でシャワールームを兼ねたトイレはあるが備え付けの鏡は小さすぎたので、自分で水鏡を魔法で出してそれを見ながら散髪した。

きっと男性が一人で泊まる事しか想定されていない宿だからだろう。ベッドは小さく室内にも装飾は無い。髭剃りならこの大きさの鏡でも十分だしね。

家出した貴族令嬢である事を隠している私には好都合だ。

シャワースペースの床のタイルに耐熱パネルをひくと、小型の錬金竈と鍋を設置して頭の中に思い浮かべた材料を刻んだりすりつぶしたりしつつ加えていく。あまり元の銀髪から大きく色を変えると発色が不自然になるから暗めの灰色くらいにしておこうか。

私はそれを髪の毛にムラなく塗ると、色を定着させるために蒸しタオルで巻いた上から熱くない程度に加熱し続けた。タオルは染まってダメになってしまうので当然私物を使っている。

着色が終わるまでにこっちを作業しておこう。バッグの中から裁縫道具と、弓術の時に下着の上に使う布製の胸押さえを取り出すと着用した時に「少年の胸板」に見えるように立体を考えながら手直しをした。

少年のふりをずっと続けなきゃいけないならもっとちゃんとしたものを作らなければいけないがとりあえずはこれでいいだろう。お母様やアンジェリカお姉様と違ってスレンダーな体型が役に立ったと思っておく。

顔は覚えられたくないが夕食の席まで外套を着ているわけにもいかない。ライノルド殿下の城下の査察に同行するために使っていたような変装用の魔道具が使えればいいのだが、あれもコーネリアお姉様製の最高級品だ。当然家に置いてきた。

変装のためにずっと魔法を発動させるのも難しいし、何かのきっかけで術が解けた時に一気に怪しい人物になり果ててしまう。

　色が定着した短い髪の毛に温風をあてて乾かすと、物理的に見た目を変えることにした私は化粧品を取り出した。

　意地悪そうに見えると言われたこの目を気持ち垂れ気味に描いて、ああまつ毛と眉が銀で髪の毛と色がずれてるからこっちは上から塗っておかないと。あとはそばかすを描いておけば私の元々の顔からはかなり印象が離れるだろう。絵のように、どこにどの色を乗せるか考えながら「錬金術師の少年」の顔を化粧で描いていく。アンジェリカお姉様のように人の心をうつような作品は描けないけど、変装するために顔を変えるには私の腕でも何とかなる。

　服はもともと野外活動用に男性物を着ていたので問題ない。持ち出したのもズボンばかりだし。男装がバレても「女の一人旅は面倒だから隠してただけ」で言い訳としては不自然ではないだろう。この街を離れるまでは、「商売をしている三人組」として周りの目をごまかせそうでありがたい。

　私は自分の変装の出来にそこそこ満足すると、夕食にと約束した時間までまだあるのを確認してからベッドにそのまま仰向けになった。

　ちょっと家から離れたと、ホッとしたところですごい眠気が襲ってきたのだ。当たり前ね、夜通し起きててそのまま街道をずっと歩いて来たんだもの。体も精神も疲れ果てていたのだろう。傷はふさがっているけど怪我も治りきっていないし。

　私は体が求めるままに眠りについた。

■□■□

「リオ君が不自然だって？　まぁたしかにあのくらいの年にしては腕がいいみたいだけど」

「いやいやおっさん！　それじゃすまないんだって！　不自然も通り越して異常だよ、異常」

「そんなにか」

　買い付けに同行しているフレドがトノスに熱心に説明する。フレドは興奮気味だが、トノスはいまひとつ共感していないようだった。

「錬金術師ってのは専門があるんだよ。どんな働きを持たせるか付与する機能を設計したり、魔道具を実際に動かす魔導回路を生み出したり、魔道具の構造自体を作ったりいじったり、その上で色々な分野に分かれる。少なく見積もっても四等級以上のマジックバッグを作ることが出来る上に魔導車まで修理できる錬金術師なんてその辺にいないいんだってば。あの年で、天才だよ」

「すごい子ってのは分かるが俺にとってはどっちも『すごい』ってことしか分からんからなぁ」

　フレドの熱量に押されるもトノスはピンと来ていない様子で、次の目的地に持っていく商品のリストを見ながら商人向けの卸売業者の並ぶ商会場をプラプラ歩いている。ここで見本を確認して、後で車まで運んでもらうのだ。その車はリオが念を押したようにロイタールで営業する魔導車整備工場に預けてあるので一旦取りに行かないとならないが。

「商人で言うなら、新商品の開発と商品の目利きと、店の経営と接客と全部違う才能が必要って言うとイメージ出来るか？　マジックバッグと魔導車なんて、平民向けの商売と貴族向けの商売くらいに違うぞ」

「ええ？　そんなにか？」

同じ言葉だが、今度は込められた驚きの強さを感じ取ってフレドはやっと溜飲を下げた。重たい前髪で顔の全体は見えないが、その口元は「ようやく理解したか」とでも言いたげに満足そうに弧を描く。

「何でそんな天才が一人でフラフラしてるんだ」

「絶対に訳アリだってことは分かるけど……」

フレドはいくつかの可能性を口にした。錬金術師なら師匠がいたはずだから、そこからあの年で出る羽目になる何かがあったのか、目的地があって向かう途中なのか。就職先のあてがあるにしては若すぎるが。

口ぶりからすると彼の師匠はもっと腕がいいらしくて、リオ自身はまだまだだと謙遜ではなく本気で思っているようだ。なら師匠も天才か。

天才なら突飛な事をする可能性もあるし、本当に気分で旅に出たのかもしれない。態度からは悲壮感はなかったから師匠に追い出されたとかそういった話ではないだろうとは思うが……本当のところは分からない。

「まぁそうだろうな。……悪人じゃないのは分かるから、野暮なことは聞かないでおくか」

たまたま道中を一緒にしただけの少年に対して、困ってもいなさそうだしと商人はそこまで深入りせず軽く流した。

フレドもそれに特に反応しなかった。期間契約の仕事中に知り合った「将来の大物」にほえーと感嘆しただけで。

「余ってる魔道具で冒険者にウケそうなのがあれば売って欲しいな～」

「向こうも旅費は必要だろうし聞いてみたらどうだ？」

魔道具なら自分も簡単な目利きは出来るしと軽く勧めてみると、トノスは夕飯を奢るのをダシに提案しようと乗り気になっていた。

第五話　何も見えてない

彼らが溺愛している、末娘のリリアーヌが忽然と姿を消した。

意識を失っていた末娘が目覚めるまで、葬式のように悲愴な空気の満ちていたアジェット公爵家は、一度回復に沸いた反動でより深い絶望の底に叩き落されている。

いくつかの不運も重なったが、リリアーヌの専属侍女のアンナが「お嬢様はまだ眠っておいでです」とやんわり遠ざけていたため発覚が昼も過ぎた頃まで遅れたのも大きく、公爵家の全力をもって調査に当たっているが未だ足跡すら辿れていなかった。

リリアーヌが意識を失ったまま屋敷に運び込まれた日は朝まで付き添いここ数日もまともに眠れていなかったアジェット夫人は、この事件を受けてとうとう倒れてしまい、夕刻までベッドから起き上がれなかった。

リリアーヌが残した家族に宛てたあまりにも短く事務的な内容の手紙も、末娘の突然の家出に動揺する彼らの心を苛んでいた。

嘆いてうずくまる前に行方の分からなくなったリリアーヌを捜すのが先だと家族全員が動いたものの、一日が終わろうとしている今でも、誰も何の成果も持ち帰れていない。

名高い錬金術師のコーネリア自身が作って屋敷に設置した結界・警報装置をガードの甘い内側から一か所、ほんの一瞬穴をあけるように空白が生じた形跡。たったそれだけ。「これが出来る心当たりがリリくらいしかいない」と製作者が断言したそこから出た後、リリアーヌの足取りは一切掴めていない。

足取りを掴めるような、魔力や痕跡の残る魔法が使われておらず、人の目や証言を辿るしかないのだがそこから手詰まりになっていた。

家の魔導車を動かすようなことはしていなかったが、貴族令嬢が真っ先に思いつきそうな移動手段である運転手付き魔導車の手配所も、王都と各都市を結んで一日数度往復する相乗り魔導車の停留所、ほか移動手段として考えつくものには全て捜査の手を入れているというのに。

もちろん徒歩移動も捜査範囲に入れた。しかし、ならば当然出るはずの目撃者もいない。リリアーヌの事は伏せたが、近隣の街と王都に置いた公爵家の検問からは変装を考慮に入れても「それらしき人物」すら報告に上がってこない。

屋敷を出た後まるで突然消えてしまったかのようにリリアーヌはいなくなったのだ。

今にも自分自身が王都中、国中すべてを駆け回ってリリアーヌを捜しに行きたい。そう思っているのが見て取れる表情を彼らは浮かべていた。手は尽くしたが何も得られず、焦燥感だけ膨らむ。この場にいないアンジェリカも同じだろう。

未成年とは言え書置きが残されていたため、事件性はないと油断が生まれ初動が遅れたことを周囲は悔やんでいた。自発的な家出であるとはいえ、いつ事件性のある失踪に発展するか、誰もが不安に押しつぶされそうになっていた。

「ああ……悪かった、リリアーヌ……私が、プレッシャーをかけすぎたからに違いない」

「どういう事だ？」

ソファにうなだれて座ったまま、膝に肘をついて両手で顔を覆った当主の声にウィルフレッドが反応した。自戒するようにぽつぽつと語り始めた言葉に、他の家族が反応する。

「狩猟会の前に、魔法の鍛錬をしていたリリに声をかけた事がプレッシャーになったのかもしれない。……怪我をしないようにと思ってだったが、期待に応えないといと考えたのか。それがあそこまで大きな事件になって、いたたまれなくなってしまったのでは」

公爵は「無様を見せるな」という言葉を使った事は伏せて、自分の責任として嘆いた。

「いいえ……わたくしがリリにニナの事を伝えていなかったのが悪かったの。突然義妹ができるなんて話、ずっと末っ子で家族に溺愛されて育ったリリにとって面白くないだろうと思ったら伝えづらくて。音楽祭の準備に忙しくしていたらいつの間にかもう伝えたものと思い込んでしまったわたくしが……きっと、リリはわたくしからないがしろにされたと感じてとても傷ついたのだと思うの」

儚げにハラハラと涙をこぼしながらアジェット夫人はリリアーヌへの謝罪を口にする。

「誰よりもリリアーヌの味方でいないとならない母親のわたくしが、突然養子にした娘にかかりきりになっていたから、きっと思いつめてしまったのね……ごめんなさい、リリアーヌ」

「いいや、俺こそ。リリが事情を聞かされてないなんて知らずにニナへの対応を責めてしまった。

俺が傷付けてしまったんだ」

「アルフォンス……」

彼らが口にする心当たりはどれも愛情に満ち溢れていて、そのすべてが見当はずれでいた。書置きの手紙を突き合わせて改めて推測を交換し合うも、内容は事務的な上に短すぎて何も読み取れない。

彼らは、リリアーヌを捜すために動くことを優先して、出奔について多少の事情を知っていそうな様子を見せておきながら、口を一切割ろうとしなかった専属侍女のアンナに改めて聴取を行う事にした。短い書置きの中にはアンナがこの出奔に無関係であると明言されていたが、その理由に心当たりはあるだろう。

逃亡を防ぐ目的もあって本人の使用人部屋ではなく、古い家具の保管に使っているかつての反省室で謹慎させていたアンナを連れてくるようにと公爵は家令に鍵を渡した。

「どうか、お願いします！　お嬢様をこのままそっとしておいて差し上げてください……」

嫁いだ長女以外の当主一家の前に連れてこられたアンナは、家令の指示に従い部屋に入ったとたんに彼らの前で絨毯の上に這いつくばってそう願った。

震えて、声には涙が滲み、主人一家に逆らう事がどんなに大それたことか理解した上で彼らの意に逆らってリリアーヌの出奔を隠蔽したのだと、その行動が語っている。

「あなたは、リリがなぜこんなことをしたのか知っているの……？　何か知っているならどんなにささいな事でもいいの、教えてちょうだい！」

「家族として案じる心があるなら、どうして……っ、どうか、もうリリアーヌお嬢様を解放してください……！」

娘を思う母の悲痛な叫びに、一瞬泣きそうに顔を歪めるがアンナは口を閉じる。昼は頑として何も話そうとしていなかったが、やはり何か知っていたのだと確信したリリアーヌの家族達は、口々に自分達がどんなにリリアーヌの失踪に心を痛め、その身を案じているかを語って聞かせた。

解放とは何から、可愛い娘が、最愛の妹が、彼女はとても有能で魔法も剣も使えるがもしものことがあったら心配だ、いくら強くて賢いと言っても十五歳の女の子なんだと。今ばかりは使用人と主人一家ではなく、教えてもらえるなら何も咎めたりしないからと懇願する。

最初はいぶかしげだったアンナの顔は、その言葉を聞いていくうちにどんどん蒼白になっていった。

「何のことですか……？　一体何を言ってるんですか……？」

専属侍女であるアンナはずっとリリアーヌの後ろにいて、リリアーヌと同じ光景しか見たことがない。

彼女は理解できないとばかりに首をゆるゆると横に振った。目の前の人達が何について話しているのか分からない。それは彼らも同じようで、アンナが何故自分達の「リリアーヌへの愛情」を疑うような態度を取るのか分からなかった。

「どうして。どうしてですか。……何故、リリアーヌお嬢様の事をそんなに自慢に思っていたなら、そう伝えてさしあげなかったのですか」

「君こそ何を言っているんだ。専門家としてリリアーヌの事を誰よりも評価していたのは私達ではないか」

「むしろ、わたくし達家族の愛情も称賛も一身に受けていたじゃないの」

そうだろう、と公爵が同意を求め、家令を含めた使用人に視線を向けた先で、当然だと言うように頷く家令やそれぞれの専属執事・侍女達。もしかして自分は主人のリリアーヌが正当に評価されている、違う世界に迷い込んでしまったのではとすらアンナは感じた。

「評価も称賛も、公爵様達は一度もお嬢様に与えたことはありません」

「バカな。そんなはずはない」

「いいえ！　皆様はいつもいつも、リリアーヌお嬢様がどんなに頑張っても、どんな成果を上げても、ほんのささいな事を指摘するばかりで……！　それとも、あれが褒めていたとでも言うんですか?!」

アンナの涙交じりの悲鳴が部屋に反響した後、アジェット夫人は心外だとでも言うように反論した。

「アンナ、あなた何の話をしているの？　それではまるでわたくし達がリリを一切褒めたことがないみたいではないの」

「実際に、そうではありませんか。私は、皆様全員、リリアーヌお嬢様がどんな成果を出してもそれを一切褒めずにほんの少しのミスを責めてらっしゃる所しか見たことがありません……」

「そんなわけが……皆リリの事を溺愛して、いつもいつも、さすがに欲目が入っているのではと思うほど言葉を尽くして……」

「私は。……私と、あとお嬢様も。ご家族の皆様がリリアーヌお嬢様を褒めているところを一度も見たことがございません。一言でも、リリアーヌお嬢様本人を前にお褒めになった事はありますか……?!　無いでしょう……?」

「嘘よ……だって、あなたも、アンジェリカもジェルマンもコーネリアもウィルフレッドもアルフォンスも、いつもリリアーヌを溺愛ばかりして。だからわたくしは、わたくしだけは厳しいことも言ってあげなくちゃって、ずっと……」

「なんてことだ……ジョセフィーヌも……だと……?」

「親父とお袋も?」

「嘘、ウィルフレッドも?」

父と母のその言葉に続けた二人の顔は真っ青になっていた。それを聞いていたジェルマンとアルフォンスも、言葉は発していないが今にも倒れそうなほど血の気が引いている。

敬愛する主人リリアーヌをずっと苦しめていた、この歪で醜悪な勘違いに気付けていれば、とアンナは自分を強く責めた。周囲からは溺愛されているようにしか見えない末姫のお気に入りだと、同僚の使用人から妬まれ孤立気味だったせいで、家族がリリアーヌに向ける本音を知る術のなかったアンナにはどうしようもない事だったのだが。

「私は、ずっとお嬢様が不憫でなりませんでした。あんなに素晴らしい成果を上げ続けているのにたった一言すら家族に褒めてもらえず。でも自分がまだ至らないからだ、きっと認めてもらえることが出来たら褒めてくれるからと頑張り続けていたお嬢様が……」

「なんてことだ……リリアーヌも。リリも同じように勘違いしていたのか?!」

「勘違いも何も。リリアーヌお嬢様は接していた通りに事実を認識しただけですよ……どんなに頑張っても、誰も一言も褒めてくれないご家族だと……。なのにその皆様が、ニナ様の事はささいな事も拾い上げてお褒めになるのを見て、どんなに悲しまれたか」

アンナが恨みをぶつけるように、隠したまま存在すら知らせていなかった自分宛ての手紙を持ち出して公爵に突き付けた。各々が語ってるように「自分には特に懐いていたリリアーヌを傷付けてしまった」事が原因ではない。いくら頑張っても誰も褒めてくれない家族が、ニナには目の前で惜しみない称賛を与える。事件についてのリリアーヌの言い分も聞き入れられずにニナの言葉を信じた。それに耐え切れずに心が折れたのだと真実を語って聞かせた。

自分達へのものと違う、何枚にもわたる便箋でつづられた「手紙」を見て身勝手にも傷付く彼らは、アンナの手からひったくるようにそれを奪うとリリアーヌが泣きながらペンを走らせた文字を追って「違うんだ」「どうしてこんな思い違いを」「自慢の娘だと思って、そう口にしていたのに」と後悔を口にしている。

「こんな事……違うわ……ニナの事を全面的に信用したわけじゃなくて、言い分が違うのは、一度調べてから対処しようと……リリだけでなくニナも錯乱してたでしょうし、意識も記憶も確かではなさそうだからと思って……」

「確かに、奥様はそうおっしゃっていましたが、それをあの後お嬢様に伝えましたか……?」

「それは……!!　だってあの場では、話を聞くよりもまず休ませてあげたくて……！」

「そんな、そんな……私がリリの事を褒めたことが無かっただなんて、嘘だろう?!　なぁ、セバスチャン！　お前はいつも親バカだと私に呆れていたじゃないか！」

「か、閣下はリリアーヌ様の魔法を、確かに、いつもおそばにいる私が呆れるほど褒めていました……けれど……リリアーヌ様の前でその称賛を口にしているところは……今考えると、無かったような……」

「嘘だろう?!」

「人前では厳しいことも口にするけれど、私どものいない場で……家族だけの団欒や二人きりの時などにお褒めになっていると、そう思っていました……」

彼らは段々と、「周りの家族は甘やかしてばかりだろうから自分くらいはリリアーヌに厳しくしないと」と全員が考えて、全員がリリアーヌに必要以上に厳しく接して、実際は誰も、一回も褒めた事が無かったのに今初めて気が付いた。

リリアーヌからは、家族の愛情は見えなかったのだと知って全員血の気が引いて、女性二人は立っている事すら出来なくなって、それぞれ慌てて使用人に支えられていた。

「お前達はリリを甘やかすことしかしていないから、私は心を鬼にして厳しいことを言っていただけなのに」

「あなたこそ、優秀なリリは鍛錬もほどほどでいいなんて言って。だから、魔術鍛錬の時間もきっと遊び半分だろうから、わたくしくらいはとあえて厳しく教えてたのよ、なのに……！」

最愛のはずのリリアーヌになんてつらい境遇を強いていたのだろうとやっと自覚に至った彼らは思い思いに嘆いた。

その声を聞いて、自分の敬愛している主人の成果を何故ご家族は認めてくださらないのかとずっと気にかけていたアンナは、その理由のあまりの身勝手さに呆れて、今更悲しんで見せる彼らを冷めた目で見つめた。

愛しているが故に厳しくしていたのに、それが伝わっていなかっただなんてと、自分を憐れんでいるようにしか聞こえない。

「こんなくだらない理由で、リリアーヌお嬢様が一度も褒めてもらえず悲しんでおられたなんて」

不満をぶつけることもなく、ただ家族に褒めて欲しいとずっと努力していたリリアーヌを思うとあまりにも切なくて、アンナは泣きはらした目でまた一筋涙をこぼした。

第六話　遠くを見つめる

「リオ君はどこに行く予定なんだい？」

「師匠が半年ぐらいで戻ってくるって言って留守にしてるから、旅行がてら里帰りでもしようかなって思ってます」

おごってもらってしまった夕食の後、私の作った魔道具が余っていたら買い取りたいと提案されて、現金に不安のあった私はそれを丁度いいと受け入れた。

コーネリアお姉様や私の持っている特許が関わるような、私の正体につながる可能性のある技術は使っていないものだけなので「港町までの交通・宿泊費の足しになればいいな」と思っていたのだが思ったより高く買い取っていただけてびっくりしてしまった。

宝石やアクセサリーは貨幣単位の変わる国外に出てから換金したかったのでとてもありがたい。足がつかないように量産品や裸石にしているが、それでも国外に出てからの方が安心だもの。

宿は節約しなくてもよさそうだと考えていたところで不意にそんなことを聞かれて、しかし前もって設定を考えていた私はよどみなく答えた。

腕のいい錬金術師は国に依頼されて仕事をすることも多い。仕事内容は家族にも守秘義務が発動して言えないため、私は何も聞かされていない程度の見習い錬金術師らしい反応をした。

錬金術師について詳しい人なら察して師匠について深くは聞いてこないし、知らない人からは余裕のある工房だなくらいにしか思われない話し方で。そこそこ儲かっているトノスさんなら前者だろうが。

どのルートでどの国に行くのか聞かれて、「シェルパートに向かおうと思ってて」と答えておいた。こちらの事情を探っている気配は無かったけど、何のつもりだろう。

まだ変装を疑われている様子もないし、性別を偽っているのもバレていない。はず。

「シェルパート……なら港街のケルドゥ経由かな」

「多分そうなると思います」

シェルパートは有名な観光地もあるので、ここが母国ではなく通り道だと後からだって言える。

海路のハブ国でもあるので都合がいい。この国から行くにはケルドゥ港が一番近いが、旅行を兼ねて遠回りする事にすれば別方向にも行ける。全部計算の上で、真実も嘘も話さないように、しかし後で矛盾が起きないように考えながら「見習い錬金術師リオ」として話す。

「ケルドゥなら俺の次の出店地と同じ方向にあるから、乗せてってやろうか？」

「ええ？　そんな、悪いですよ」

「悪いもんか。質の良いポーションに魔道具をお得に仕入れさせてもらっちまったから、このくらいはさせてくれ。まぁ将来確実に有名になる錬金術師に恩を売りたいってのが一番なんだが」

思いもよらないその言葉に、私は家の捜索の目を眩ませられる同行者を手に入れるメリットと天秤にかけてリスクを考えた。一緒に過ごす時間が増えるほど隠し事がバレる危険は高まる。しかし偶然出会って私がたまたま話しかけた人だ。商会の登記を思い出す限りは完全にまっとうな商売をしていて、中古だが魔導車を所有し拡張庫も備え付けているあたり資金に困ってもいない。

フレドはこの国内規格の銀級のギルドタグを持っているのを確認している。こちらも誘拐や人身売買などの犯罪に加担する理由がない。平凡な錬金術師見習いの少年をどうこうして得られる利益なんてたかが知れてる。それに真向から戦って勝つのはともかく逃げるだけなら確実にできる。

ケルドゥに着くまでは、魔導車なら車中泊が必要になるほど離れた街はないから就寝中にこの二人を警戒する必要もない。

私はなんとか一瞬でそこまで考えると、「互いに利のある提案をしてもらって喜ぶ少年」ぽい無邪気な笑みを向けた。

「いいんですか？　僕はすごくありがたいですけど」

「リオ君はあれほど腕のいい錬金術師なら魔法もかなり使えるだろうが、出来るなら同行者がいた方が面倒にならないと俺も思うよ。一人旅ができる実力があるって推量できずに絡んでくるのもいるだろうし」

「腕がいいだなんて、そんな。お世辞でも嬉しいです」

フレドさんが独り言として小さくつぶやいた声が「世辞じゃないんだよなぁ」と聞こえたような気がしたが、聞き間違いだろう。錬金術の初級の教本にも載っている事を全て忠実に守って作っているだけで、私は何も素晴らしい技術を使って作っているわけではないもの。

よく考えると、何故こんな提案をしてくれたのか何となく推測できた。きっとトノスさんは私が思ってるよりすごく優しい人なんだろう。子供と言っていい年齢の少年が一人で長距離を移動するのを心配して好意で提案してくれたのだ。お世辞まで言って。

たしかに、実家の追手ばかりを考えて、未成年の一人旅に目を付ける悪人もいるであろうことをあまり意識していなかった。

ポーションも魔道具もこちらの想定より高く買い取っていただいて感謝しかない。ありがたく、今は頼らせていただこう。家族の追跡がなくなったと確信出来たらお礼をしないと。

その日はもう寝る前提で三人共それぞれ部屋に戻ったが、仮眠をしていた私は眠気が遠かったので、早朝に行おうかと考えていた物を作ってからベッドに横になった。


翌日、まだこの街で商談が残っているトノスさんは商業ギルドに向かい、フレドさんも昨日手入れに預けたという武器を受け取りがてら別行動になる。出発は明日になるが、魔導車での移動になったと考えるとむしろ余裕が出来た。

それに、急いで離れようとしないほうが実家の目に留まりにくくなるかもしれない。どう考えても公爵家の通信よりも速く遠くに行けるわけはないから、見つからない事の方が大事だ。

乗せてもらうお礼があれだけじゃさすがに悪いから、移動中に魔道具を作って贈ろうかな。そう考えた私は必要な材料を買い求めた後冒険者ギルドに向かった。

こちらは自分の足跡を誤魔化す工作のためだ。

「では、こちらの遺品と遺髪をお祖母様の故郷の森に埋めて欲しいと」

「はい。もう親類は向こうに残っていないから預ける先もないので」

こういった依頼は慣れっこなのだろう、ギルドの受付は私の提示する条件を書き留めていく。実際足を運ぶ余裕も時間もない市民がそちらに行く商人や冒険者に荷物を託すのはよくある。行き先が同じ人に依頼してついでに持って行ってもらう形だ。配達として頼むとまた料金が変わる。

冒険者に頼む方が割高だけど、ギルドが仲介になってくれるだけ、特に私が依頼するような今回のような話では安心だ。これはお金だけ受け取ってその辺に捨てられたら困るもの。

冒険者登録する時はともかく、この内容では依頼者の身元照会などは行われないのは承知済み。

討伐依頼などは、わざと下方修正した脅威度を伝えて報酬を値切ろうとする悪い人もいるのでそうはいかないけど。

私は切り落とした自分の銀髪で作った白髪の束と、わざと骨董品に見えるような加工を施した新品の魔道具の指輪を箱に収めて預けた。発動するのは明後日から。私の髪の毛を媒介にして、まるで「私が移動した先々で魔法を使ったような」痕跡をこれは残してくれる。

質の悪い安物の宝石に見せかけて取り付けてある魔石の内蔵魔力が尽きればそれもなくなるが、「リリアーヌ」に該当する少女の目撃証言が無いためそれまでに十分目をかわせるだろう。

ここロイタールから見てケルドゥとはほぼ反対方向にある田舎町を指定して、私は依頼報酬と手数料を支払ってギルドを後にした。

翌日ロイタールを出発した私は、車の荷台で揺られながら家出してから初めて我が身を振り返っていた。偶然の出会いから同行者を得たことで、港に着くまではほぼ実家に捕まる心配がないと安堵したのも大きい。

発作的に飛び出してきてしまって、何てことをしてしまったんだと押しつぶされそうな気持ちはある。今からでも戻って関係各所に頭を下げるべきなんだろう。仕事で関わった人達にも大変な迷惑をかけている。そう理性では分かっているが、どうしてもあそこに帰りたくなかった。

でも、何より一番の心残りはアンナの事だ。アンナの仕事は私の世話に終始していたので、私が居なくなって彼女の扱いが悪くなっていないかそれだけが心配だった。

いや、心配ではない。アジェット家の人にはさすがに私の失踪について侍女のアンナに責を負わせるような八つ当たりをする人はいないだろうが、居心地の悪い思いをしているのは確実だ。

それに、何故かアンナは同僚から敵意を向けられていたのも気がかりの原因だ。アンナは「私の実家が男爵家だから、公爵家のお方の専属侍女になるには不足だと思われるのは仕方ないですよ」なんて言ってたけど。

他の専属侍女はいないし欲しくなかったので比べたことは無かったけど、申し分のない素晴らしい侍女なのになぜそんな意地悪を言う人がいるんだろう。

ひとり劣った末っ子の専属侍女とはそんなに羨ましいものなのだろうか。私が家族から溺愛されていたなら「美味しい思いが出来そう」と思う人もいそうだがそうではないし。

理由は分からないが、アンナの境遇が悪くなっていないか、それだけが私の懸念事項だった。

心配をかけてごめんなさいって改めて手紙も出したいし、お詫びもしたいけど、そのせいでアンナが共犯だとか事情を知っていたと疑われてつらい思いをするかもしれないと考えると、安易にそんな事は出来ない。

それに、アンナと連絡を取るとしたら家族に察知される可能性が高い。落ち着いたら私が無事だと絶対に知らせたいけど、その手段については慎重に考える必要がある。

一通り考え事も終わったところで、ゴトゴト荷台で揺られながら私はなんとも落ち着かない気持ちになっていた。運転席と助手席は二人でいっぱいで、ロイタールに向かう時みたいに短時間ならともかく詰めて座るには窮屈だからと。時間がかかるから着くまで寝てるか荷台で好きにして良いと言われたけど、どうするべきか一切思い浮かばなかった。

何もせずに座っているのがひどく罪悪感を感じて、ソワソワしてしまう。どうしてこんな気持ちになるんだろうと考えつつ、私はひとつ気付いて呆然としてしまった。

私、「ゆっくり目的なく過ごす」ってしたことがないんだわ。

何かの合間に休憩をとることはあったけど、「休憩をとるべき時間が経ったから」「自分をリセットするため」ってその目的があって体と思考を休めることしかしたことがない。

教師役を家族が務める授業も、その与えられた課題もなく、そのための知識を詰め込む必要もなくなって手掛けていた事業も置いてきた私は、自分が暇つぶしに何をするべきかも思いつけなかった。

……私、今まで空いた時間は何をしていたっけ？　学園から帰ってきたら……家族の誰かから何かしらの指導を受けて。それが終わると……次の授業を考えて。入浴後は、課題をこなして関連論文を何本か読んだら一日が終わる。友人はアンナ以外におらず、そもそも最後に「遊んだ」のはいつだっただろうか。

学園の休憩時間は社交に充てていたけど、家族からの授業で与えられた課題に使いたいと思った事すらある。家族の目がある場所で最善のパフォーマンスをしようと気を張っている時よりかは余裕があったが何も考えずのんびりしていた事はない。

休日は関わっている事業についての仕事をこなして、絵を描いたりサロンに呼ばれて楽器を奏でたりする事もあったがそれも全部私にとって「仕事」だった。

アンナとのおしゃべりは心の拠り所にはなっていたが、弱音を吐きがちな私をアンナが支えてくれていただけで、私がぼんやり想像するような「趣味の話をして楽しむ」とかとはまったく違う。

たしかに嫌々やっていたことはひとつもない。自ら進んでしていたことばかりだ。でも「いつか家族から褒めてもらいたい」という目的があってやっていただけで、それが無くなった今は「好きだからやりたい」と思えることがひとつも無かった。

心の底から「物語を作るのが好きだ」と公言するアルフォンスお兄様の商業デビュー作は八歳の時に書いた「リーナの冒険」という児童書だった。それまでも頭の中で思い浮かべた物語を家族に話して聞かせたりしていたそうだが、当時幼児だった私は覚えていない。

主人公リーナは家族を含めたみんなから愛されてて、皆を愛してる素敵な女の子で、ワクワクする冒険をするが理不尽や不合理はなく全員が幸せに終わる優しい物語だった。

そう言えば家族だけに話していた時は主人公の名前は違ったのよとお母様がいつか言っていた。それはからかっているような口ぶりで、「リリアーヌには絶対に教えるなよ」と言ってアルフォンスお兄様は怒っていたので、当時の記憶がない私に知る術はないが。

アルフォンスお兄様が言っていた。きっとこの世が滅んで、何もなくなって誰も読んでくれる人がいなくなっても自分は物語を書くだろうって。

自分の書く話が大好きだから。僕にとって創作とは呼吸であり、溢れてきてとどめられないものであり、どんな金銀財宝や名誉を与えると言われても物語を生み出す事は絶対にやめられない。そうせずにはいられないものなのだと。

そう言ってたお兄様の目はキラキラしていて、何かに熱中している人の目ってこんなに輝くのかってとても素敵に感じたの。

羨ましい。私にはそんな情熱はなくて、浅ましい理由しか持っていないのに気付いてしまった。

「じゃありオ君、気を付けて」

「はい、トノスさんも。ここまで乗せていただいてありがとうございます、助かっちゃいました」

トノスさんもフレドさんも、何かが起こるかもと警戒していた私が罪悪感を覚えるほど良い人だった。実家の目に留まらない形で港まで来られたし、私は運が良い。

「あ、そういえば。これ、ささやかなんですけど、良かったら使ってください」

「え？　これ、魔道具かい？」

「たいしたものじゃないんですけど。魔導車の中が少しは快適になると思って」

お昼ご飯も度々おごってもらった上に、運賃は頑として受け取ってくれなかったトノスさんにお礼として、道程で作った魔道具を渡した。寒い時や暑い時の冷暖房に使える、逆に言うとたったそれだけのシンプルな機能のものだ。

もっと使い勝手のいい冷暖房器具はあるが、これは原動力にする魔石の属性を利用して小型化に全振りしたものだ。きちんとした設計図も引いていない、魔道具の機能を決める魔導核も手で調整しながら作ったから、量産はできないもの。

量産するには魔導核の均一化規格を……それこそどの魔物から採れる何を核とするかから決めないとならない。魔導回路もブラッシュアップどころか量産化専用のものを一から作らないと。なのでコーネリアお姉様に見られたら眉を顰《ひそ》められるような出来のものだが。ないよりマシ程度には役に立つ……と思う。

大昔の冷暖房魔道具は私が作ったこれと似たような構造のものしか作られていなかったが、それは暖房には火属性の魔石が、冷房には氷属性の魔石が必要で、暖房が必要な寒い地には暑い国からわざわざ魔石を運ばないとならない、裕福な人達だけしか使えないものだった。

現在は魔石から属性をそぎ落とし、純粋な動力として使う技術と魔導回路が発達したことで大昔のような制約はない。しかしトノスさんが買ってしまったように属性処理の甘い魔石も出回っている。ギルド認証を受けている店が品切れで仕方なく買ったらしいが。

通常それは属性をそぎ落とした際の魔力減衰も大きいし、ひどい時は魔道具の故障なども招くため推奨されないが、ギルド認証を受けた加工魔石は供給が需要に追いついておらず無認証の魔石を使わざるを得ない事がどうしてもあるんだそうだ。

魔石の需要と供給については知識にあったが、質のいい魔石が潤沢に手に入る世界で生きていた私は現実として初めて身近に知った。

北から南まで商売のために頻繁に移動するトノスさんなら、寒い土地で氷属性の残った魔石を、暑い地域で火属性の残った魔石を買っておいて別の気候の土地に行く時に使える。その魔石に残留した属性を使い切ったら温風も冷風も出てこないし、残留してる属性の強さに左右されて温度調節機能もないから、冷暖房が利きすぎてると感じたらスイッチのON/OFFで切り替えるしかないが。

アジェット公爵家で使っていたような高級な魔導車にはもともと冷暖房は備わっているけど、それはボンネット内部にエンジンの機構も考えた上で収められている。

トノスさんの所有していた車にはなかった。なので車の窓を半開きにしてそこを覆う形で窓と車体に挟んで簡単に取り付けられるものを作ったのだ。これは外気への排熱をする都合もある。

良い点として、これで属性を使い切れば、二級品の魔石も少しは安全に使えるんじゃないかと思って。人里離れたところで故障したら場合によっては危険だもの。

しかし対応する属性の魔石がないと冷房にも暖房にも使えないので、まぁトノスさんみたいに北も南もあちこちに行く人にしか役に立たないが。

「あ、フレドさんおかえりなさい。フレドさんにもお世話になりました」

借りを返せてスッキリした私は、少し席を外していたフレドさんにも改めて挨拶をした。フレドさんには、いくらあっても困らないだろうとポーションを渡す。

「いやぁ、俺お世話したかなぁ、野外のごはん時もリオ君がいつもささっとやってくれたし……ああぁ、これで味気のない携帯食に逆戻りかって思うと寂しいよ」

「はは、そう思っていただけて光栄ですよ」

私は設定上、今日の午後の船便でここを発つことになっているので二人とはお別れだ。「独り立ちして工房を開く時には声かけてくれよ」と気の良い感じで笑うトノスさんに笑顔で手を振り返して、私は港の雑踏の中に紛れた。


さて。

トノスさん達は私が船便の発券所に行ったと思っているんだろうけど。まともな身分証明書のない私はこのままではまともな手段で国を出ることが出来ないだろう。それに、街の中に、明らかに何かを警戒している軍人達がいる。

きっと公爵家の命令で私を捜しているのだ。以前外交で国外に行くジェルマンお兄様に勉強を兼ねて連れていっていただいたことがあるけど、その時にあんな物々しい人達はいなかった。私の自意識過剰ではないと思う。今日で私が家を出て十日経過したが、まだ捜査の目は厳しいままだ。

ほんの少しでも疑われるわけにはいかない。

疑われた時点で、その後にどう調べられても私が家出したアジェット家の令嬢だとバレてしまうだろう。

どうしようか。後ろ暗い手で船に乗るのはちょっと。国からは離れたいけど、犯罪はさすがに。

やはり、徒歩で国境を越えようか。ケルドゥは隣国との国境も近いし。しかしそれにしても、今日は街を出るのはやめておいた方がいいかな。トノスさんやフレドさんとうっかり顔を合わせるわけにいかない。

私は比較的大きな通り沿いの、古いが清潔で大きめの宿屋に入った。完全な家族経営ではなく、従業員もいるのに目を付けて。このくらい客と従業員の関係があっさりしているほうが良い。

もっと大きい宿屋の方がその辺は距離が置けるのだが、ここより大きなところとなると身分証明なしの素泊まりは難しいことが多い。賭けに出ないほうが良い。

一階は食堂が営業していて、ここの娘さんらしい女の子がウェイトレスとして働いていたのが外から見えた。客には冒険者もいるが雰囲気は荒れておらず、防犯面も考えた上で今日の宿をここに決めたのだ。

平均より少し高めの宿泊料を払って、まだ陽は高いが部屋に案内してもらった。この時点では受付に顔をしっかり覚えられたくないので再び外套を使う。夕飯はここの食堂でとって、明日まで外に出なくても済むようにしよう。

どうやって船に乗ろうと悩んでいた私の心配はあっさり解決した。

翌日、同じ宿に泊まっていた外国人の男性から普通の船旅に関して話を聞けたのだ。どうやら庶民向けの船便の安い客室ならチケットのお金さえ出せれば誰でも乗れるものらしい。

私が知っているのはジェルマンお兄様率いる使節団とご一緒した時のみだったので、その時私に付き添っていたアンナがしていた手続きと同じものを想定していたのだが普通はそんな事しないみたい。

というよりその時が特殊だっただけのようね。私自身がとくに提出する書類などは無かったのは公爵家という肩書のおかげで、国境を越える船に乗るのは普通少し面倒な手続きがあるのだと思っていた。

そんな私の想像とは違い、貴族と外交官達が乗る船だから、同じ船に乗る者への審査が厳しくなっていただけらしい。

検問のような事をしている軍の目を避けて私じゃない違う名前の身分証明書をどうやって手に入れようとここに着くまでもずっと悩んでいたのに、拍子抜けしてしまった。

宿の従業員と意思疎通ができず困っている他国のお客さんの通訳をつい買って出てしまって、目立ってしまうかも、と少し後悔しそうになったけど首を突っ込んで良かった。

結果的に、周りが誰も理解できない言語を使ったから、堂々と詳しく船旅について聞けたもの。青の国の言葉を話せる人は王太子殿下の執務室に一人、外交部にも二人しかいなかったから、私が「今から初めて一人旅をしたい」って丸出しの内容を聞き出してたって軍に知られる恐れはない。

船に乗るのは問題なさそうだから、早めにこの国を出てしまおうか。たかが令嬢の家出にそこまで長期間人手を費やすことはできないだろうから一週間ほど待てば検問を展開している人達も気が緩んでもっと簡単にいきそうだが、そこまで待ちたくない。

そもそも今だってそこまで厳しい調査もしていなさそうだ。私の顔は知らされているだろうが、直接私を見知った人でなければ外見だけで私がリリアーヌだと気付かれないと思う。

多方面に迷惑をかけてしまっている自分の勝手な行動に罪悪感もある。でも家族にすら一度も認められた事のないリリアーヌは責任感も無かったのだと諦めて欲しい。

翌日、私は逃げるように、候補にしていた国の中でまだ客室に空きのある船便で一番近い日付を掲示板で確認してからチケットを購入した。

発券所内には平時配備されてないはずの軍人がいた。やはり上からの指示で誰かを捜しているような様子だったが、幸い私は意識を向けられることも無かった。少し緊張したのを外に出さないように内心安堵した私は、たまたま通りかかった市場で中古の楽器を見かけて足を止めた。

壊れているると値札に書かれているがまだ使えそうな弦楽器。何故かその古ぼけたヴィーラに、とても惹かれてつい購入してしまった。

出航は三日後。そうだ、やりたいこともないしそれまでこの子の修理でもして時間をつぶそうかな。アマチュアの私が弾く分には問題ない程度には直せるだろう。


何の問題もなくチケットに記載された日まで時間が過ぎる。暇でいるのが落ち着かなかったのが問題と言えば問題だろうか。

私は目標を持つことにした。このままでは実家の目が届かない場所に着いたらそれだけで気が抜けて空っぽになり果てそうだったから。

私の目標は、いつかアンナを迎えに行くこと。私ごときが実家の目をかいくぐってアンナを連れ出すのは現実的に考えて無理だ。すぐバレるだろう。しかし家族達を出し抜けるほどの力を得てから迎えに行こうと思ったらアンナを一生待たせてしまう事になる。

なら依頼を誰かに出せばいい。優秀で信頼できる人に手紙を持たせて、友人を迎えに行ってもらうのだ。そのまま護衛して連れてきてもらって。

ああもちろんアンナの意思は確認してからね。

そのためにはお金を貯めないと。あと、この内容で信頼できる実力者に依頼するとなると相手は高位の冒険者になると思う。そんな人に依頼するにはある程度私の信頼も必要になる。

信頼も得てお金も稼ぐには生活基盤もしっかり整えないと。

家族から逃げただけで自分が満足しないように、しっかり当面の目標を定めた私は船のタラップを登った。


ここが三等客室か。

私は二段ベッドが二、四……十二台並べられた、うす暗い部屋の中を進む。ベッドの間は人がギリギリすれ違えるくらいしかあいていない。三等客室に入口の扉は無いようで、甲板のすぐ下に位置するこの階層には船体の両側に同じような客室が数部屋並んでいる。

この船の一等客室はシャワールームもついた個室になっているらしいが、ここは大体想像がつく。二等客室はコンパートメント区画。狭いながらもベッドにもなる座席の備え付けられた個室らしい。一般人はこの三等客室を使うのが普通だと教えてもらった。

大体の客船はそうだが、この船も上等な客室は操舵室などと一緒に甲板より上に作られているようだ。

ここが、一般的な客室。話では一応聞いていたが、実際自分の目で見ないと分からないことがたくさんある。私はほんの少し怖気づきそうになりながら、自分のチケットに記された場所を捜す。

外は明るいがベッドで寝ている人も多くて、室内のよどんだ空気はアルコールと煙草とよく分からない不快なにおいの混じったものだった。ぱっと見で分かるあまり衛生的とは言えない環境のせいだろう。

前に誰が寝てたかも分からないシーツとその下のマットレスにこっそり生活魔法……に見えるようにそこそこ高度な複合魔法を使って清潔を取り戻してからそこに腰を掛けた。と言っても洗浄と乾燥と浄化を同時に使っただけだが。

ベッドの四隅に範囲指定をして、外気と常に循環させるよう魔術を組む。外は海だから潮の香りがするけど、これで室内の臭いから解放された私はやっと人心地付いた。

「いまの、魔法?」

向かいのベッドから話しかけてきたのは子供だった。母親らしい女性は、その子の隣で赤子を抱いたまま荷物にもたれて疲れた顔をしている。

見られていたのは分かっていたが、話しかけられると思っていなかった。でも何をしてたかまでは分からないだろう。私は決めておいた、「音楽家の少年レン」の仮面を被って対応する。

「そうだよ」

「すごい！　何か使って見せて！」

「いいけど、見たいならお代を取るよ」

私がそこまで言うと、子供はむっとした顔をして母親にぽすんと抱きついた。自分でしておいて何だが後悔しそうになる。子供では船旅は退屈なんだろう。上の客室に撞球室はあるけど大人の遊びだし、そもそも三等客室の者は立ち入れない。

母親も疲れてるような顔をしてるし一時《いっとき》でも子供を預かって人形劇でも見せてあげようか。

いやでも港までの道中とは違って、不特定多数の人が船にいるから、あまり他人と親しくならないように過ごさないといけない。

錬金術師リオのままでは知り合いがたくさん出来てしまうだろう。それに錬金術師なら酔い止めの薬かポーションを売ってくれとも絶対に言われる。着くまでは逃げ場が無いのだ、たくさんの人に認識されてはいけない。人当たりの良い人間を演じるわけにはいかないのだ。

ここでは「商売にならない事には愛想すら向けない音楽家レン」でいないと。

音楽家だと説得力を持たせるために楽器ケースだけは見えるように持っているが、自らデッキで客を集めて弾いたりするつもりはない。何かやれって言われたら少しなら誤魔化せるだろうけど、身を立てるほど楽器の腕が素晴らしい訳では無いから出来るだけ目立たず過ごすつもりだ。だって、そのレベルで一人旅してるのか、本当にプロなのかと疑われてしまう。

私はわざとそっけない態度を取って、それきり無言で出港の時間を待った。本でも買ってくればよかったかな。やっと定刻となって、動き始めた船の中でどこか感慨深さが胸に湧く。

外は見えないけど、私の生まれた国から遠ざかっているのが分かる。

出来たら二度と戻りたくないな、と思いながら私は簡素なベッドの上で丸くなって目を閉じていた。当然無防備に寝てはおらず、防犯用に魔法はかけて、だが。

夕食は三等客室用の食堂で買って甲板で食べた夜、そのまま誰とも口を利かずに眠りに落ちた……はずが夜中に目が覚めた。船が波をかきわける音に重なって、子供の泣き声が聞こえる。

どうやら向かいのベッドの母親が連れていた赤子が泣いているようだ。だが体調不良や病気の気配は感じられず、ただの夜泣きかと安心して再度眠ろうと思いかけたら同じ部屋の男が「うるさい！」と怒鳴り始めた。

そんな非常識な人、私の周りにいたことなくて一瞬固まってしまった。

「すいません、すいません……」

「またその赤ん坊か。勘弁してくれ」

「寝るまで外に行ってくんねぇかな」

採光と換気用の窓から差し込む月明かりでは暗いからよく見えないが、母親はとても申し訳なさそうにしているのが声だけで分かった。周りの人の言葉から察するに、今夜以前にも似たような感じの事が起きてたのだろうか。

衣擦れの音で授乳を試みたりオムツを確認したりしてるのは分かったが赤ちゃんは泣き止まない。

疲れた顔をしていたのはこれか。子供と会話していた時、言語は一緒だがニュアル国独特のなまりがあった。政情が不安なあの国から何らかの事情で外国に向かう途中とかそんなところだろう。

……どうしよう。私が割って入るのも、「赤ちゃんは泣いて当然なのに何を言うのか」とあの人達に道理を説くのも、「あなたの声の方がうるさい」と問題をすり替えるのもまずそうだ。この親子がどこまで行くか分からない、私が下船した後にしこりが残ってしまう。

母親は子供の分を含めた大荷物を持って外に出るか、荷物と上の子供を置いてデッキに出ようか悩んでいるようだった。

私も、宿屋のお客さんに船の中では荷物は肌身離さないようにとアドバイスされたのでその葛藤は分かる。すぐにでも部屋を出たいと声の主を気にしているのも。

でも上の子もまだ五歳くらいに見えるし、置いていくには心配なのだろう。私が荷物も見てましょうかと声をかけようか迷ったが、冷たくしていたのに突然怪しすぎないだろうか。

悩んだ挙句、寝起きで頭がちゃんと働いていなかった私は、抱えて眠っていた楽器ケースをほとんど発作的に開いてヴィーラを抱えて弦を指で弾いていた。

「♪……いとし子よ　もうお外は暗い　あたたかな腕に抱かれてお眠り
目を閉じて　今夜見る夢はきっと幸せなものになるから
いい子　眠りなさい　可愛い子　ぐっすりお眠り……♪」

歌が始まってすぐに泣き声は止んだけど、一応歌詞のきりのいいところまで歌いきる。二番も三番も飛ばして後奏をやって強引に終わらせた。赤子の声で起きた人は声を上げた人以外にもいたのは気配で分かっていたので、「眠り」を乗せた「魔唱歌」で部屋の中全員をまとめて眠らせる。

あの怒鳴っていた男、翌日こうして起きたことも覚えていないといいのだけど。それもできなくはないがさすがに催眠はまずい。

あっという間に眠りに落ちた赤子を抱えたままぽかんとした母親が私を見つめる気配だけ残った。彼女の事だけは除外した。急に眠って子供を抱く腕が緩んだら大変だから。

「あの……ありがとうございました」

「別に。僕も寝たかっただけ。あのおっさんの声で起きちゃったから」

魔法は様々な方法で発動できる。熟練した魔法使いが念じるだけで発動するような例外は除き、魔術的要素を持つ文言を組み合わせた「詠唱」が一般的だ。魔法陣や魔導回路も生活でよく使われている。儀式という「行動」を使って発動させる大きな魔術もあるし、踊りや歌で使う魔術も存在する。

歌は特に歌詞以外にも音の高低やリズムなどで魔術的な意味を与えられる要素を持っている。習得して使うのは難しいが魔唱歌は面白い。声に魔力を込める事さえ出来れば色々出来るから。「聞いてる人の元気が出る」とか「勇敢になる」とか。

私は結構便利だし使い勝手が良いと思っている。

お父様は音楽のセンスは無かった。逆にお母様は魔法はまったく得意ではない。家族が出来ない事を習得しようと挑戦している時に身に付けたものだ。

「朝までぐっすり眠ってるだろうけど心配しなくていいよ、悪い影響はないから」

この子の体格から推測されるに一歳は過ぎてるから頻繁な授乳は必要ないだろう。オムツはさっきやってたみたいだし、次に目覚めるのは朝になってからでいい。

普通は「眠らせる」って単純な魔術のみでやろうとすると人の精神に作用するものだから結構難しいのだけど魔唱歌なら別。しかも聞こえる範囲全部効果があるし、その中なら効果のある人数にも制限がない。

その代わりそこまで大したことが出来るわけじゃないけど。さっきまで寝てた人ばかりだから効いただけ。たとえばここが昼間のガヤガヤしてる食堂でみんなはっきり起きていたら誰も眠らない。その程度。

だからこの芸を身に付けても家族は褒めてくれなかったのだろう。今考えるといつもの事だけど。魔法と、音楽。ひとつの分野では何も褒めるところの無い私だけど、これなら素敵な事ができるかもってワクワクしていたなんてほんと愚かだ。

でも、こうして、ただの音楽家がサービスで子守歌を口にするフリをして自然に眠らせられたから良かったと思っておこう。無駄じゃなかった、役に立ったのだもの。

母親はだいぶ疲れた顔をしてたので、寝た赤子を抱えてそっと横になったのを確認してから小声で癒しの力のある言葉に魔力を乗せて歌った。きっと明日はスッキリ目が覚めているだろうけど、「心地の良い音楽を聴きながら寝たからかしら」と思ってくれるだろう。

室内にいた全員の意識が眠りに落ちてから、私もヴィーラをケースに仕舞うともう一度丸くなった。

「ねぇお兄ちゃんもう一度お歌うたって!!」

自然覚醒の前にそんな声で起こされた私は一瞬ここがどこかどんな場所なのか把握できないまま丸くなって寝てた視線の先の壁を視界に入れた。見覚えのない粗末な木壁に戸惑ってたし「お兄ちゃん」が自分とつながらなかったのもある。それにちょうど深く眠っていたみたいで頭も体も重い。

後ろから、「ねぇねぇ」と言いながら揺さぶられたが私の意識はなかなか浮上しない。

「お兄ちゃん、名前は？」

「……わたし……？　名前、は……リリアー……」

自分の声が耳に入ってそこで失敗に気付いた。ここでやっと自分が男の子のふりをして過ごしてるのを思い出したのだ。慌てて否定しようと思ったが、もう遅い。

まだ時間的には早いが、今の男の子の声でほとんどの人が起きていたようだ。体を起こした私に周りから視線が向けられる。まだ誤魔化せるだろうなんて希望的観測はさすがにもうできない。

……やってしまった。

「リリア？　女みたいな名前」

母親は、一人旅をしている私が男の恰好をしていた理由を悟って気まずそうな顔をしていた。どうしよう……いや、男装しているのは別に不自然じゃない。私の身元がバレさえしなければいいんだから。

「リリアじゃなくて、リアナ。別に男って名乗った覚えもないけど。何？」

慣れてないならとっさに反応しづらくなるから偽名は本名とまったく違うものにはしないほうが良いと諜報の人には習ったが、「リリア」では近すぎる。私はリアナと名乗り直して、昨日の態度はそのままにわざと突き放すように話した。

「お姉ちゃん？　リアナおねえちゃん？　ねえまた歌ってよ」

「魔法も歌も、お代もらうよ。払えるの？」

母親に目を向けると視線を逸らされて、男の子を言葉でたしなめ出した。そのすきにサッと部屋を出てデッキに上がる。朝食をとりに船内を移動している人が多いから目立ってはいない。

私の持ち物は最悪マジックバッグだけあればいいけど、貴重品に見えるだろうからちゃんと楽器ケースも持ってきている。ベッドの上に置いてきた布鞄は偽装用で、使用済みタオルなどでかさを出してるだけで盗まれて困るものは入っていない。

……これは今晩遅くまであの客室に戻らないほうが良いだろうか。三等客室も女性がいない訳じゃない。私のいたあの部屋だけでもあの母親の他に、もう一人いた。けど彼女は恋人らしい男性が一緒にいて、トイレなどでも絶対に一人きりにならないようにちゃんと注意していた。

未成年の少年の一人旅も危険だが、女性一人だと見て分かる方がもっと危険を引き寄せやすくなる。当然だ。

昨日出港したばかりだから、次の寄港までまだ三日もある。これ以上あの子に人前で「お姉ちゃん」と呼ばれるのは都合が悪い。言い聞かせて分かってくれるかな……夜遅くに戻って、あの子には私が起きるまで目が覚めないように魔法でもかけちゃおうか。母親からは離れられないだろうから、それを着くまで繰り返せばあの子と喋らずに済む。

そんな身勝手な案が浮かんでしまう。

あの親子と顔を合わせるのは気まずかったので、買いに行かずにマジックバッグの中からトノスさんから買った携帯食料と常備していた飲み水を取り出してデッキの上で簡単に食事を済ませた。

確かに備えはしたけど、こんなに早々に出番があると思わなかったわ。

「坊主、楽器できるのか？　旅の楽師か」

「そんなところ」

ぼんやり海を見ていると楽器ケースが目に入ったらしい人から声がかかった。外套を着ておけば良かったと後悔するが、自分のしでかした失敗に頭がいっぱいでそれどころではなかったのだ。次から忘れず使わないと。

私は気を取り直した。私がこの船の全員に性別がバレたわけじゃないんだから、大丈夫だ。別にあの部屋の人達だってわざわざそれを言いふらしても得なんてしない、だからそこまで心配しなくても広がらないだろうし。……うん！

「退屈してたんだ、何か弾いてくれよ」

「ご依頼ありがとうございます、一曲二百フェルです」

なんだ金とるのかよ、と文句を言いながら中年の男は消えた。大道芸人の場合出したい人だけおひねりを投げる形が多いが声をかけて何かさせるならお代をもらうのは普通の事だ。二百フェルで屋台の串焼きが一本買えるくらいなので、駆け出し音楽家がリクエストに応えるのに相応の値段設定なのだが。最初から冷やかしだったのだろう。

街を査察した時などにこういった市場価格もちゃんと見ている。

「お、じゃあ俺が頼もうかな。まだ朝も早いから、スッキリ目が覚めるようなのを一曲頼むよ」

「まいどありっ」

別の人から声がかかって、商売になることには愛想が良いというこの船の中だけでの「私」としてそれに応じた。名乗る名前はともかく、ここで過ごしやすい人物設定をせっかく考えたのだしそのまま使おう。

私はより少年ぽい声を作ると、ちょっと離れた国で有名な明るい曲を歌い始めた。当然、魔力は込めていない、ただの歌だ。だけどその男の人は何故か大分気に入ったようで、二曲目もリクエストしてきたのだった。

たいした腕前じゃないはずなのだけど、思っていたより船の上とは退屈なようで、それから次々に声をかけられてしまう。リクエストをした人以外からもおひねりが飛んで、私の足元に積もり始めて慌てて楽器ケースを広げて置いた。

想定外の人だかりができてしまって、歌うたびにそれが膨れ上がり、私は「こんなに目立つ予定は無かったのに」と内心焦っていた。顔は「いい商売になって嬉しいっす」みたいな笑顔を保っているが、心の中では疑問符でいっぱいだった。

何故、音楽のプロのお母様に一度も褒められた事のない私の歌がこんなに受けてるんだろう。船の上が退屈なだけが理由ではないように感じる。

えっ……どうして……？　あれかしら、一般人以上プロ未満の質が低いくらいの方が、親しみやすくて楽しめるとか……？　そうよね、こんなところで宮廷音楽家の格式高い曲が流れても落ち着かないと思うし……。

「え、リオ君？　……だよね？」

　この船に乗ってからその名は使っていないのに。

　群衆から頭半分飛び出た背の高い彼は私を視認してそう呼んだ。当然、その声の主の方を向いた私もそれが誰だか気付いてしまって、思わず顔に焦りが浮かぶ。

　目元を隠す黒髪で表情は分からないが、きっと色々嘘をついたのに気付いて呆れているに違いない。

「え、え～……リオ君歌もこんな上手いんだ……すごいね……」

　ついこの前じゃあお元気で、縁があればまた、と別れたばかりのフレドさんがそこにいて、私は何て挨拶したらいいのか迷って固まってしまった。

「え、えっと、言葉の通りご縁があったみたい……ですね？」

　よりによって何を、と口にした言葉を後悔したのは言うまでもない。

第七話　思わぬ事

どうしよう。どうしよう。どうすればいい。

「フ、フレドさん、どうしてこの船に？　トノスさんの依頼がまだあったはずじゃ、だってあの後ビグアナイルに向かうって……」

私の中で、「商売になること以外には態度の悪い音楽家」の顔と「人当たりの良い錬金術師」として作った顔がぐちゃぐちゃに入り交じる。

なんて言えばいい、どうすれば不自然じゃない。目立つつもりは無かったのに、失敗した、失敗した。

私が明らかに動揺しているのを見て、ただ思いもよらない再会に驚いていただけのフレドさんが何かに気付いた様子で人だかりを抜け出て私の前に立った。

「ああ、そうだね！　いやぁ～こんな偶然あるんだぁ。びっくりしたよ。そうだ再会を祝して俺がお昼ご飯おごるよ！　ちょうどお昼だ、なぁ観客の皆さんもいいだろう？　若くて将来優秀な音楽家に休憩をあげよう」

フレドさんはそう言って私と親し気に肩を組むと、少し強引に人込みを抜けた。背中に「なんだ横から急に」「バカあの男銀級の冒険者だぞ、それに知り合いみたいだ」「でも確かにもう昼だし俺らも飯に行くか」「飯のあと戻ってくるかな」と声が飛んでくる。

「フレドさん、あの、」

「久しぶりだからって慌てるなよ、話は食事をしながらゆっくりしよう」

ごく自然に笑う彼の顔を見上げて、私は、不用意に前の偽名を使っていた時に関わった事を喋りすぎていたのをそこでやっと気づいた。トノスという人からの依頼で関わった、銀級のフレドという冒険者で、次の行き先がビグアナイルだったらしい。そこで知り合った。身分のある人が調べようと考えたらすぐできる。そんな私をフレドさんが、私の事情を極力話さないようにしながらあそこから助け出してくれたのも。

銀級の冒険者プレートを首から下げた彼が、空気を読まずに知り合いを連れ出した風を装って悪者になってくれた。

「……レストランでいいかな？　壁際の席なら声も漏れにくいと思うけど」

「あの……僕、上には行けないんです、三等客室なんで……」

三等客室を利用している人用の食堂と二等、一等の人達が使うレストランも当然分かれている。

豪華客船ではないのでレストランもそこまで格式高いものではないからこの服でも止められはしないだろうが、上層とつなぐ階段には警備がいる。裕福な客が宿泊するフロアに三等客室の者を入れないようにするためだ。

全員の顔と名前をちゃんと憶えてはいないだろうが、万が一にも不審者として調べられるわけにはいかない。

「え?! リ……君が三等客室って、あの、いくら男の子でも、君が雑魚寝はまずいよ! ちょ、ちょっと昨日大丈夫だった?! 何もなかった?!」

私の身を案じてくれて、名前すら口にするのはまずいかもと気を遣って伏せて話してくれているのにどう返すべきか分からない。

どうしよう、と気が急く中、私は三等客室に向かう階段を逃げるように駆け足で下りる。解決策が何も浮かばなかったのだ。

「何もないです、大丈夫です、さっきはフレドさんの依頼中に関わる話を人前でしそうになってすいませんでした」

「いや、そんな事は全然気にしてないから。うん、ねぇ何か事情があるなら話だけでも聞かせてよ。とりあえず今はここじゃなくて人のいない場所の方がいいんじゃない? コンパートメントだけど俺の部屋は個室だから、良かったらそっちで話をしよう」

どうしよう、どうしたらいい? 何と答えるか、誰として応えるのが正解か分からなくなって、言葉が発せなくなっている。隠し事がバレたとそれだけで頭がいっぱいになって、疚《やま》しさしかない私は顔をうつむけて、どうやってこの場から逃げるか、自分自身を必要以上に追い詰めてしまっていた。

ただ「そうなんです音楽もちょっとかじってるので、旅しながら小銭を稼いでるんですよ」で良かったのに。周りからは珍しいとは思われるだろうが、訳アリなのを察して道中あえてこちらの事情を極力聞かないようにしてくれていたフレドさんならそれで話を合わせてくれただろう。

それが分からなかった私は、溺れそうになって自ら水深が深い方に向かってしまい、取り返しがつかない状況に陥っていく。さっきデッキで目立っていた少年だと、私を目で追う人がたくさんいたのも視界に入っていない。

「ねぇ！　リアナお姉ちゃんさっき歌うたってたでしょ！　やっぱりすごい上手だったね！」

だから三等客室の部屋には、私が女だって知っている人がいるのがすっかり頭から抜けてきてしまったのだ。

お姉ちゃんと、そう呼ばれて「あ、また嘘がバレた」と背中をざらりと冷たいものが撫でる。もうどうしたらいいか、人目のないところに走って逃げて、外套を被った上で隠蔽の魔術を全力でかけて港に着くまで暗がりで震えているくらいしか思い浮かばない。

「……あー……」

その一言と私の反応で、名前も経歴も性別も全部全部嘘をついていたのが分かってしまったんだろう、フレドさんが気まずそうな声を漏らした。

お世話になったのに、顔すら見れずに私は部屋の入り口で硬直している。

今朝の事でまだ気付いていなかったらしい人もいたみたいなのに、「あの子女の子だったのか」なんて言っているのが聞こえた。いや、でも、デッキで目立ってた私を話題にして、ここの部屋の人が話すかもしれない。そしたら同じことだ。寝ぼけて不用意なことを言った私の自業自得だもの。

失敗を後悔する私の耳に、「ああ、たしかに、坊主にしちゃケツが丸いな」って、そんな下品な声が聞こえて。私は思わず赤くなってぎゅっと目をつぶった。ミスばかり。家出したのに全然上手くいかない。やっぱり私なんかが……逃げて幸せになりたいなんて思っちゃダメだったんだ。

「……よーし！　君の名前は何て言うのかな?!」

「えっ?!　……スハク……だよ……」

突然、すとんと床に膝をついて目線を合わせたフレドさんは、スハクと名乗った子供の顔を覗き込むように話し始めた。私も母親との会話で一応名前は知っていたけど、親しくしないようにしていたので昨日から一度も口に出して呼んだことはない。

「スハク君。あのねぇ、ほんとは違うって知ってても、それを隠してる人のことをそうやって言っちゃだめだよ。このリアナさんは女の子って事を隠してたんだから」

「……嘘つくのは悪いことだもん！」

「悪いことをしたのを隠すために嘘をつくのは悪いことだけど、この人は何もしてないだろう？自分を守るために、ほんとの事を言ってなかっただけだ」

男の子はフレドさんと、私から強引に目を逸らすようにそっぽを向いた。横顔は不機嫌そうに見える。

「スハク君も内緒にしてる秘密をばらされちゃったら悲しいよね？」

「僕そんなのないもん」

「でも人が隠してる事を勝手にしゃべるのは、今度からしないほうが良いよ。次からできるね」

話をそれで終わらせたフレドさんは、立ち上がると私の方を向いた。「荷物は？」と聞かれて、私が使っていたベッドに目を向けると、そこには何もなかった。

……マジックバッグを使っていると悟られないようにするためだけの偽装用なので、なくなっても何も困らないけど。この部屋にずっと居ただろうこの子の母親に聞けば犯人の顔くらい見てるだろうが、尋ねる気は起きない。

「大丈夫です。なくなって困るものは身に着けてたので」

「あー……ん、なるほど。じゃあ約束通りお昼ご飯食べに行こう」

私が視線を向けたベッドの上に何も無いのを見て悟ったらしいフレドさんに手を引かれて、私は三等客室のある薄暗い階層から連れ出されていた。未だ「失敗した」と頭の中で渦巻いている私に、「悪いようにしないからちょっと任せて」と耳元で囁いた声についすがってしまう。

流されるままにデッキを通り過ぎて。この船に乗ってから一度も入っていない、上等な客室の階に向かっているのに途中で気付いて一瞬身がすくんだ。

「大丈夫だよ、このくらいの船だったら身なりで判断するからいちいち探ったりしない」

階段のところに警備として立っていた船員の前を、わざと「いやぁ同じ船に乗ってただなんて知らなかった！　奇遇だな！」と知り合いだとアピールしながら通ってくれる。

親し気に振る舞ってくれるフレドさんが、自分の体で、不自然に顔をうつむけている私をさりげなく隠してくれた事に気付いたのは個室の中に入ってからだった。

嘘がバレたとパニックになって、すごく失礼な態度をとってしまった。あの場から連れ出して、私の代わりに子供に注意してくれて、墓穴を掘った私をフォローするように立ち回って極力庇って、私に不利益があれ以上起きないようにしてくれてたのに。

「まぁここに座っ……あっ！」

四人乗りの馬車の中くらいのコンパクトな部屋の中。フレドさんは座席兼ベッドに置いてあった自分の荷物を床に下ろした途端に「今気付いた」というような声を上げた。私はそれにびくりと肩を揺らして反応してしまう。

「……あの、ほんとごめん。そんなつもりまったくなかったんだけど、……君がその、男の子だって意識が強くて。あれ以上あの場にいたら余計君が望まない事態になりそうだなって思って、ここの方がマシだろうって考えたんだけど……部屋に連れ込もうとか、そんな気は……」

「……え？」

何を言われるのか一瞬身構えてしまった私は、その内容が予想外過ぎてとっさに理解できなかった。でもじわじわゆっくりと、その言葉の意味が分かると、「たくさん嘘をついてた上に、あんな失礼な態度をとってしまったのに、まだ気遣ってもらってる」事が理解できて。

申し訳なさといたたまれなさで、目も合わせられなくなってしまう。

「まぁ、あの部屋にいたおっさんよりかは百倍安全だし、そこは信用してくれていいよ。……何て呼べばいい？」

「……リアナって、そう呼んでください」

本当の名前を問わずに、そう尋ねてくれた優しさにまた甘えてしまった。

でも恩知らずな私は、嘘をついていた事情をどう話そうか、いや誤魔化そうかって。それだけがぐるぐる頭を駆け巡っている。

「……っあの、ごめんなさい！　フレドさん……」

「え、どうして謝ってるの？」

だって、と続けようとした私をフレドさんがさえぎって止めた。

「リアナちゃんは悪意があったわけじゃないでしょう？　俺だって面倒よけにちょっとした身分詐称した覚えなんて数えきれないほどあるよ。まぁ何か事情がありそうだなとは思ってたけど……」

「……嘘ついてたの、怒ってないんですか……？」

「なんで怒るの？」

心底不思議そうな様子のその言葉に、勝手に許してもらった気持ちになってしまった私はあっという間にこらえ切れなくなって泣いてしまっていた。

困らせているのが分かっているのに、止められない。申し訳ない気持ちばかり強くなって焦るだけで、声が漏れないように唇を固く閉じるしか出来なかった。

「えーと、……そうだ。俺お昼ご飯買ってくるね」

泣き出して止まる様子のない私にひとしきりオロオロして声をかけてくれたフレドさんは、自分の部屋なのに出ていこうとしていた。きっと一人にした方が良さそうだってまた気を遣ってくれているんだろうけど、私はそれがひどく寂しくて。でも声を出したら嗚咽がこぼれてしまうと咄嗟に子供みたいにフレドさんの服の裾を掴んでいた。

そのささやかな拘束に気付いたフレドさんは、でもそれを解くような事はしないで私と少し距離をとってベッドに腰を下ろしてくれる。

「じゃあ、さっき説明できなかったから勝手に話しちゃうね。まず俺が何でトノスさんが予定してたビグアナイルに向かわずにこの船に乗ってたかってとこからなんだけど……」

まだ泣き止まない私を気遣うように、フレドさんは明るい声色で話を始めた。その内容は確かに、さっき観衆が大勢いた前で話をしていたら間違いなく面倒事になっていた。あの時点からもう庇ってもらっていたのかとまた気付いて、申し訳なさで地面に埋まりたいと思うくらいに。

フレドさんが予定を変更して何故この船に乗っているかについても、要約すると「だいたい私のせい」という話に収束した。

「俺は詳しくは聞いてないんだけどね。ほらリオ……リアナちゃんが作った魔道具をトノスさんにお礼として渡してたでしょ？　小型なのに冷房にも暖房にも使える、魔導車の中をいじらなくても後付けできる便利な奴」

きっかけはあの魔道具だとそれだけ聞いた時は何か不具合でも起きたのだろうかと心臓がヒヤリとしたのだが、まったく予想のつかない展開に話が続く。

「あれすっごく便利だね。中古の魔導車にも簡単に取り付けられるし。でもあれを窓に付けるとその横に座ってる人に風が直撃してちょっと寒くて、俺が、なら吹き出し口に風向きを変えられる羽を付けてもらえばいいんじゃないか～って言ってケルドゥで錬金術工房に一旦預けたんだよ。トノスさんが」

私は泣き止めないまま、相槌すら打てずに話を聞く。

求めた機能がちゃんと動くかは確認したが、実際使う時にそんな問題が出ることに全く思い至らなかった。少し考えれば気付けたはずなのに。

「いや、あれを作ったリアナちゃんほんとすごいと思うよ。トノスさんには試作品だからって言ってタダで渡してたらしいけど、魔道具の試作品なんてとり合えず動く形にしてそこからどんどんブラッシュアップするのが普通なのに。試作一機目からあんな完成度の高いもの作るんだから。金持ちが使う部屋用の据え置き型や、高級な魔導車についてる冷暖房用の魔道具は知ってるけどあんなに小さいのは見たことないし」

今出回っている冷暖房魔道具とは機構が違うので見たことが無いのはそのせいだろう。古語に属する言語で書かれた当時の技師の日記の中の大昔の魔道具の構造を参考にして作ったから、単に今では使われていないだけ。

確かに小さいのは現行の冷暖房魔道具に比べて優れた点とはいえるが、原動力にする属性付きの魔石がないと役に立たないのに。

「で、その。リアナちゃんの魔道具を持ち込んだ錬金術工房からトノスさんが全然帰って来なかったんだよね。次の目的地に出発する予定だったころにやっと帰ってきたたと思ったら、『錬金術工房と商売することになったから、報酬は予定通りに渡すので契約をここまでにして欲しい』って言われて」

「え？」

そこでなぜそうなるのか、さっぱり分からなかった私は本気で疑問の声を上げた。驚きすぎて、涙も止まる。

「お金が入って予定外の休暇になったから、久しぶりに本拠地にしてるとこに帰ろうと思って。トノスさんの詳しい事情はその商売の内容に関わるっぽくて聞いてないんだけど、リアナちゃんが作った魔道具についての話だったよ」

「そ、そんな。トノスさんを留まらせて話を聞かなければいけないほど、プロの錬金術師の方達のご気分を損ねるものを作ってしまったんでしょうか」

「え……いやぁ。それはないと思うんだよね。リアナちゃんが修理した魔導車をロイタールの魔導車整備工房に持ってった時も、『どんな凄腕の魔法使いが整備したんだ?!』って工房中の技師や錬金術師が集まってくるくらい、まるで新品のエンジンと見間違うような仕上がりだったし。あの魔道具の出来が良かったから、商品化したいとかそのために作った錬金術師の話を聞きたいとか、そっち」

「そんなわけないですよ」

私は、自分の作った魔道具の話が突然壮大なストーリーになってしまって混乱していた。でもそれだけは絶対にないと断言できる。私が作ったあの拙い魔道具がそんな脚光を浴びるなんてありえないもの。

「あの……リアナちゃん、なんか自分の腕を卑下しすぎじゃない？」

「？　自分の事は客観的に見れてますよ？」

無自覚な天才少女は気付かない①
～あらゆる分野で努力しても家族が全く褒めてくれないので、家出して冒険者になりました～
まきぶろ
illustration
狂zip
初回版限定
封入
購入者特典
特別書き下ろし。
天才少女は世間の流行りを知らない
※『無自覚な天才少女は気付かない①～あらゆる分野で努力しても家族が全く褒めてくれないので、家出して冒険者になりました～』をお読みになったあとにご覧ください。
EARTH STAR NOVEL

きっかけはお隣の奥さんと交わした挨拶だった。

「リアナちゃん、今日もお仕事？　たまには休んだ方が良いわよ～」

アンナと食品類の買い出しに行くために連れ立って玄関を出たところでそう言われて気が付く。

実際は休日のつもりだったのだけど、たしかに防具をつけてないだけで依頼がある日と同じ着回しだなって。

そう言えば、休日用の普段着って、持ってない。

「だから、服を買いに行きたいと思ってるの」

「たしかに、お嬢様はそういったユニセックスな装いは大変お似合いですが……ラフなデザインや可愛らしい服もお召しになって欲しいですね……！」

力んで発言するアンナにちょっと笑ってしまう。

家に居た時は突然訓練を指示される事が多いからと動きやすさ優先で選んでいたが、茶会に出る時に私よりも張り切っていたのを思い出したのだ。フレドさんも微笑ましそうだ。

「アンナ、一緒に選んでもらえる？」

「そんな！　……いえ、私としては大変素敵なお誘いなのですが……それでは私がお嬢様に着て欲しい服、になってしまいますので！」

「……それじゃダメなの？」

「きっとアンナさんは、リアナちゃんが自分で選んだ格好をして欲しいんじゃないかな～」

キョトンとした私にフレドさんが解説してくれた。

「そうなんです！」とアンナは的を射たとばかりに目を輝かせる。

「私がついていったら、口をつぐんでいても『可愛らしい！』とか『大変お似合いです！』とか顔でうるさくしてしまうので……」

「女の子の服の買い物について行く訳にはいかないからなぁ」

そうして、二人から送り出されて繁華街に向かう事になったのだ。

自分で着たい服を選ぶなんて考えの無かった私は、つい以前のように周り……アンナの意見を聞くつもりでいたけど。そうか、これからは自分で買いたい時に買うのか。なるほど。

一応、この街の人がどこで服を買うかは知っている。古着店は安上がりだが、稼ぎには余裕があるし、新品を扱う店に行こう。


「いらっしゃいませ～」

カランカラン、と可愛らしいベルの音が鳴る扉をくぐって、新品のリネンの匂いのする店内に入ると店員の挨拶が聞こえた。

さてどうしようか。今まで必要に応じたものを選んでいただけで、自分が着たい服って考えた事なかった。服を眺めてみたが……「これを着たい」と自分が思ってるのか、よく分からない。

「お嬢さん……！　何かお探しですか？」

「ぴゃっ！」

そうしてキョロキョロしながら店内を歩いていた私は突然声をかけられて、変な悲鳴を上げてしまった。つい気が緩んでしまっていたようだ。

けして、知らない人に驚いたからではない。

「あ、あの……実は、どんな服が良いのか自分ではよく分からなくて……」

私と違う、明るい笑顔の女性店員にほんの少し……いやわりと「何でもないです」と言って逃げてしまいたい気持ちもあったが踏みとどまる。

私は、普段は冒険者をしている事、休日に着る服を買いたい事まで聞かれるままに全て答えて、困っている事を打ち明けた。

「なるほど……！　では、私がむしろお金を払うから選んだのを着て欲しいという熱い気持ちはグッと飲み込みましょう！」

「の、飲み込……？」

「かと言って、服の買い物に慣れてない方が、このリンデメンの街で一番の衣料品店、エルメシアの品揃えから自分の好みの物を一から探すのは至難の業と思えます！」

「え、ええ、そうね」

「ですので、いかがでしょう！　私が似合いそうな服や小物を見繕いますので、この中で一番と気に入ったものを教えてください。それを参考に、また違う物を……と、繰り返します。そうしてお嬢さんの好みを探すための、お手伝いをさせていただけないでしょうか?!」

「は、はい……よろしくお願いします」

「よっしゃ!!」

エメです、と名乗った笑顔の素敵な店員さんは、「腕が鳴るわ!!」と大喜びで店の中をくるくると駆け回り始めた。

「リアナさん、この色とこの色ならどちらが好き?」

「それなら……こっちの、ハッキリした濃いピンクが」

「こっちのブラウスとこのカッターシャツなら?」

「この二つなら……こっちのシャツかしら」

「このシャツの中ならどちらが?」

「襟が広めの、ストライプのこれ……かしら」

「なるほどなるほど、好みが分かってきました！」

エメさんは次々アイテムを持ってくる。それがどんどん、「あ、これ着てみたいかも」とピンと来るようになっていく。組み合わせで見ると、より具体的にそれが分かった。

「ではこの……ウサギ耳と猫耳と犬耳のカチューシャならどれが良いですか?!」

「ど、動物の耳?　え、な、何ですかこれ?」

「……いやいや……これはまだリンデメンでは広まっていませんが。首都のデルモベールではとても流行ってるんですよ。ほんとですよ。有名な劇団が新しく作った、歌劇隊の少女達とお揃いでして！　リアナさんの選んだこのゆったりした上着とキュロットにも大変お似合いで可愛いと思います！」

「ええ……？」

「ぜひ試しに着けてみて……あー!!　可愛い！　天使！」

「わぁ」

「ウサ耳も捨てがたいですが……リアナさんは猫ですね！　それも白猫！　ああもう最高に似合います!!　このカチューシャのお代はいりませんから。いやむしろお金払いたいくらいですけど。あっ！まとめ買いって事で、他のものをお値引きさせていただきますね！」

あっという間に勢いで押し切られて、せっかくだからと買った服に着替えて帰る事になった私は再度カランカランとベルを鳴らして店を出た。

なんだかすごかった……。

「ただいま、アンナ」

「お帰りなさいま……きゃー!!」

「どうした?!」

悲鳴に部屋から飛び出たフレドは、共用部分の廊下から開いたままの扉の中を覗く。そこには友人のアンナが、「どうしたんですかそんな可愛い格好を」とあわあわしながらリアナに詰め寄っている所だった。

「ど、どうしたのリアナちゃん、その服……と、猫耳」

頭の上で、ふさふさの白い猫耳が揺れているのについ視線を奪われながらフレドは問いかけた。

「流行ってるとお店ですすめられて……あの、似合いませんか？」

「にあ……似合うからちょっと、問題がありそうかな～？」

この人の目を釘付けにする姿で街を歩いて来たのを考えると、またリアナのファンが増えそうだなぁとフレドは頭を悩ませるのだった。

　だって、その客観的な評価をずっと、物心ついた時から聞いてきたんだもの。それぞれの国一番の専門家と言っても良い方達から。今更間違えようがない。

「少しは便利だと思いますし、だからこそプレゼントにしましたけど。冷暖房としては小型なのは利点ですが、それだけで……商品化するには使うための前提が面倒すぎるから需要はそこまで無いと思います。トノスさんみたいな色々な気候の地域に長距離移動する商人くらいしか都合よく使えないですよ」

「それだけでも十分便利だと思うけど……？　いや、でもそれ以上にあの魔道具には、とんでもない使い道がある」

「な、にを……」

「あれがあれば二級品の、属性が取り除きされてない魔石が安全に使えるようになるんだよ。ギルド認証受けてる高品質な魔石の供給が足りていない今の状況が破壊されるかもしれない」

　私はその言葉に、ああ、確かにそういった使い道もあるなと頷いた。二級品の魔石の属性だけを使い切って、その後魔導車の原動力として使うために魔力はなるべく残るように、一応私の出来る限り苦心して作った機構だから。

　私が基《もと》にした魔道具は、その魔石の含有魔力を使って動くものだったから、使った魔石は属性も魔力も両方カラになってしまう。それを、属性だけ使い切って魔導車の原動力に必要な純粋な魔力は残るように手を加えたのだ。

　それを考えると、冷暖房として使う事を考えずに、「属性を取り除ける装置」としてだけ見ることも出来るかもしれない。

でもフレドさんが何故そんなに深刻そうな顔をしているのか分からなかった。魔石の属性処理は魔法使いなら誰でも出来るって習ったし、その品質についても厳しく教わった。

あの魔道具で処理した程度のものを原動力として実用化していいのかしら？　魔石の属性処理と評価するなら、ないよりはマシ程度の事しか出来ていないと思うのだけど……。

「これはすごい発明になると思うんだけどなんで本人に自覚が無いかなぁ」

魔道具自体の素晴らしさに目を止められて、これを商品化しようとか、製作者は誰かとそんな話が進んでいるわけはないだろう。ならばと考えて思いつくのは……作者が私だと家族にバレたのだ。きっとそうに違いない。

私の話が家族の関わる各分野に通達されていたのかも。あやしい魔道具を持ち込んだから製作者の身元を疑われたんだわ。

「トノスさんに雇われてたはずの俺の報酬が錬金術ギルドの名前で支払われてたこととか、トノスさんが遠回しに話した内容から推測したことも交じってるけど。リアナちゃんはあの魔道具の製作者として今頃捜されてると思……リアナちゃん？」

私を心配してくれているフレドさんの声も耳に入らない。私は色々甘く考えて痕跡を残してしまった事を心底後悔していた。私の精一杯の隠蔽なんて全然効果が無かったんだ。

途中まで順調だからって甘く考えていた。運が良かっただけなのに。

トノスさんにも大変な迷惑をかけてしまっているだろう。偽名を名乗って、目的地も嘘をついたから協力者じゃないのはすぐに判明して解放されるとは思う。

　当主のお父様の対応を考えると、私が巻き込んだだけの一般人だと分かって、一応話を聞いたら迷惑料代わりの謝礼を渡してるだろうが、私の生活が落ち着いたらアンナを呼ぶ前にしっかりお詫びとお礼をしないと。

「どうしよう……フレドさん、私、トノスさんにも迷惑をかけてしまって……」

「え？　いや、迷惑ではないんじゃないかな？　あの魔道具を二級品魔石の属性処理用に商品化する時は自分も嚙ませろって生き生きと交渉して権利勝ち取ってたらしいし、むしろ良い商売に関われて喜んでると思うけど」

「違うんです……私、実は……家出をしてて」

「あー。まぁ予想はしてたけど。話聞くよって言ったし、とりあえず聞くだけで何もできないかもしれないけど、力になれるかもしれないし話してみなよ。何があっても秘密をばらしたりはしないからさ」

　私は事情を話してフレドさんも巻き込んでしまうのはと迷ったが、結局はフレドさんの言葉に甘えてしまった。フレドさんが善人で信頼できる人だとは分かっていたから。銀級の冒険者証を持っているからというのもあるが。

「私の実家は……その、」

「詳しく話したくない事は言わなくていいよ。俺が知らないでいた方がリアナちゃんにとっても俺にとっても都合が良いこともあるだろうし」

私はまたその言葉に甘えて、家についての言及を飛ばした。そう、アジェット家の名前を出さなければ、もし私が実家に見つかって連れ戻される時もフレドさんは「事情を知らずに手を貸しただけの善意の第三者」になる。

アジェットは公平で善良な貴族なので、その場合フレドさんは責任を問われることは無いだろう。でも私が口にしたら、知っていたのに何故通報しなかったと絶対に指摘が入る。

そうだ。もし見つかってしまうようなことになったら、発見者を装ってフレドさんの名前で連絡してもらえばいい。そしたら公爵家の令嬢を保護した協力者って名目で謝礼も渡せる。迷惑料としては足りないだろうが、その時は私が実家に戻っているのだから、残っている個人資産から賠償しよう。

「私に錬金術を教えたのが家族なんですけど……その、実家はそこそこの権力も持っているんです。なのであの製作者が私だと気付いて、行方を捜すためにトノスさんが巻き込まれてしまったんだと思います」

「俺は違うと思うけど……絶対普通に商売の話だって……」

私のせいで迷惑をかけてしまったんだと主張する私と、商品化のために製作者を捜してるだけだと言うフレドさんで話は平行線になってしまった。

「トノスさんは知らない事なので私を追跡する事は出来てないと思うんですけど、私個人で、迷惑をかけたお詫びはしないと……」

「うーん……じゃあもしリアナちゃんの言う通り、実家の捜査網に引っかかっての事だったらお詫びすればいいんじゃないかな。俺と冒険者ギルド挟んで個人的な連絡とるフリすればリアナちゃんの実家には伝わらないだろうし。でも俺が言う通り魔道具の商品化の話だったら？」

「そんなこと、ありえませんよ」

「じゃあもし俺が言ってる通りだったら、商品化の話進めちゃっていいね」

架空の話はそこで終わって、一旦昼ご飯にしようと今度こそフレドさんは昼食を買いに行った。

「いえ、あの。お騒がせしてしまったし、私が買いに行きます」

「リアナちゃん結構目立ってたから、また音楽家さん歌ってー、って囲まれちゃうよ？　あと……変装に化粧してたと思うけど……泣いたせいで落ちちゃってるから。えっと、今は外に出ないほうが良いと思うなー……」

私はその言葉に慌てて鏡を取り出すと、涙で流れて目の周りが茶色と黒で汚くなった自分の顔に悲鳴を上げそうになってしまった。

■□■□

「ふぅ」

コンパートメントの個室の扉を閉めると、中にいる子に聞こえないように慎重に安堵の息を吐いた。保護出来て良かった。「リオ君」だと思ってた時からそれはさすがにと思ったが、その上女の子じゃあ三等客室にいるのをそのままにする事なんてできない。

「あ、ちょうどいいところに。ねぇ二等客室ってどこか空いてる？　親戚の子も偶然この船に乗っててさぁ。三等じゃ危ないしこっちに呼んであげたいんだけど」

俺はこの船に乗ってから知り合った船員を見つけると、親し気に声をかけた。よぉフレド、と応じたその男は頭の中で帳簿でもめくってるのか視線だけ上の方に向けて少しの間思案する。

「うーん、次の港まで空室はないな。フレドの部屋はもともと二人部屋なんだし、そこでいいんじゃないか？」

「やっぱそうか。いやぁ若い子が俺みたいな歳離れたのと同室って気まずいかなって思ったんだけど」

二十そこそこでお前も十分若いだろ、と笑う船員の言葉に軽く笑って応じておく。

「じゃあ二人目が部屋使うから、差額払いたいんだけど誰に言えばいい？」

「別にそこまでうるさいこと言う奴なんていないいぞ」

「どうもそういうのは俺が落ち着かないんだよ」

そりゃあ三等客室の女をひっかけて連れ込んでる奴はたくさんいるし見て見ぬ振りされるのは知ってるけど、あの子をそう扱うわけにはいかないからな。

リアナちゃん、調べてはいたみたいだし頭もすごく良いのは分かるけど慣れてない。家出してそんな経ってないだろう。多分あの国の貴族か裕福な家の令嬢だ。

少年として上手く演技してたの、それまで全然気づかなかった。嘘を悟られて慌ててからは女の子っぽい仕草をしてたけど、どれも所作が美しかったから良いとこの家の子だと思う。多分貴族だろう。おっと、追及するつもりはないけど。

　確かに国際海事条約では国境を越える客船の二等客室以上では公的な身分証明書が本来必要ではある。基本的には、ね。けど客船の質を見極めて、暗黙の了解とか明記されてない慣例を使ったり、交渉でその辺がどうとでもなるのは知らないんだろう。

　俺だって賄賂が必要になるような犯罪すれすれの手は使わない、けど自分に都合の良い事ならこうして生きてれば嫌でも覚えていく。

　思い返せば、自分の話をする時に、決定的な身分詐称に当たりそうなことは何一つ言っていなかった。そういった賢さと柔軟さも持っているなら知ってたら利用してたはず。

　きっと教えれば次からは出来るだろう。俺は彼女の面倒をしばらく見るつもりでわざわざ自分から首を突っ込んでいた。

「お待た……せ」

　紙袋に入った二人分の昼食をかかげながら部屋に戻ると、化粧を落としたリアナちゃんが顔を上げた。そのあまりの変わりように、一瞬固まりそうになって、何とかこらえて何でもない風を装って中座するまで座っていた位置に戻る。

「とくに食べられないもの無かったよね」

「はい、ありがとうございます」

　少年に化けるために施されていたメイクは綺麗に落とされていた。その下が、ちょっと吊り目の輝くような美少女だって誰が予想できただろうか。いや、無理だろう。

「人間空腹だとろくなことにならないのだけは確かだから、まず食事にしようか」

俺は平静を装うのに精いっぱいになりながら、何とか会話を続けた。隣に並んで座る女の子につい視線が行きそうになるのをぐっとこらえる。

いや、疚しい気持ちは無いよ、疚しい気持ちは。ただ綺麗なものを「きれいだなー」って思ってつい目が行っちゃうだけ。見ないようにしていると、さっき一瞬確かに目が合ったリアナちゃんの容姿を詳細に思い出してしまう。

意志が強そうな形の良い眉と吊り目がちの大きな瞳。朝焼けの空に輝くような高貴で深みのある紫色。この色は菫色と呼ぶんだったっけか。宝石にも似た色彩があるのを思い出したが、あいにくとそういった世界からは遠いのですぐ思い出せない。

唇は何も塗ってはいないようなのに赤くじわりと染み出るように色づいていて、その最高の芸術家が作り出したような人形じみた完璧な容姿が動いて食事をしているのが、この目でちらりと見ても信じられない。

まつ毛の色が髪の毛よりもだいぶ薄い、もしかしたら地毛は灰色じゃなくてもっと明るい色なのかもしれない。まつ毛と同じ銀色。

さっき泣いてたせいで目元が少し赤くなって潤んでたな……と俺は何を考えてるんだ。十四歳……かは分からないけど確実に未成年の女の子に対してなんて感想を。

いや、それにしても、俺が保護できてよかった。昨日一晩バレずに何もなく過ごせたの本当に奇跡じゃないだろうか。

「フレドさん」

「ん?!　な、なにかな」

　突然話しかけられて、危うく挙動不審になりそうだったのを何とか普通に返事をした。普通に返事をしたと思いたい。

　とにかく、今夜からはあの三等客室に帰すわけにはいかない。ここを明け渡して俺が出てって、知り合いになった二等客室の誰かに頼んでそっちの部屋に行くのが一番俺の精神上良いのだが、きっとこの子は遠慮するだろうし……。

　自分が変な事をしないのは自分で一番分かってる、ここに泊まってもらうしかないな。彼女だってあの部屋をもう使うわけにはいかないって分かるだろう。

　お礼にって口実にしてポーションもらえばいいか。……実際は、一晩部屋をシェアするお礼にもらうのに釣り合わない高性能のポーションだけど。何か対価がないと遠慮しそうだし、でも何故かこの子その希少性分かってないんだよな……お釣りが出るくらいなんだけど……。

「どうして、この前会ったばかりの私にこんなに優しくしてくれるんですか?」

　彼女の声色は心底不思議そうな様子だった。いや俺だって、お人好しじゃないから誰にでもこうして絡んでるわけじゃないし、むしろあのスハク少年にしたみたいにサラっと流して突き放すことの方が多い。

　恋愛小説のヒーローなら「君の事がほっとけないんだ」とか言うシーンなんだろうが、俺にそんな下心は無い。

「……俺が勝手にしてる事だから気にしなくていいんだけど。まぁリアナちゃんはそれじゃ納得できないよね。うーん……ほんとに特に理由が無いんだけど、ついというか、まぁ突き詰めて言うと『自分のため』かな」

「フレドさん自身の……？」

「俺は、もうリアナちゃんが……リオって名乗ってた頃からすごい良い子だって事を知っちゃってたから。隠し事はあるみたいだけど、それは悪意があって隠してるわけじゃなくて、事情があるんだろうなって。そんな良い子が抱えてる事情だから、悪い事ではないだろうし……困ってるの見て、良い子を見捨てるのは後々目覚めが悪いなって思った、自分の都合だよ」

なので善意から助けたとか、力になりたいと思ってとか、そういった美談ではない。「罪悪感持つの嫌だから」って完全に自己都合１００％で、それがたまたまリアナちゃんの利益と重なっただけ。

「でも……私は助けてもらって、すごく嬉しかったです」

「ん、あ、ああ……うん、力になれたなら、良かった」

正面から感謝されて、そんなまっすぐな感情を素直に向けられたのが久しぶりだった俺はつい気恥しさを感じて話題を変えてしまった。

「……そうだ、リアナちゃんは家出したって話してたけど……その辺の事情って聞いても大丈夫かな。もちろん、話したくないなら言わなくていいよ」

「いえ……良かったら、聞いてもらえませんか」

そうして語られた話はとても納得できるものではなかった。

リアナちゃんが家出をしてきた実家の話に、自分がされた事ではないのに激しい怒りを感じてしまう。ちょくちょく自己評価が低すぎるなと感じることはあったけど、こんな仕打ちをされていたなんて。

いくら何不自由ない生活が出来ていたとしても、そんな家族からは逃げて当然だろう。

それで、訳アリっぽくて身分を隠してる様子なのに不用心に自分の痕跡を残すような真似をしてたのか。素晴らしい発想の魔道具とかデッキでの天才的な演奏とか。

この子はそれが稀有な才能だと自覚してないんだ。

「でも、私よりつらい環境で生活してる人もたくさんいるのに、こんな事で逃げ出して……申し訳ないとは思うんですけど、私には無理だったみたいです」

「そんな必要ない我慢する事ないよ。確かに、何にでも厳しい人っているけど。ここまで優秀なリアナちゃんを一回も褒めてないクセにその親戚の子はベタ褒めしてるのがすごい腹立つな……」

リアナちゃんは家族への恨み言も悪口も言わなかった。「自分の方がもっとうまく出来るのに何でって、あれ以上思いたくなくて」と自分が弱かったから逃げたと言っているが、そんな家族捨てて当然だと思うよ。

その家族から刷り込まれた間違った自己評価はまったくどうにか出来る気配は無くて、俺が具体例を出して褒めてもお礼は言いつつ一切信じていないようだった。当然か、まだ子供だ。この年だと家族からの評価ってすごいでかいからな……。

これまでの評価も、実家に忖度したお世辞だったなんて言ってるけどそんなわけないだろうに。

俺が目にしただけで、広範囲にわたる錬金術分野の知識と技術、歌にヴィーラの演奏、ああ、あと演技に化粧も。この輝くばかりの美少女を「素朴そうな可愛い普通の少年」に見せてたなんて恐れ入る。

こんなにすごい才能をいくつも持っていて、なのに彼女の家族はどれも褒めたことがなかったなんて。他の家族やその義妹は褒めていたのだから、この子の事をわざと傷付けていたようにしか見えない。

理由があったにせよ許せる事ではない。

俺は完全にリアナちゃんに肩入れしてしまって、彼女が家族から離れた場所で幸せになるために全力でこの逃亡に手を貸す気になっていた。

誰も君を知らない場所で新しい生活をして、たくさん周りの人から褒めてもらって欲しい。おかしいのは君の家族の方だって、どうかこの子が正しい評価をいつか受け入れられるようになってくれますように、と祈るような気持ちだった。

第八話　願い事にしてはあまりにも

「リリアーヌ、なんてひどい勘違いを。わたくしは貴女の事を誰よりも認めていたし、こんなにも愛していたのに」

「お義母さま。悲しまないでください。私は、お義母さまがリリアーヌお姉さまをとても愛していらっしゃったこと、ちゃんと分かってますよ」

「ありがとう、ニナちゃん……」

私はホロホロと涙をこぼす美女の背中に、慰めるようにそっと手をあてた。

そう、あの末っ子のお姫様を可愛がってるのなんてすぐに分かった。気付かない方がどうかしてると思うほどだったというのもあるけど。私は人の感情を察するのが得意だから、そのどっか「ヤバイ」と思うような愛情を、この母親だけじゃなくて家族全員から溺れるくらいに注がれてるのに他人の私は気付いていた。

あのお姫様が家出してから、残された家族は明けても暮れても嘆いている。「そんなつもりじゃなかった」「どうしてそんな悲しい思い違いを」そう口にしながら。

世間知らずのお嬢様が発作的にしでかしたことだから、夜には見つかっちゃうんだろうな。公爵様は私兵を動かしてたし、そこにあのベタ惚れしてる王子様も関わっていたようだから。

そうして、拗ねた末の家出なんて幼稚な方法で家族の愛情を確かめたリリアーヌ様は、思惑通り彼女の身を案じた家族がその我儘を受け止めて涙ながらに迎えに行ってめでたしめでたし。

そんな反吐が出るような仲良しこよしの「リリアーヌちゃんが一番ごっこ」を見せられるんだろうと思ってうんざりしていた私の予想は、しかし当日どころか次の日も実現することはなかった。

その翌日も、さらに次の日も。「リリアーヌが見つからない」と真っ青になった公爵様はどんどん深刻そうな顔になっていって、それは他の家族も。

一週間経ったころには行方不明だと伏せたまま、皆の憧れの公爵令嬢リリアーヌ様は、狩猟会で負った怪我が元で療養中。学園には休学届けが出されて、領地に行ってそこで体を休めている……事になっている。

失踪から半月経つ今も、リリアーヌは見つかっていない。

内心私は「もしかしてもう死んでるんじゃないの」と良いように考えていた。だってそうでしょ？　こんなに捜して見たって話すら出てこないんだもの。それか王都から出ないうちに誘拐されて娼館にでもいるか。あの人、顔はとっても美人だったからその可能性が一番高いかな。

苦労のしたことのなさそうな、綺麗な肌にツヤツヤの銀髪。せっかくチヤホヤされる身分に生まれてるくせに剣を握ってるせいで手はゴツゴツだったけど、それだって生きるのに必死にならなくて済むからこそできてた事だ。

昨日はウィルフレッドお兄さまとコーネリアお姉さまが、なんだかこの王都からかなり離れた田舎町で「冒険者ギルドでかなり強大な魔法が観測されて、もしかしたらそれがリリアーヌのものかもしれない」とやらでそっちに向かってしまっている。

冒険者ギルドは荒っぽい人が多いし何かがあった時の避難場所にもなってるから守るために常に魔法で結界が張ってあるんだって。このお屋敷にもあるみたいな。それに普通の人ではありえないような強い魔法使いが、魔法を近くで使って、それに反応したそうだ。

そんなに強い魔法使いなのに、反応した魔力は登録された冒険者のものじゃない。ここは良く分からないんだけど、魔力は人によって違うから、調べればリリアーヌかそうじゃないかはすぐ分かるんだって。でも現地に行かないと分からないらしくて、二人はそれを確かめに行ったらしい。

なんて余計な事を。嫌だと言って逃げたんだから放っておけばいいのに。「違いますように」って私はそれこそ祈るような気持だった。

どうか、お願いします神様。もうやりすぎないようにしますから、あの女は死んじゃってますように。やっと相応しいとこに来て、幸せになれそうな私の生活をダメにしないでください。


「ニナさん、おはようございます」

「おはようございます、ミシェルさん」

私は愛想よく見えるように、にっこり笑って挨拶を返した。

リリアーヌがアジェット公爵家の領地で療養するから休学するって、届けが出た直後は大勢が騒いで話題の中心にしてたけど、落ち着いてきて良かった。

何で何でって私に訊いてくる人が多くて死ぬほどイライラした。狩猟会については詳しい事情は公にされてないけどリリアーヌが怪我したのはわりと大勢が知ってたから。引き取ってもらった光使いなのにどうして治療してさしあげないの？　だなんて。

私を踏み台にしてリリアーヌとお近づきになりたいって、その下心を隠そうともしなかった子達にうんざりするほどそう聞かれた。貴重な、光魔法が使える私を通り過ぎて、リリアーヌの事ばっかり聞いてきてた失礼な女達。

治療も何も、本人がいないし。そりゃあ、このまま目覚めないでいて欲しかったから表面だけ治してなるべく長引くようにとかしたけど。たしかに医者とか他の治癒術師も「私の力が信用できないからですね、そうですよね私なんてよその子ですし」って全力で妨害してやったわ。でも結局そいつらもすぐ治せなくて何日も目を覚まさなかったんだから、私のせいじゃないもん。

でも私の力が足りなかったから治せなかったって言われるのはすごいムカついたから、「ほんとにどうしてでしょう。このまま王都にいて、私の治療を受け続けた方が良かったはずなのに、それとも私が治療するのがリリアーヌ様はそんなに嫌だったのかしら」って泣いてやったの。そしたら誰も表立って何も言わなくなったわ。

だってリリアーヌが行方不明なのは絶対人に言っちゃダメだって命令されてるから。公爵であるお義父さまの言葉に、養子の私が逆らえる訳ないじゃない。ねぇ？

行方不明なのは人に言えないけど、それを隠すために私がバカにされるなんて絶対イヤ。私はすばらしい光使いとして名を挙げて、あちこちから誘われて皆が羨むような存在にならなくちゃいけないんだから。そこに影響が出るような事、受け入れられる訳ない。

「ねぇ、ニナさん。少しお話を聞きたいの。ちょっといいかしら？」

「わ、分かりました」

昼休憩に声をかけてきたその相手を見て、私はうんざりした顔を隠して少し怯えたように返事をした。このアナベルとマリセラに対しての演技じゃなくて、周りの人達に見せるために。

あーあ。ライノルド様を慰めに行こうと思ってたのに今日は諦めないとかしら。深刻そうな様子の二人についていく。こいつらはあの日、私とリリアーヌと同じ班だった残りの二人だ。

公爵令嬢が、大怪我をして意識まで失った、その責任を取りたくなくて保身に走った「こっち側」の人でもある。

「ニナさん……リリアーヌ様のお加減はだいぶ悪いの？」

「公爵家の方は何かおっしゃってなかった？」

昼食をとるための予約制の個室に入ったところで心配そうにそんな事を聞かれた。

私がちょっと誘ったら大喜びで提案に飛びついて来たくせに、今更そんな事言うなんて何のつもりだろう？

「大丈夫ですよ、そんなに心配しなくても。お二人が、自分のために、本当のことを言わずにあの事故の原因をリリアーヌお姉さま本人に押し付けたのは私以外知りませんから」

「！　……っどの口がそんな言葉を……」

「もとはと言えば、貴女がっ」

何を言われてもまったく怖くない。今更本当の事を言っても自分が破滅するだけだって本人達も分かってるのだから。怪我をしたリリアーヌが意識も無いのを利用して責任逃れするために「気付いたらはぐれてた」って自分達から言い出したくせに。

まぁあのお優しい「リリアーヌ様」なら助かって意識が戻っても許してくれると踏んだんだろうけど。だってあいつお人好しの甘ちゃんだったし。自分のオトモダチが、自分が怪我した責任で学園や家族から怒られて罰を受けるって泣きついたら一人で泥被ってたでしょ。

私はこうして運良く出来た共犯者を逃《のが》してやるつもりはない。リリアーヌの容態が思ったより悪いって設定で学園にもしばらく来ることすら出来ないと分かった時ホッとしてたの知ってるんだから。

私もさすがに、ちょっと失敗したなって思ってる。考えてたように上手くいかなかった上に、結構騒ぎになっちゃった。

でももとはと言えば、エイゼルが悪いのよね。ああ、もう親しくするつもりはないから「アマド先生」って呼ぶようにしないと。

突然魔法使いだって言われて、教会に保護されてた時に会った時はすごくカッコよくて頼りがいのある素敵な年上の男性だと思ってたのに。だから研究にもすすんで協力してあげてたんだけど、なんだか最近は無精ひげもあるし目の下の隈も酷くておじさんになっちゃった。まだ二〇代前半のはずなんだけど。

あーあ、協力するんじゃなかったなぁ。リリアーヌも言うほど使えなかったじゃん、嘘つき。たかがちょっと大きいスライムに、あんな必死になって苦戦しちゃって。私の力と相性の悪いあんなのをどうにかするためにいたんじゃなかったの?!

でもあの男もやっぱり自分の保身のために、リリアーヌが言い出した事にしてたお陰で私は怒られなくて済んだからそこは感謝してる。それがあったからこの話が思いついたんだし、助かったわ。なら研究に協力しといて良かったって事かな。

リリアーヌには国からの指示のように思わせてるから内緒だよって、唇にちょんと指をあてて悪戯っぽく笑った顔を思い出す。なんであのレベルの男にうっとりしちゃってたんだろう。もっと魅力的な人がここにはたくさんいるって知ってたら仲良くなんてしてなかったのに。

まぁ教員で私に逆らえない奴が手に入ったんだから良い方に考えておこう。あいつだって私からバラされたらお終いだもん。せいぜい試験前にまた利用させてもらうわ。

狩猟会が終わってから三日、腹が立つことに最初は半信半疑の人も多かったけど。まさかあのアジェット嬢が、なんて。でも私も同じ班の二人もアマド先生もひたすら同じ話をしてたら、あの女が目覚めた時にはもうあいつが何言っても信じる奴は残ってなかった。ああ、たった一人いたわ。

リリアーヌのメイド。侍女だっけ？　それだけ。

狩猟会の話を聞かれるたびに、おびえながら泣いたかいがあったわ。おかげで「自分の成績のために経験の浅い魔法使いの養子を巻き込んで、狩猟会で大怪我と大失敗したリリアーヌ様と、その事故が心の傷になってる可哀そうなニナちゃん」に信憑性が出たから。リリアーヌがのんきに寝てる間に、先に周りをみーんな味方に出来て本当に良かった。

……うぅん、違う、違う。全部私達のせいってわけじゃない。だって、こっちの言う事を真実だって皆判断したんだから。そう決めたのは狩猟会について調べた学園とかの偉い人達だし。その人達が、あの女の話を信用しなかったせい。それに、反論すらしないで逃げたんだから、リリアーヌだって何か疚しい事があったに違いない。

けど私の力を大勢に見せつける、最初の舞台だ！　って張り切ったのに、思ったように上手くいかず散々だった。予定では、魔法使いになってすぐなのにすごい活躍だ、って注目されて……みぃんな私の事を褒めたたえる予定で、そのために森の奥に行ったのに。私が活躍する場を用意してくれたんじゃなかったの？　全然ダメじゃない。

でもそもそも、あの時リリアーヌが変に邪魔しなければ良かったのよね。だってそれが無ければあれに気付いて、私ならきっとすぐ何とか出来てたもの。突然だったせいでちょっとびっくりして本来の力が出せなかっただけ。余計なことしやがって。

大丈夫、次は失敗しない。

元々がおかしかったのだ。私が、男爵が浮気して出来た不遇な生まれだなんて。生まれた時から家族全員にチヤホヤされて何不自由ない暮らしを送ってるリリアーヌみたいなやつもいるのに、世の中は不公平だ。そう、これはアイツが今まで散々良い思いした、そのツケを払わせてるだけなの。

あそこは私に相応しい暮らしじゃなかった。勝手に私を作ってそっちの都合で引き取っといて、九歳になる前だったから……五年近くもあの家で我慢してたのね、私。飲み屋の酌婦の娘から貴族の家に引き取られた時はこれから幸せになれるんだと思ったのに、そんな夢はすぐ砕けた。

突然勉強や礼儀作法の必要な世界に放り込まれて、欲しいものを満足に買ってもらった事もない上に、「実の母親が男と出て行って置いていった貴女を気の毒だと、不義の子を引き取って育ててくれた夫人に感謝しないといけないよ」って口うるさいおばさんまでいた。正妻の乳姉妹だとか言ってたっけ。

当然言う事を聞いてやる義務なんて無いし、従わされるのは嫌だったからうまくやり過ごしていたけど。

嘘はついてないわ。人前で「男爵夫人」て呼んだり大げさに怯えて見せて、他にもちょっと思わせぶりな事を言っただけ。私が義理の母親に虐げられてるって勝手に勘違いしたのは周りよ。私は「慣れない貴族社会でもけなげに頑張ってるニナちゃん」だもの。

今頃焦ってるかしら。私を可愛がっておけばよかったって。私がすごい魔法使いになったらもっと後悔するわよね。ああ楽しみ。

私がそんなに苦労してたのに、リリアーヌは最初から全部持ってる最強の勝ち組で。しかも本人はそのありがたさを全然分かってないんだからすごく腹が立った。顔を合わせる前、あの家族達から自慢話を聞いてる時からもう気に食わなかったんだけど、実物は想像よりもっといい子ぶったムカつく女だった。

あの家族はリリアーヌに汚い話を聞かせたくなかったのか、あたしが育て親に虐待されてたって話をしてなかったらしい。おかげで、配慮の足りないリリアーヌに傷付く可哀そうな義妹って、最初から優位に立たせてもらったけど。

周りがどんなに褒めても涼しい顔して、自分はまだまだですなんて謙遜までしてた。あんたがそんな事言うなんて、すっごい嫌味だって分かってるの？　って最初はめちゃくちゃイライラした。

その上「家族にも認めてもらえるようになりたい」なんて言ってて。あの人達があの末っ子のお姫様を全員そろって溺愛して、聞いてるこっちがうんざりするほどベタ褒めしてるのを知ってたから、あれ以上を欲しがるなんて贅沢だしワガママだなってずっと思ってた。

あんな素敵な王子様までリリアーヌにぞっこんで、あの女に認めてもらうためにずっと努力してるなんて胸糞の悪い話も聞いた。カッコよくて頭も良くて優しい、それこそ作り話にしか出てこないような人に、そこまでして求められてるのにそのありがたさをやっぱりあの女はちっとも理解してない。

だからこそ、あいつがどんなに努力しても手に入らない「光魔法の才能」で活躍して、それを見せつけて悔しい思いをさせてやろうとも思ったの。何よりも、あのムカツク女を絶対幸せにさせたくない。だけど……まさか本人は家族からどんなに愛されてるか知らなかったなんて笑っちゃう。

道理で、悲劇のヒロインぶった家出をするわけだわ。

あの人達は、リリアーヌがあんなに頑張ってたのに一言すら褒めてなかった酷い家族だって知られたくないみたいで、私もそうだが使用人にもきつく口止めしてる。ほんとは私にも知られたくなかったようだけど。今思うとちやほやしてたけど確かにリリアーヌの前ではけなしてばかりだった。

本人置き去りで可愛がってる気になってたなんて、分かった今思うとすごいバカみたいな光景。

あれだけ自慢しておいて本人にはつらく当たってたって周りに知られるのがみっともないと思っ

てるらしくて、家出をしたと知ってる王子様も「何故リリアーヌが家出したのか」は教えられていない。

そりゃ言えないよね、一回も褒めてなかった自分達のせいなんですぅ、なんて。

幸い、まだ私の嘘はバレてない。あの人達には疚しい事があるから、事故については早々に詳しい調査はされずに終わったの。私だけじゃなくて同じ班の二人とかアマド先生の証言もあって失踪を知った家族達の中では「褒めてもらいたかったから、無理に成果を出そうとしてこんな事件になってしまって逃げだした」って事になっている。

あの女と親しかったらしい使用人の女が一人だけ「お嬢様はそれを望んだとしてもこのような迷惑をかける方法はとらない」って反論してたけど本人がいないから何もならない。


あの日、あんな事になったのは失敗したって自分でもすごく反省してる。もっと上手くやれたのに。

初めての実戦で、魔物を殺す練習はたくさんしてたけど檻に入っていたからあんなに近づいた事は無かったしすごく怖かったの。近寄る前に対処できてた魔物が突然目の前に現れて、パニックになって、気が付いたらリリアーヌが大怪我してて。

すぐに血の気が引いて、私は一瞬意識が遠のきすらした。

そのうち目の前で意識を失って、このまま死んじゃうのかもって。私ここまでなんて望んでなかった。私が光魔法で活躍して、普段チヤホヤされる事に慣れてるあの女が歯を食いしばるような悔しい思いをして、良い子ちゃんが嫉妬に狂ってるとこを「あんたにも汚い心があるのよ」って思い知らせてやろうと思っただけなのに。

本当に、最初はお医者様に「目が覚めないかもしれない」って言われてたの。だから同じ班の二人に話したのも嘘なんかじゃない。

でも自分がきっかけでリリアーヌが死ぬかもしれないって、嘆き悲しむ公爵様達を見ていると恐ろしくなった。

こんな状況で、リリアーヌが大怪我をした原因が私だってバレて、それを隠すために嘘をついてたって知られたら、私は一体どうなるだろう。

公爵様もお義母さまも、他の方達も絶対に私を許してくれない。家から追い出されるどころか、何かの罪に問われるだろう。元の生活に戻ってしまうどころか、そうなったら一気に犯罪者だ。

……何があってもこの秘密だけは守り通さなくちゃ。

リリアーヌ本人はバカな勘違いして家出したみたいだけど、でもあの人達があの末っ子のお姫様を愛してるのは確かだから、あの日の事について私が嘘をついたのも、原因になってるのも絶対に知られるわけにはいかない。

だから、だから。どうかお願いします、このままリリアーヌが見つかりませんように。どこか遠くに行ったまま二度と戻ってこないかもう死んじゃってますように。

第九話　景色が重なる

あらためて、「リオ」と名乗っていた時に話していた身の上も今後の旅程も全部架空のものだったんだなと空恐ろしくなる。この船はあの時に聞いた目的地とはまったくの別方向だ。未成年の、多分十四、五歳ってのは間違ってないと思うんだけど、いや女の子にしては背が高いから十六歳かも？　まぁともかく、そのくらいの年の子がああやって完璧に別の人間を演じていたなんて。

リアナちゃんのチケットは結構離れた国が行き先になっていた。閉鎖的ではない、先進国のひとつに数えられている国。政情も安定していて、文化圏もそこまで離れていない。都市部には移民も多いし、新生活をするには良いチョイスだと思う。

でもその国に当てはあるのかと聞いたらやっぱり何も無いようだ。なら別に、似たような条件なら落ち着く先を変えても構わないだろう。

俺は、自分が拠点にしている土地に誘う事を考えた。この目でリアナちゃんが幸せになる所を見ないと、絶対一生気がかりにして生きることになるって確信して。

その提案には頷いてくれたけど、理由は分かってもらえなかったんだよな。

「あんなにファンが出来てもう遅いような気もするけど、でも出来るだけ早く、とりあえず次の港で一緒に降りよう」

その時の俺の言葉にリアナちゃんはきょとんとした視線を返していた。本人は素晴らしい演奏をしたせいで、どれほど人目を引いて記憶に残ってしまったのか、一切理解してない故に。串焼き肉一本と同じ値段であの演奏が聞けるなんて、そりゃあ騒ぎになるだろう。その値段設定のおかしさからもよく分かる。

家族に否定され続けたせいで自分の素晴らしい才能達にまったく気付いてないのは話を聞いて分かったけど、結局船の上であんなにファンが出来てたのにそれが実力だと思っていないんだもんな、と苦笑いしてしまった。

リアナちゃんは「船の上でよほど退屈していたから」あんなに大勢の人が拍手喝采しただけで、「自分の歌と演奏がそれほど素晴らしかったから」……なんて発想、かけらも無いようだ。

根深いなぁ。

リアナちゃん曰く「暇を持て余してたところにたった一つ娯楽があったから需要が出ただけ」なんだと。そんなわけないのに、自分の事ではないけどすごく悔しくなってしまう。

デッキで演奏したのが自分じゃなくても同じ事になってたと思っている口ぶりからもそれが窺える。……君じゃなくて、その辺の普通の音楽家の演奏だったらあんなに大盛り上がりしてなかったよ。いくら長い船旅で余程暇だったとしても。

ファンになった船客達に囲まれてゆっくり食事も出来なくなるどころか、予想のさらに上を行った騒ぎになって、演奏中はデッキに乗りきらないほど人が集まるような事態になったのに。「私の演奏にこれ程人が集まるくらい皆退屈してたんだ」と間違った方向にひとり納得していたんだからなぁ。

リアナちゃん自身に「たいしたことない」って扱われてる才能を見てるのが、なんだかすごく悲しいんだ。

「フレドさんは私を助けたのを自分の都合だなんて言ってくれましたけど、人が良すぎだと思います」

「えー？　そうかな」

「だって、得する事なんてないのに、船からずっと一緒に居てくれて」

「大げさだなぁ。行く場所無いなら良かったら俺の地元に来ない？　って誘っただけだよ。ほんとに、一緒に居ただけだし」

親戚の子と名乗らせている都合上、そう振る舞ってと伝えて、俺自身も「親戚のお兄さん」として道中の人前では俺が年上として宿屋や食事処で支払いをしていた。けど他に人のいない所できっちり自分の分を全部渡してくるから言葉の通り一緒に居ただけなんだよな。まぁ銀級冒険者の男連れってことで面倒避けにはなれたと思う。そのくらいは役に立ってたんじゃないかな。

船を降りてからは、音楽家と名乗るのは禁止した。降りる時も一等客室の人間から「どこの楽団に所属してるんだ」「公演するならぜひ教えてくれ」「パトロンはもういるのか」なんて問い合わせもあったくらいなんだから。

俺としてはもっと聞きたいし、「じゃあ道中の用心棒に雇ったお代にその間毎晩何か演奏して欲しいな」とリクエストしたいくらいに素晴らしい腕だと思うんだが。

……そんなこと言ったら「自分を遠慮させないように形だけの対価を要求してくれてるんだ」とか曲解しそうだな。

まぁ実際、あの演奏を続けていたら道しるべを残してるのと同義なので無理だけど。「すごく若いのに素晴らしい腕の音楽家がいた」って話から彼女の才能を知ってる人が気付きかねない。なので俺の拠点にしてる街までは「銀級冒険者とその従妹」という事で目立たない事が最優先だ。顔もお化粧で違う印象になるようにアドバイスしてそうしてもらってる。

でも自己満足が俺の本心ではあるけど、リアナちゃんからしたら怪しいよねー。何か企んでるかもって心配する気持ちも分かる。いや、疑ってるのとは違うか、良い子だからそれはなさそう。けど理由が見えないと漠然と不安になるのは当然だ。

「今考えると……リアナちゃんの家出の理由を聞いて……俺の家にちょっと似てるなって思っちゃったから、きっとそれで思わず首を突っ込んでたんだと思う」

「……フレドさんに？」

「俺はリアナちゃんと逆の立場というか……あの。俺の実家って、無駄に歴史があって面倒なとこだったんだ。誰が後を継ぐとかその辺が。まぁ俺はそこそこ優秀だったらしいんだけど実力以上に賞賛されちゃってて。いや、よほどバカじゃなければ誰が後を継いでも……周りの優秀な部下がいるんだし、問題なくやれてたと思うけど」

そうだ。俺と逆だなって思ったんだ。俺は周りが甘やかして実際の能力を超えてチヤホヤされていた。リアナちゃんは実際の能力をまったく評価されずに誉められたことも無かった。

銀級冒険者ってのも俺らしい。ほんとにそこそこ。一流の代名詞、金級冒険者になんてなれそうもない。

つかえるような話しづらさを感じて、喉も乾いてないのに水筒を取り出して一口含んだ。親戚だからと同じ部屋にされた、向かいのベッドに椅子代わりに腰かけたリアナちゃんの顔が見れない。

こんなに個人的な話をするのはそう言えば初めてだった。普通の冒険者がするように乗合馬車を使っていたし、食事をする時は同じ空間に他人もいる。

ここまで宿屋の部屋は分けていたから長時間二人きりになることがなかったんだ。

「で。そこそこ優秀な俺には、俺よりもうんと優秀な弟がいたんだよ。同じ父親でよくここまですごい子に育ったなって思うくらい優秀な弟が。きっと母親に似たのかな」

全部押し付けてしまった、最後に見た弟の悲しそうな顔が瞼の裏に浮かぶ。黒髪の俺とは違う、混じりけのない高貴な生まれの美しい金髪。

俺が何を思っていたのか、勘付いていたと思う。きっとかなり早い段階から、あいつは何でも優秀だったから。

出てきたきり一度も戻っていない生国を思い出そうとするけど、もう五年も経っているから記憶が遠い。

「俺の弟はすごいんだよ、勉強も魔術も剣術もなんでも全部出来た。あと人の上に立つカリスマがあったというか……天才っているんだよねぇ。でも弟は、あいつは。ちょっと面倒な俺の母親の顔色を窺った、父を含めた大人達のせいで、全然評価されてなかったんだ」

それを知った時の俺の居たたまれなさよ。

当人の俺が弟の方が優秀だって知っててそう主張してるのに否定されるのだ。もう恥ずかしくて恥ずかしくて。

俺がこうしてここにいる、これが最善の選択だったと思う。もし時間が戻っても同じ事をするだろう。今度はもっと上手くやれるだろうけど。

ずっと、幼いころから毒をしみ込ませるように母親に言い聞かされていた。あんな子に負けちゃダメ。フレデリックの方が優秀で、賢い子なんだから。あんな女の子供に絶対負けないで、ってずっと。

あの人のためじゃないけど、責任の発生する立場だったから俺も頑張ってた。俺の出す成果じゃお気に召さなかったみたいで、みっともない改竄をずっとされていたけど。弟の成果をかすめ取るような真似までしてたし、俺と弟を直接知ってる人達にはバレバレだったと思う。情けなかったよ。

俺の父親？　あの人にめっぽう弱くてその暴走をほぼ全て許してしまってた。

「でもそのうち実力も隠しきれなくなって、そしたら当然弟の方を跡継ぎにしようって声が出た。けど長男は俺だからって相変わらずチヤホヤして担ぐ人もいるし、もう大変で。だから面倒になって弟に押し付けて、逃げちゃったんだ」

俺しかいなかったら俺で良かったんだけど。目移りしたくなるほど優秀な選択肢が他にあったからなぁ。分かるよ、俺だって他人事だったらあっちを推してた。選べるなら。

争うくらいなら俺自身は出来る事なら穏便に、優秀な弟に譲りたいと思ってたけど、俺の母親や俺を担いでた人達は納得してくれなかった。

そもそも元平民の、商人上がりの新興男爵家出身の俺の母親は子を儲けるにしても跡継ぎが生まれてからって話だったのに。それを守らなかったせいで大騒ぎだ。俺の責任じゃないのは分かってるけど、罪悪感しかない。

でもあのままじゃ後継者争いが起きるのは必至で。そうしたら最悪俺は暗殺されるなって感じて逃げたのだ。到底王位なんて継げない愚か者だと演じて、俺の出自を補うためにと婚約者にされていた令嬢がひそかに別の男を慕っているのも知っていて利用した。

実際向いてなかったんだろう、こうして全部投げ出してるんだから。

廃嫡されても幽閉はされないギリギリのところを狙って、その目論見は成功してこうして追放された自由の身として冒険者をやっているわけである。

向こうの陣営も俺の意図を察して温情をかけてくれたのだろう。あの女の息子にしては、ちゃんと自分の立場が分かってるようだなって言われたし。

ああ、そうか。

「君は、弟に似てるんだ」

弟は。クロヴィスはこんな兄でも慕ってくれていた。それに俺が王家から追放されるためにバカなことを色々やりだしてすぐ止めに来た正義感もあるまっすぐな子だった。何を言っても改めない俺の思惑に気付いてからは、諦めずに説得は続けてくれたけどずっと悲しそうな顔をさせてしまっていた。

多分周りが変に騒がなかったらどっちが王位に就いても仲の良い兄弟として協力してやっていけてたと思う。そうなったら良かったんだけど。

殺されるのはごめんだし、後継者争いで国が荒れて割を食うのは民草だ。

「……いや、事情は違うんだけど。きっと俺は弟を思い出してたんだと思う。家族から一回も褒めてもらえなかったって聞いて、それで」

俺がいたせいで、ずっと正当な評価をされずにいた弟の事を。弟にはあの時何もしてやれなかったから、今度は力になれたらって。

何でも出来るし様々な分野で活躍してる天才ってのも一緒だけど、リアナちゃんは否定するから黙っとこう。

「……だから、こんなに力になってくださったんですね」

「うん。だから、ほんとにほっとけなかっただけなんだ」

何も企んでないよとわざとおどけて見せるとリアナちゃんはやっと笑ってくれた。

「えっと……あともう一つ気になってたんですけど」

「うん。いいよ、この際だから何でも聞いて」

やっとリアナちゃんの顔が見れるようになった俺は本心から明るい声を出せた。

「フレドさんは冒険者なのに、どうして前が見づらくなる形で顔を隠してるんですか？」

「……えっ、今更そこ?!」

「あ、すいません……言いたくない事でしたら伏せていただいても。でも、傷とかは無さそうなのに何でだろうって思ってて」

「いやいや、いいよ。大抵会ってすぐにそれ聞かれるから、リアナちゃんは気にならないのかと思ってたから意外だっただけで」

「聞いたら失礼かなとは思ってたんですけど、実は気になってました」

なるほど育ちの良いイイコだから踏み込んで来なかっただけか。隠してると気になるよね。分かる。

「俺はねぇ、素顔を出してると、も～、モテてモテて困っちゃうから仕方なくこうして隠してるんだ」

別に俺も、頑なに隠してるわけじゃない。俺は前髪をかきあげてリアナちゃんに素顔を晒すと、わざとふざけてウインクして見せた。

リアナちゃんなら大丈夫だろうと茶化したが、ちなみにこれは本当の事だ。昔からだったけど、俺を囲むのが遠慮する礼儀正しい大人しい令嬢じゃなくなった、自由の身になった後の方が酷くて。恐怖すら感じることもたくさんあった。

冒険者ギルドの受付でうっとりされて話が進まないとか、食事する時に女給さんに仕事終わりに会わないかって誘われたり、一方的に惚れられてその人の恋人に喧嘩売られたり、そういうのはこうして隠しておけばかなり回避できる。

何かの拍子に見える事もあるし、完璧には隠せない。でも仮面被って生活するわけにいかないし。

実際結構本気で困ってるんだけど、シリアスに話すよりこっちの方が俺には合ってるから。

トノスさんはすぐに尋ねてきたし、見せたらすぐ納得した上に「色男はつらいんだな」と笑ってくれたんだが。リアナちゃんは真剣な顔で前髪をどけた俺の顔をじっと見つめていた。

「たしかに、たくさん言い寄られるのは大変そうですね」

そんなに見たら照れちゃうよってまた茶化そうとしたところに、真面目な口調でしみじみとそう言われてしまって、ほんとに照れてきちゃった俺は誤魔化すように前髪をおろしてちょいちょいと指でいじりながら目を逸らしたのだった。

■□■□

前髪で隠れていたが、美男子なのはなんとなく分かっていた。鼻筋も口元も整っていたし、その下がちらりと見えることもある。だからなおさらなぜ隠すのか分からなかったのだが、そういった不便もあるのか。けど全貌をちゃんと見たのは初めてだったけど、思わず圧倒されてしまった。だって船の中でもとても配慮してくれて、毛布を吊って目隠しを作ってくれたから。お互いプライベートなことにはあえて触れないようにしていたので、素顔を見たのはさっきが初めてだったのだ。

思わずじっくり見すぎてしまって、変に思われなかっただろうか。

高貴な薔薇《そうび》の花びらのように鮮やかな、珍しい色の瞳だった。薄紅色と称するものより濃くて鮮烈な。あの瞳は、例えるならどんな宝石だろうとぼんやり考えていた自分に気付いて笑ってしまった。

瞳の色の宝石を記憶から探すなんて、まるで私、ロマンス小説のヒーローね。

それにしてもあの珍しいピンク色の瞳に、左目の下の黒子。少しウェーブした黒髪と甘いたれ目、見惚れるほど奇跡みたいなバランスで完成した美貌だった。

話からすると元は高貴な身の上だったようだし、あの目立つ容姿も合わせて少し探せばすぐどこの誰か分かってしまいそうだ。けど身元を探られるのは望んでいないのは分かっていたのでわざと触れずに話を終わらせた。

私の方も、とっくに生家を特定出来るような情報を口にしている。フレドさんもあえて詮索せずにいてくれているのが分かっていたから。

兄達やライノルド殿下も令嬢達からの人気は高く苦労している所を見た事がある、フレドさんはもっと大変そう。顔も隠したくなるわよね、と私は他人事ながら同情した。

けど本人は努めて明るく振る舞っていて、「でもリアナちゃんも男性に言い寄られて苦労したでしょ」なんて冗談を言う余裕もあったみたいだけど。

全くそんなことなかったと答えたら何故かとても変な顔をされた。

男性とお付き合いしたことどころか、よく考えると友達らしい友達もアンナ以外いなかったのは内緒だ。皆さん親しくしてくださってたけど、話に聞くパジャマパーティーとか学園終わりにカフェに行ったりお友達と避暑地にお泊り、とか私もしてみたかったな。

畏れ多いと一線引かれてるのは感じていたけど、勇気を出して自分も加えて欲しいと伝えてみたら良かったかな。ううん、私がそう言ったら受け入れざるを得なくなっちゃうから、これが正解だったの。

自分も逃げてきたのだと、そう語ったフレドさんの言葉を思い出した。

ただその事情は全く違う。彼はわざとふざけて話していたが、周りを慮って自分があえて悪者になったのなんてすぐに分かった。

耐えられなくなって逃げだした、自分勝手な理由で家出しただけの私とは正反対だ。

その日私は夢を見た。

夢の中ではまだアジェット家のリリアーヌで、家族から認めてもらいたいと、ただそれだけの浅い目的で上を目指していた。

「今夜のコンクールで、建国祭の奉納公演の奏者が選ばれるでしょう？　私がそのうちの一人になれたら、どうかお母様からお褒めの言葉をいただきたいの。それが来週の誕生日のプレゼントで構いませんから」

演者の控室で私はお母様と向かい合ってそう願った。

お母様が審査委員長として参加するこの音楽祭で活躍したい。誉れ高い建国祭の奏者になった栄誉と、誕生日のお祝いをかけたらもしかしたらと思ったのだけど。

「まぁ。リリアーヌ、音楽というのは、音を楽しむと書くのよ？　誰かから褒められたいなんて浅ましい理由ですることではないわ」

「……申し訳ございません、お母様」

失敗を悟って胸の奥に重い塊が生まれたのを感じて胃の中が冷たくなったのを覚えている。

この日のコンクールでは最優秀をいただいたけど、一番欲しかった人からは褒めてもらえなかった。自分でも「もっと上手く弾けたな」とひっかかった箇所があって、そこをやっぱり指摘されて。他の審査員にどんなに称賛されても社交用の笑みしか浮かべられなかった。

「リリアーヌってば、普段あんなに皆から称賛の言葉を山ほどもらっていて、それ以上を欲しがるなんて。やっぱりあの子は甘やかしたらダメね」

ご自分の娘なのに公平どころかあえて厳しい目で見るなんてさすがです、と音楽祭の後の交流会で声をかけられて笑うお母様の姿をぼんやり思い出していた私は、お母様がご自分の専属侍女のエダとそんな事を話していたのを聞いてしまった。

帰宅して、晩餐も終わって。今日指摘されたところを寝る前に振り返ろう、次はお褒めいただける演奏ができるように、と楽器の置いてあるサロンに入ろうとした時だった。中にお母様がいて、私はその会話に割って入ることが出来ずにドアの外で固まっていた。

その口調は「まったく仕方のない子」と呆れたような様子で、失望されたんだとショックを受けて固まった。その場に居合わせて心配してくれたアンナがなんて慰めてくれたのかも覚えてないし、あの日どうやって部屋に戻ったのかも分からない。

その時の事を見ているんだと分かっていても夢の中の私は何もできない。

ちがう、ちがう。みんなわたしを、わたしのためをおもって、きびしくしてるだけだもん。

ドロリと夢の中の景色は溶けて、サロンの前から立ち去ろうとしていた私の足を飲み込んだ。動けない。

いつの間にか私はお母様と向かい合って立っていて、お母様の侍女のエダでなくニナがその隣に立っていた。

「リリアーヌは甘やかさないけど、貴女のことは不思議と褒めてあげたくなるの、ニナちゃん」

「わぁ、嬉しいですお義母さま。私、リリアーヌお姉さまの代わりに頑張りますね」

二人は仲睦まじい、それこそ私よりも母娘らしい様子で私に見せつけるように触れ合う。

何で私は、抱きしめてもらった事も、頭を撫でてもらった事も、私が娘でいてくれて良かったと言ってもらった事も無いのに。実際に言われたことと、夢の中の架空のお母様が言った言葉の区別がつかなくなってしまう。

両親と兄姉達とは家族として過ごす時間はほぼなかった。血が繋がってる教師と生徒と呼ぶ方が正しいくらい。でもきっと厳しくするのは私のためなんだ、指導してくれるのは私に期待してくれてるからだって、思ってた。

考えないようにして目を逸らしていたともいう。

じゃあなんで、どうして、私がどんなに成果を出しても一回も褒めてくれなかったのに、ニナの事は甘やかすの？

「大丈夫よ、オネエサマ。私があんたの代わりに『愛される妹』になっといてあげるから」

あの日、怪我から目覚めた私に覆いかぶさった同じ顔でニナは笑って、私はそれを見て体が燃えるような怒りを感じていた。

「……最悪の目覚めだわ」

寝汗でぐっしょり濡れた背中が気持ち悪い。夢の中のそのまま、体中に変な力が入っていたようで起きたばかりなのにクタクタに疲れていた。

自分の頭が勝手に作り出した夢に自分で傷付くなんて、バカみたい。

私はこめかみから耳にまで垂れた涙を手で拭うとベッドから下りた。

フレドさんは……まだ寝ているのだろうか。宿屋の貸してくれた衝立の向こうは見えないのについ視線を向けてしまう。……部屋は暗いまま動いている気配が無いし、まだ目覚めていないはず。起こさないようにそっと洗面所に行くと、彼を気遣わせないように起きる前に身嗜みを整えておくことにした。

「ここがフレドさんのホームタウンなんですね」

「うん、と言っても別に故郷でも何でもないんだけどね」

リンデメンの街には昼過ぎに着いた。

冒険者を始め他所からの移住者も多い。すれ違う人達の人種を見てそう推測する。冒険者としてやっていくのに都合が良い需要と供給が存在して、物価も高くない。この国は言語圏が異なるため私にとっては見慣れない文化が多いが、魔道具や技術面はおおむね祖国のクロンヘイムと同じ程度は発展している。

首都ではないが地方都市として栄えているので、人口も多い。

知らない顔が新しく入ってきても誰も気に留めないだろう。きっとフレドさんもだからこそ、ここを活動拠点に選んだんだと思う。

私の髪の毛は本来の銀髪に戻っている、といっても時間経過で染色が落ちるのをそのままにしていただけだ。居付くことを考えるとずっと髪を染め直し続けるのはあまり現実的ではない。

確かに珍しい色ではあるが、まったくいない訳ではない。不自然にならないように、もし聞かれたら親が銀髪の多い雪国の出身だということにした。幸いその国の言葉は母国語にしている人に気付かれない程度には喋れるし、読み書きも出来る。

堪能に操れる言葉が私の倍はあったアルフォンスお兄様には遠く及ばないが、小説家の傍ら翻訳家としても活動していたお兄様の助手として学んだ知識は役に立ったようだ。

新しい人生をどうやって生きるか考えると良い、とフレドさんに勧められて、私は結局最初にぼんやりと考えていた通り冒険者になる事を選んだ。

明日の保証のない職だとよく言われるが、堅実にこなせばメリットも多いし、目的を考えてこの選択をしたのだ。

アンナを迎えに行くために、中堅以上の高位の冒険者に依頼を出せるような信頼と身分を出来るだけ早く手に入れなければならない、そのために。

当然登録したての冒険者には何の信頼も保証も持たない。依頼を受けて遂行する、それを繰り返して冒険者証が木札から青か緑札になるころには定住するための部屋を借りられるようにはなるだろうか。黄札になったら住民申請が出来るのはこの国を管轄する冒険者ギルドでも共通だったはず。札が黒鉄になる頃には高位の冒険者に国をまたぐ依頼を出す信頼も出来ているだろう。お金はあまり減っていないのですぐ出してしまいたい気持ちもあるが、「突然現れて金だけは持ってる身元不明の小娘」のそんな依頼なんて引き受けてもらえないのは私でも分かっている。

私はここで、フレドさんの親戚という事で新生活を始めることになった。

軽く笑って「貸し一つね」と一緒に嘘をついて私の身元保証人になってくれたフレドさんには重ね重ね感謝しかない。何か私が問題を起こしたら、「はとこ」という事になっているフレドさんに迷惑がかかってしまう。

そんな事をしでかすつもりはないけど、私はより身を引き締めて、リンデメンの街の冒険者ギルドの扉をフレドさんの後ろに続いてくぐった。

私は、リアナ。十五歳になって独立するために、親戚のフレドさんを頼って大きな街に出てきた少し世間知らずな子。

あまり本来の自分と乖離しないように作った、「リアナ」のプロフィールを頭の中で反芻しながら。新しい生活が素敵なものになりますように。

第十話　ここから始める

冒険者ギルドの建物の中に入ると、こちらに視線が向くのが分かった。

調べるようなジロジロ見るようなものでは無く、動く者があったからつい視線が向いたという、そんな感じの。

特徴的な、長い前髪で目元まで隠れているフレドさんの容貌を知っていた人も多いらしく、彼の名を呼びながら何人も声をかけている。人当たりが良いのは知っていたが、やはり顔が広く大勢に親しまれている人なんだなと分かる。

その顔の広いフレドさんの後ろに、見慣れない子供がいると一拍おいて彼らが気付くと明らかに詮索したそうな気配が視線に交じった。

「あれっ?!　フレド、戻ってくるのは冬前になるはずじゃなかったのか?!」

「それがな、良い方に予想外の事が起きて、報酬は満額受け取ったけど依頼が切り上げになったんだよ」

後ろにいる私を気にされているのは察したが、フレドさんの縁者なのは分かるからかぶしつけに話しかけられたりはしない。どうやらフレドさんに話しかけにカウンターの中から出てきたのはこのギルドのマスターで、口調から、フレドさんと個人的にも親しいことが窺えた。

世間話のような軽い感じで、「ところでこの子は？」と話を振られて、親戚の子だという設定で紹介してもらった。

「俺に狩りと戦闘技術を仕込んでくれた爺さんの孫なんだ、リアナちゃん。俺のはとこ」

「リアナです、よろしくお願いします」

素で少し緊張してしまって、私は少々ぎこちなく頭を下げた。クセで騎士の礼をしてしまわないようにしないと。

背筋を伸ばした礼をすると、フレドさんがギルドマスターと呼んでいた男性が「お前に似ずに真面目そうな良い子じゃないか」と茶化した。

興味深そうに見られるけど、マナー違反になるので詮索されたりはしない。聞かれてもいないのにペラペラ喋るのも不自然なので、私もとくに自分から事情を説明したりはせず笑顔だけ浮かべていた。

「冒険者の初心者講習って次はいつ？」

「ちょうど明日あるけど、お前が教えてやればいいじゃないか」

「それだと知識が偏っちゃうから。それにリアナちゃん、実技で言ったら俺が教える事なんて多分無いんだよね～。技術は爺さんにバッチリ鍛えられたらしいから。でもちょっと世間知らずなとこがあるから、新人として一通りの説明と、制度とかをきちんと教わって欲しくて」

そういう設定でいくと言われたけど、不安だ。皆さんの期待を裏切ってしまう予感しかない。フレドさんはどうして「そこそこいいとこの子で凄腕猟師の孫」なんて背景を私に負わせたのかしら。

なるほどな、と頷くギルドマスターさんに従って私は受付に向かった。背中から「ピカピカの新人さんだ」と威勢よく案内されて、ほんの少し面映ゆい気持ちになる。

「フレドさん、依頼の内容が遂行中から変更になったなら処理が必要になります。依頼主の承認はありますか？」

「もらってきてるよ～」

「なら、こちらで事務手続きをお願いします」

フレドさんはトノスさんの依頼について個室で話をするようで、「副ギルドマスター」と呼ばれていた男性と奥に向かった。

荒くれものも多い冒険者を抑える役目として、引退した高位冒険者を迎えて前面に立ってもらい、実際の事務権限は副ギルドマスターが持っているというのはどこの冒険者ギルドでも同じらしい。

銀級でその上人当たりも良く、ここまで一緒に過ごして見ていた限り何でも器用にこなしていたフレドさんはかなり貴重な存在なのだろう。

「お嬢ちゃんはこっちよ。私は事務員のダーリヤ」

「リアナと申します。よろしくお願いします」

「あら、礼儀正しい良い子ねぇ」

愛想の良い笑顔を浮かべる、優しそうなご婦人――ダーリヤさんに手招きされて私は向かいに座った。指にはめている指輪と同じ意匠の男物の指輪をペンダントトップにしているのに目が行く。

そういえばギルドに貢献した冒険者の寡婦を雇う制度があったな、きっとこの国もそうなのだろうと頭の隅で考えながら話を聞いていった。

読み書きについて聞かれて、問題なく出来ますと答えた私は登録用の届け出に指示通りに記入していく。

名前、性別、得意な事、日常生活で使う以上の魔法が使えるかどうか、泊りがけの遠方での任務は可能か、他の冒険者と合同で依頼を受けるつもりはあるか、連絡先は、などなど。色々あるものの、正直に書けない事も多いが。

時間経過で変わる項目も多く、後々変更もできるので問題ない。連絡先は住所が無ければ定宿の名前を書くものだが、「親戚だから」とフレドさんの借りてるらしい部屋の住所がとりあえず記載された。

「得意な事はあるかしら？」

「得意と言えるようなことは……特に……」

私は言葉に詰まってしまった。人に胸を張って「これが出来ます」と言えるものが何もない。魔法や戦闘技術は各分野の超一流の存在達に手ほどきを受けていたからさすがに素人よりもマシだろうけど、報酬をいただく冒険者の技として足りているのか自信が無い。

「あら、でも武器も持ってるし、冒険者になると決めたくらいなんだから魔物を討伐した事はあるでしょう？　『この魔物を一人で倒した』って名前を書いておけばいいわ。けど実力を盛って書かないようにね。命に関わるし、すぐ分かるから。あぁ、気分を悪くしないでね、全員に同じ注意をするのよ」

「はい、分かりました」

確かにそうだと私は頷いた。多分注意をしなければいけないくらい自分の実力について嘘をつく人が多いんだろう。

答えることについて打ち合わせはしたけど、これは相談してなかったわ……どうしよう。

単独討伐の最高記録というと、春に倒したコカトリスかしら。いえ、でもあれはかなり運が良かったし、同じコカトリスでも変異種まで含めると私の手には負えないものもいる。無責任な事は書けないわ。でも「本当にその名前の魔物は何が出ても倒せるの？」と自問自答していった結果、私はためらいつつも「単独討伐可能：イビルラビット」とそこに記した。

数が多いと冒険者に討伐依頼も出されるが、畑を荒らす害獣くらいの認識しかされておらず一般人も狩れる臆病で大人しい可食魔物として知られている。

でも、これなら。今までに観測されたどの変異種でも、イビルラビットの派生なら確実に倒せる。

さすがに「暴食兎」まで育ってしまったら難しいけど、あれはイビルラビット科ではなく「災害級《ディザスター》」に分類されるし別枠として扱っていいだろう。

その後もダーリヤさんと、世間話としか思えないような会話をしたがその目的を察して感心していた。なんと素晴らしい手腕で私の身の上を聞き出すのだろう。いや話しているのは架空の「リアナ」の身の上話なのだが。

ここですでに信頼を得ているフレドさんの親戚として紹介されてこれなのだから、きっと私が一人でどこかの冒険者ギルドにいきなり登録するのはかなり警戒されたはずだ。

でもこうしてさりげなく審査しないと犯罪者が簡単に新しい働き口を得てしまう、警戒しすぎという事は無いだろう。犯罪者は魔力紋を登録されているけど、冒険者全員にはコスト的にも難しいため魔力紋登録は緑札以上からだ、抜けもある。

それに国境を越えると途端に照会も難しくなってしまうため、魔術の世に原始的な話だが、やっぱり早期発見には人の目が一番大事。

私はそうやって職務を全うするダーリヤさんを騙す事に申し訳なさを感じつつも、「銀級冒険者フレドのはとこのリアナ」という設定で冒険者登録を乗り切った。

「問題なく冒険者登録できたみたいで良かったよ」

「いえ、フレドさんのおかげです。色々手配してくれてありがとうございます」

翌日以降に数日続けて行われる初心者講習について職員から簡単な説明を受けて、終わったころにフレドさんに誘われて夕食に向かった。「冒険者になったお祝い」という名目で、個室をとっていただいたのだ。ここでなら、あまり聞かれたくない話も出来る。

私はそこであらためて、「冒険者なり立てほやほや」としてやっていくのに適切な行動について手ほどきされた。

「前も話したけど、わざと手を抜くことはしなくていい。リアナちゃんきっとそういうの苦手そうというか、無理だろうから。ただ、目標に対して……毎回全力は出さずに……そう、出来る限り、『それを達成可能な最低限の力』だけを使おう」

「……はい、頑張ります」

　全力を出してもちゃんとした冒険者としてやっていけるかすら不安を感じるのだが、それは怖がりすぎだと言われている。

　悲しそうな顔で否定させるのが申し訳なくて、もう彼の前で本音は口にしていない。

「錬金術とか、ほんの少し知識があるだけでも相当目立つから。高等教育機関とか本職に師事しないと教わらないような魔法とか、知識もだけど……」

「一応、しかと覚えてます。冒険者として一般的な事なら大丈夫……このリンデメンで、同じような事が出来る人を五人見かけたらそれと同じ魔法やちょっとした技術を使っていいんですよね」

「うん。……上級冒険者とかは参考にしちゃダメだよ？　まぁそこは……リアナちゃんなら周りを見ながら空気読めると思うけど……」

　私が生きていた世界は、相当恵まれていた。だから意識していなかったが、錬金術などは習った事があるだけで「文字の読み書きができる」「ある程度の魔法の素養がある」「錬金術師に師事出来る、または教育機関に通える環境だった」と、かなりの情報が読み取れてしまうとフレドさんに指摘されて初めて気付いたのだ。

　天才に一度も認めてもらったことのない私程度の腕でも、「錬金術が少しできる」だけでとっても目立ってしまう。

　素性を隠したい事情が無ければ、「まともに錬金術師として稼いだ方が儲かるんだから、悪い事なんてしないだろう」と本来ならそれだけである程度信用してもらえるくらいなのだと。

駆け出し冒険者として知っていておかしくないのは「これは錬金術師がポーションに使う薬草だから、この討伐依頼のついでに採って帰ったら買い取ってもらえる」とかその程度らしい。

「……リアナちゃんの『チョットデキル』ってめちゃめちゃ信用できないから、初心者講習大丈夫かなぁ……錬金術に、音楽、演技にメイクの腕、少なくとも三つは言語が喋れるし……特技は他にないとか言ってたけど……」

私は心配させてしまって心苦しくなった。絶対に大言壮語はしない、としっかり内心で誓う。少しかじっただけの事をちょっとなんて例えても「出来る」なんて言ったら、自分が失敗して恥をかくだけじゃ済まないんだもの。

「なんか今も勘違いしてそうなんだよな……」

前髪の下から心配そうな目を向けてくるフレドさんに、私は自分を奮い立たせるように返答した。

「……これからも助けていただくことは多いと思いますが、出来る限り頑張ります……！」

「いや！　俺は絶対ほどほどで良いと思う」

その日は「お祝いだから」と気持ちよくおごっていただいて、私はより「何かあったら恩返ししよう」という意思を強めた。

紹介してもらった女性向けの宿まで送ってもらうと、私は新しい居場所を手に入れた高揚感で、家出して初めて前向きな気持ちで眠りについたのだった。

「リアナちゃん……目立たないように、目立たないようにね！　リアナちゃんに自覚がないのは承知してるけど、『このくらい普通の人でも出来る』とか憶測で行動に移しちゃだめだよ！」

「わ、分かりました。気を引き締めて講習に挑みます！」

「引き締め過ぎなくていいよ！」

初心者講習の前、「監督役の冒険者のアシスタントやるよ～」とギルドマスターさんに申し出ていたフレドさんは「それよりこっちの依頼を頼む」と別の仕事を任せられてとても心配しながら近くのダンジョン型迷宮に向かった。緊急性の高い依頼のようだ。当然守秘義務があるので私は詳しい事は聞いていない。

どうやら私が試験中何か失敗したらフォローできるようにと思ってくれていたらしく、そんなに心配させていたのかと申し訳なく思いつつもその気持ちがとても嬉しかった。フレドさんが失望するような結果を出さないように気を付けないと！


「へー、リアナちゃん狩人スタイルなんだ。ねぇオレ近距離武器だし今度一緒に討伐行かない？バランス良いと思うんだよね」

「えーと……申し訳ありません、しばらくは採取依頼中心にこの街の周りの地理や薬草の分布などを学ぼうと思ってるので……討伐依頼を受ける予定は当分無いんです」

「じゃあオレが護衛やってあげるよ！」

「護衛が必要なところに行く予定も無いので、あの、お気持ちはありがたいのですが……」

講習が始まる前から私は試練に直面していた。なるべく目立たず今日を終えるつもりだったのに、これでは最初から先行きが不安になる。

なぜこんなに絡んでくるのだろう。執拗に私について来ようとしてる……もしかして、そんなに、見ただけで分かるほど頼りないのかしら。

騎士に交じって訓練もしていたから男性が苦手という訳ではないけど、この人のようなタイプが初めてで……私は終始圧倒されてしまっていた。

名前はギール、武器は槍。出身地では自警団に所属していたが、その才能をこの地で埋もれさせるのはもったいないとその村の長や親から後押しを受けて街に出てきたらしい。だから登録したのは最近だが実戦経験は豊富なので良かったら色々教えてあげてもいいと。

いきなり話しかけられて自己紹介された際、私が「戦闘には自信が無い」と言ったためこのように提案してくれたらしい。

一方的に話すその言葉をただ聞くしかできないが、その自信の強さは素直に憧れてしまう。私もこんな風に、誰かに教えられるくらい何かが得意だったら良かったのだが。

見た限り、立ち姿勢の重心の置き方や筋肉の付き方ではそれほどの実力は感じない。戦ったら私が勝ってしまうのではないか。……いや、普段はそう分からないようにこうして隠しているのかもしれない。

私は視線を向けないように観察していたが、何も分からなかったのでじりじりと距離をあけて離れようとしていた。

「そこ、おしゃべりは休憩時間にやりなさい。……申し込んだ全員が集まったようだな。これより初心者向けの講習を開始するぞ。俺は銀級冒険者のレイブ。『暁の牙』のパーティーのリーダーを務めている」

　待ち合わせにと指定された街の門の前で参加者の人数を確認した後、今日の引率を引き受ける冒険者が声を上げて皆がそれに注目した。それによって私に話しかけていた人も一旦喋るのをやめたので内心ほっとしてしまう。

　中堅以上の冒険者になるとこうして新人の育成も依頼に加わる。ギルドが指導に向いてるタイプの人を吟味して出すものだが、内容のわりにギルドへの貢献度の点数になるので美味しいのだとフレドさんが言っていた。冒険者としてのランクを上げるためにはこういった仕事もこなす必要がある、その代わり報酬は控えめだが。

　なので目の前にいるレイブさんのように、「怪我の治りかけ」とかで体の慣らしをかねて受けるには丁度いい依頼らしい。私は彼の肘に貼ってある貼付剤《ハップ》から、捻挫などでよく使われる系統の薬草の匂いをほのかに嗅ぎ取った。

　隣に立つ魔法使いの装備のエレーナさんは同じパーティーの方だそうだ。

　私達も順番に簡単な自己紹介をするように言われる。手元の名簿を見ながら順番に指していっている、なら私は最後の九番目になるだろう。

「リアナといいます。猟師のおじいちゃんに森の歩き方を教わりました。武器は弓が一応使えます」

　他の人達は、自分の得意な事を上手くアピールしながらパーティーメンバーを募集してたりしていた。皆さんコミュニケーション能力が高い。

私は反省を生かして、しばらくは事情を知っているフレドさん以外の人と行動を共にしなくても良いように、考えつつ相談して「リアナ」の設定を作った。

国が変われば、常識も変わる。私が使った技術や魔法がここでは特別珍しいもので、そこから出自がバレる可能性もある。ここでの「常識」に自然に溶け込めるようになるまで単独で行動した方が良いって言われたし、私もなるほどと思って納得した。

しばらく採取メインで動くからという名目もそうだが、基本単独で行動して身を隠し痕跡を消し、潜んで獲物を狙う猟師だったら討伐でも誰かの同行を断る口実になる。だ、だから、ここですぐ友達を作ろうとは思っていないから、これでいいの。

普通の「駆け出し冒険者」を観察して、何の変哲もない新人として溶け込まないと。私は内心で意気込んだ。


「リアナちゃん……初心者講習、無事に終わったの……？」

「はい、無事に。……特に冒険者失格になるような禁忌も犯してないと思います！」

「あ、ううん。そっちの心配じゃないんだけどね」

講習終了後、座学が行われた二階から下りてくるとフレドさんが待っていて、おそるおそるといったように尋ねてきた。

私はそれに胸を張って、「目立つような事はしなかった」という意味で断言する。

ちゃんと周りを見て、「悪目立ちしない程度の出来」を計算して上手く立ち回れたと思う。当然、手を抜くことはしていない。私が手を抜いたりなんてしたら「何もかも出来なさ過ぎて冒険者になんてさせられない」と止められる恐れもあったし。

期待されてること……を実行可能な最低限の成果で応える、という指針。それに名簿的に、私の前に良いお手本として「駆け出し冒険者」のサンプルが見られて良かった。

教官役の冒険者に失望されないくらいの動きを見せることが出来たと思う。

「お、フレド。リアナちゃんのお迎えか？」

「レイブさん、お久しぶり。そうそう、おじさん……リアナちゃんのお父さんから頼まれちゃってるからね。しばらく変なのに騙されないように見てやってくれって」

「そうだなぁ、腕っぷしも強いし依頼はもう一人で受けてもいいと思うけど、可愛い子だから街の中の方が心配だなぁ」

「え？　……もっとこう、『超期待の新人！』とか『百年に一度の逸材！』とかそんな感じじゃないの？」

「なんだ、お前。妹弟子だからってひいき目が過ぎるぞ」

「あ、いやー。あはは」

からかわれたフレドさんは笑って済ませていたが、そんな風に持ち上げられすぎて私はその後ろでとても恥ずかしい思いをしていた。フレドさんが褒めすぎて肩身が狭い。

けど実家にいた時に私の家族の顔色を窺ったお世辞とは違って。褒めてもらうのはまだ慣れないけど嬉しくて、「全体的に初心者と思えないくらい優秀だった」と言われた私はその言葉に思ったより感動してしまった。

初日が終わった景気づけにご飯行こう、と誘われた私は昨日と同じ、庶民向けのちょっといい食事処の個室でフレドさんと向かい合っていた。何か言う前に、「出世払いね、ランク上がったら何かおごってよ」と言われてしまって私は「絶対にちゃんと夕食を御馳走するんだから」とこっそり心に誓う。

「なんか、聞いた限りほんとに問題なく初心者講習やれてるみたいだね？」

「はい。……フレドさん心配しすぎですよ」

「絶対何かこう、『このくらいできて当然なのでは』って、ベテランもドン引くようなすごい技術を見せてとんでもない騒ぎになってると思ったんだけど」

フレドさん、この街に来るまでもずっとそんな事を気にしてたけど、何かそれに嫌な心当たりでもあるのかしら。

「普通の、いや違う。その分野の一人前のプロじゃないと出来ない技術、他に何も持ってないよね？　範囲殲滅魔法を軽く放てるとか、魔法で高精度広範囲の索敵が出来るとか、銀級相当の魔物が一人であっさり倒せるとか、そういうの」

昨日もそうやって真顔で確認された。当然私に思い当たることはないので、すべていいえと答えたが。……お父様が「これくらい本職の魔導士なら出来て当然」と言うレベルの事を一度も満足に出来たことなんて無いし、お兄様にも「今のは運が良かっただけで実力で倒したとは言えない」と銀級の魔物の討伐を認めてもらった事は無かったから。

あの人達が、魔法と戦闘でそれぞれ国一番の人があぁ言ってたのだから、私は一人前とは名乗れないし、プロなら誰もが習得しているはずの技術も無いのだろう。それは確かだ。

「トラブルとかも特になかった？」

「えっと、多分無かったと思います」

講習の開始前に何故だかやたらしつこく話しかけてくる男の子がいたけど、あれはトラブルというほどの事ではないだろう。

それに、実力を見るためにって教官役のレイブさんが全員との手合わせが終わった次の休憩時間には急に無口になって、口を利くことは無かった。というか私を避けていたように見える。

教官との手合わせで私が何かしてしまって、遠巻きにされたような印象を受ける。まぁ多分これから仲良くする予定もないから別にいいか。

「何も？　軽く実力を見るって言われて、手合わせで教官役をボコボコに叩きのめしちゃったりとかしてない？」

「そ、そんなことしませんよぉ」

「的に向けて魔法を使ってみろって言われてあたり一帯焦土にしたりも？」

「ふふ、フレドさんってたまにそうやって冗談言いますよね」

「わりと本気なんだけど……いや、いらない心配で良かったのかな」

なんだか、すごく現実感のない事を急に言い出すものだから、私は話が大きすぎてつい笑ってしまった。

だって、家出してる事情を隠してる私はなるべく目立たないようにしなきゃいけないんだから、そんな事する訳ないのに。まぁ、しろと言われたら出来たけど、やれと言われていないのにするような事ではない。そのくらいは判断できる。

「リアナちゃん、レイブさんが褒めるくらい弓も上手かったんだね〜。道中は乗合馬車と魔導機関車で魔物とは無縁だったけど、それなら兄妹の冒険者のフリしても良かったかな」

「そんな、あの中ではってだけで。銀級のフレドさんの狩場では足手まといになりますよ」

私は各分野のプロに師事していたのだから完全な素人ではない。だからレイブさんの言葉には「初心者講習にしては」という但し書きが付くことくらい私だって分かっている。

冒険者になるには実力不足だなんて言われないか冷や冷やしたけど、腕についてはそこまで重要ではないのだとしばらく見ていて気付いた。「いきなり無茶をしてすぐ死んだりしないか」とか、それを見るためのものなのだろう。

「どんどん強くなってガンガンランク上げて稼ぎたい」って言ってた男の子はかなりやり込められてたけど……自分の実力が分かっていて、当分は街の近くの採取依頼くらいしか受ける気がない私は何も言われなかったのがその証拠だろう。

施設の使い方や依頼書の見方、依頼の受け方、ギルドランクの昇進についてぼんやり知ってたけどしっかり学べたので、これから自力で生活できるようにきちんと稼いでいきたい。

今日は冒険者一日目。国境を越えてアンナを迎えに行ってもらう依頼を後々出す必要性があるから、今の手持ちの資金はなるべく減らさないように、その上でギルドからの評価を上げることを何より意識して依頼をこなさないと。

掲示板に推奨ランク別に張り出されていた依頼をいくつかチェックをした上で、私でも出来そうなものの番号札を取って、受領手続きを行う。当然、昨日初心者講習が終わったような新人の私が受けるレベルの依頼かどうかや、注意事項については受付で確認した上だ。

偶然手が空いてて相談に乗ってもらったダーリヤさんには準備もちゃんと出来てるって褒めていただいたし。「みんなリアナちゃんくらい慎重にやってもらいたいくらいだわ」って感心されたのはちょっと照れたけど。

「ケブロアの森で薬草と、粘土質の土の採取……」

私が最初受けようと思ったのは薬草だけだが、同じ場所で簡単に採取できるからと「粘土質の土」についてもついでに頼まれた形だ。

猟師のおじいちゃんから十五の成人のお祝いにもらった設定のマジックバッグがあるせいだろう。重いし高価な買い取りではないので人気が無い。しかしこういった依頼に協力するとギルドからの評価が付くのだ。

依頼発行者はリンデメンの街の錬金術師ギルドになっている。おそらく薬草の人工栽培についての研究で使うのだろうな、と私はあたりを付けた。リンデメンに所属する錬金術師の研究で、その分野に関しての論文を複数読んだことがある。

薬草に限らず錬金術に使うような素材は人の手で育てると薬効が消えたり、うまく育たないことが多い。完全に供給が需要に追いついておらず、錬金術素材の人工栽培については人類が長年向かい合っている課題の一つだ。だから薬草類の採取依頼が絶えないのである。栽培には自然な生殖を再現することが要なのだとは分かっているが、それが難しい。

この土もきっと誰かの研究のためになるんだろうと思うと使命感が湧いてきた。

私は持ち出し用の簡易依頼書を鞄の中にしまうと、昨日教わったこの辺りの地図を頭に思い浮かべて森の方に歩き出す。

依頼書には雑草との見分け方のポイントと、識字が出来ない人の事も考えてか詳細なイラストも記されている。

リンデメンの街の付近でこの薬草が分布しているエリアも大まかに書かれていた。

このルーマツグミ草は人間の生活圏内から外れた瘴気の存在する空間でしか生育できないが、あまり瘴気が濃すぎる奥地でも育ちにくい種類だ。

私の生国では自生していない植物だったが、薬草学で学んだ知識にあったので採取だけなら問題はなさそうだ。

資料などがほぼ全て手元にないので詳細な検討が出来ないのが少々不安だが。でも娯楽本はともかく、魔導写真がカラーで載ってたり発行部数が少なかったりで専門書はやはり高価だ。駆け出し冒険者が大量に所有しているのは不自然なので、専門書の並ぶ本屋を巡るような目立つ行為は控えよう。

数か国語の辞書など最低限必要なものは持ち出しているし、多分……しばらくは大丈夫だろう。

「ルーマツグミ草、……この季節なら白い小さな花に、黄色いめしべ、明るい緑色の丸い葉っぱ……ああ、あった」

私は街近くの、森の外周部を歩きながら足元に注意を向けて目当てのものを探していった。周囲、魔物への警戒も怠らないようにしつつ作業をしていく。

ルーマツグミ草は外用、内服共に外傷の傷薬の材料として使われる。

主に赤い根に薬効成分の大部分が集中してるが、全草を煎じるかすり潰して様々な炎症への民間薬としても用いられており、そのままでも創傷治癒促進などの作用がある。錬金術には暗赤色になるまで乾燥した根が使われる。

この地域で薬師の作る傷薬や、低級の外傷ポーションが赤いのはルーマツグミ草が使われているためだ。

学名や成分名がパッと出てこない。外国にしか自生しない薬草だったので実際扱った事は無かったからこのくらいしか覚えてないな……。採取できるものが変わるので、地域が変わると同じ「低級の外傷ポーション」でも一般的なレシピがガラッと変わってしまう。

この国では比較的手に入りやすい、傷薬の原料となる薬草だが、当然離れた地では他の薬草が使われているわけだから。

代替できない素材ならともかく、わざわざ取り寄せて使うようなものではないので重要ではないと無意識に判断してしまっていたのだろう。こんな事になると分かっていたらしっかり覚えていたのだが、勢いで実行した家出にそんな事を言っても仕方のないことだ。

依頼書には「なるべく根っこを長く掘り返して傷付けずに持って帰って欲しい」と書いてあったので、一般人が畑を耕す時に用いる生活魔法を利用してなるべく根を完璧な状態で残せるように注意深く掘り起こした。

ルーマツグミ草はあまり背が高く育たない植物だが、薬効部位となる主根は人ひとり分よりも深く地下に根を下ろしている。達成しなくてはならない目標を、最低限必要な手段を用いてこなすのだ。

先端までキレイに採取できた根っこから優しく泥汚れを落とすと、傷付けないように丁寧にくるくる巻き取って束にした一本分を紙に包んだ。この種の薬効成分は水溶性なので、泥を洗い流す時にゴシゴシこするのは厳禁。側根も切れるし、傷から成分が流れてしまうから。

処理はこれで問題ないはず、と私は次のルーマツグミ草を探し始めた。あと五本も探せば今日の食事と宿代になるが、今後の事を考えると少し多めに採取して余裕を持っておきたい。

その後も同じ作業を繰り返して、満足のいく形で採取できたルーマツグミ草を確保した私は、日が傾く前に依頼の粘土質の土を採取して街に戻ることにした。


「あの、依頼の納品をしたいのですが」

「……ん？　あ、俺行くよ。……はーい、今見るよー！」

私はギルドの裏手から、無人だった納品用の窓口の奥に声をかけた。まだギルドが依頼達成者で込み合う時間には早かったからだろう。混む前にと早めに戻ったわけだが。

奥で談笑していたうち、愛想のいい若い男性が一人杖をつきながらカウンターにやってきた。

「あ、新人さん？　初依頼はどうだった？」

「薬草採取自体は、地元でもやった事があったのでそこまで問題は無かったと思います」

「へぇ、リアナちゃんっていうんだ。君みたいな若くて可愛い子も冒険者になる前からちゃんと働いてたんだ。偉いなぁ」

「えっと……ありがとう、ございます……？」

紙に包んだまま提出したルーマツグミ草と麻袋に入れた粘土質の土をチラッと見た職員らしい男性は、採取物が間違ってないかだけ確認をすると納品物を細かく査定せずに私の出した依頼書を眺め始めた。いや、相当な目利きで、一瞬見ただけで査定が終わったのかもしれないけど。

「リアナちゃん弓が使えるんだ。でも森の奥に行くにはちょっと勇気が出ない感じかな。俺怪我で休んでギルド手伝ってるけどもうすぐ復帰予定だから、そしたらうちのパーティーと一緒に討伐連れてってあげようか？　勉強になると思うよ。そのままメンバーに加わってもいいし」

「あの」

「遠慮しなくていいよ。新人育成も先輩の役目だからさ」

「……た、大変光栄ですが、すみません。私は猟師の技術しか知らないので、大勢での戦闘には向いてないんです」

改めて謝罪に頭を下げると、男性は笑顔を消して「あっそ」と一言呟いた。

悪い事はしてないはずなのに、なんだか胸の奥にモヤモヤしたものが残ってしまう。

「ルーマツグミ草八本と、十十五タンタルで、これが報酬ね。確認して」

「……はい、確かに」

トレーにじゃらりと置かれた硬貨を目視で確認すると、私はそれを財布の中にしまった。依頼書に記載されていた金額と納品量を暗算で計算して、不足も過分もないと確認した上で。

なんだか明らかに不機嫌になった男性が、依頼書に納品済みの判を押して評定を書き込む。返してもらったそれを受け取ると、名前のサインとともに「可」を示す評価が書き込まれていた。良かった、達成したけど評定が低い、とかそんな事態にならずに済んで。

「可」なら標準的な評価と言って問題ないだろう。採取した素材の状態が良いと買い取り金額が上がったりするのだが、それに当てはまるとは最初から思っていない。

報酬を受け取った証拠として、下半分を切り取ってサインをして返した私は「ありがとうございました」と礼を告げて納品窓口を後にした。


「リアナちゃん、お疲れ様。今帰り？」

「いえ、さっき納品が終わったところです。フレドさんは今戻ったんですね」

「そうそう、ギルドマスターの人使いが荒くて」

明日受ける依頼をチェックしておこうかと思って正面受付の方に回ったら、ちょうどフレドさんとその友人らしき方達が到着したところだった。朝は会わなかったけど、やはり野営前提でない限り日が暮れる前に戻るのが普通だから。このくらいから混み始めるのだ。

大げさに「疲れた」とアピールするフレドさんに笑いが漏れてしまう。でもそう言いつつ依頼を受けるフレドさんはここのギルドマスターの事をきちんと信頼しているのだろう。

「……リアナちゃん、今日も俺と晩御飯食べに行かない？」

「私は食事を一緒にとってくれる相手が出来て嬉しいですけど、今日一緒に依頼を受けた方達とはいいんですか？」

「あいつら皆酒癖が悪くてさ～夕飯付き合うといつも二日酔いになって大変な目に遭うんだよね。俺を助けると思って！」

口実だとは分かっている、私が上手くやっているか相変わらず心配してくれているのだろう。こうして分からないようにさりげなく気遣ってくれる。それだけではなくて、その提案を断りたくないと思った私は内心喜んで食事の誘いを受けた。

「あ！　その子が話してた妹弟子ちゃんだな」

「かわいい子だな」

「やめろやめろ！　リアナちゃんのおやじさんにキック言われてるんだから！　変な虫がつかないように見ててくれって」

私が挨拶する間もなく、彼らを言葉通り虫のように追い払ったフレドさんは「報酬はいつも通り口座に！」と言い残して込み始めたギルドの中から逃げ出すように私を連れて外に出た。

嵐のようだ。私は流されるままになっていた。

「昨日と同じとこでいい？　初依頼達成祝いってことで」

「や、屋台で食べましょうよ。美味しいところを教えて欲しいです！」

また奢られてしまう、と危機感を覚えた私はそう言われる前に自分から提案した。そうでなくても、そこまで高級な店ではないとはいえ、今の私の収入で三日連続外食は贅沢すぎる。

この地域でも、一般的な冒険者は屋台で食事を買って家に持ち帰って食べるのが普通だ。早朝と深夜でそれぞれ営業してる店も多い。

「屋台は……うーん、聞きたいことあったから個室が良かったんだ。じゃないと俺の家になっちゃうよ」

「じゃあフレドさんのお宅でいいですか?!」

「ダ……！　だめってことはないけど……リアナちゃんはほんとにそれでいいの……??」

「えっと、フレドさんのお邪魔でないなら、お願いしても良いですか？」

「……リアナちゃん、俺以外の男には、一人暮らししてる部屋に行かない方が良い……というか絶対しちゃダメだよ。もし誘われたら俺に教えてね。そいつのこと強めに叱るから」

なんだか深刻そうな様子でフレドさんはそう言って、困ったように頭をかいていた。私だってそのくらいの分別はあるし、信用してない人なら部屋に行ったりしないのだが。

言い訳に聞こえてしまうだろうから、私は物分かりよく「分かりました」とだけ答えておいた。

屋台が並ぶ、日が暮れた街の賑わいの中心でいくつかフレドさんオススメの店を教えてもらいながら借りているという部屋に向かった。登録する時に緊急連絡先として住所だけ使わせてもらったけど、実際伺うのは初めてだ。

フレドさん曰く「家賃が安いし夜は静かだし治安も良いから」という、窓から月星教会の塔が見える一室に案内される。

散らかってるから少しだけ待っててくれ、と言われて部屋の前の共用通路で待ってしばらくすると改めて招き入れられた。

「お邪魔します」

と入った先はすぐ横にキッチンがあった。部屋の中の家具からするとここがダイニングとリビングも兼ねているのだろう。奥の部屋は寝室か、キッチンも魔導コンロと水道の蛇口があるし、裕福な世帯向けの賃貸に見える。

むしろ銀級冒険者の稼ぎから想像するより質素な生活と言えるかもしれない。なんて、無意識に好奇心を込めた視線を向けてしまっていたことを反省した。

押しかけてしまって申し訳なかったなと、ここに至ってそう考えたが今更である。もっと相手の都合を考えるようにしないと。友達がいなかったから、私はこういった事がほんとにダメなのだと改めて自覚した。

でも私の事情に巻き込んでいるのに、個室のある食事処に毎回連れて行ってもらうのはさすがに悪い。かといって私が支払うのもフレドさんはさりげなくかわしてしまうし。

私が泊まってる宿屋の部屋に招くのは「もっと問題がある」と言って固辞されてしまったし。

悩みどころだ、と思いつつ今回はありがたくフレドさんの部屋を会談の場として提供していただいた。

散らかってるから、と言っていたが特にそんな様子は全くない。

長期的にここを留守にしていて、戻ってきて数日しか経っていないのもあるだろうが。

「リアナちゃんも水出し茶でいい？」

「はい、ありがとうございます」

屋台で購入してきた二人分の食事を小さめのテーブルの向かいに置くと、フレドさんが水差しを片手に戻ってきた。さっきは気付かなかったが小型の魔導冷蔵庫も置いてあって、一瞬開けた中にはお酒が詰まっているのが見える。

いつもの癖で食事の前の祈りをしていると、フレドさんも付き合ってくれて祝詞を口にした。

困ってる事は無いかとか、初依頼受けてみてどうだったかとか聞いてくださって、こうして気にかけてもらっていると思うとなんだか温かい気持ちになる。

「リアナちゃん、今日の依頼の受領書持ってるよね？　見せてもらっていいかな」

「はい、分かりました！」

私は自信満々でフレドさんに二つ折りにした紙を渡した。実は、無事に完遂できたと見せたいと思って、すぐ出せるようにしていたから。

及第点どころか、きちんと報酬をもらえる仕事が出来たと見てもらいたくて。

こんなに誇らしい気持ち、学園に通い始めた最初の答案が返ってきた時以来だ。ああ、結局、学

年では一位だったが満点ではなかった事でその時も褒めてもらえなかったと、苦い記憶も一緒に思いだしてしまった。

「なんだって……依頼の評定が……『可』?!」

「はい！　ちゃんと達成できてたって、報酬ももらえました！」

「いや俺が驚いてるのそこじゃないんだけどね……!!　絶対納品の状態が良いって買い取り上がってるし評定も『特優』とかついてると思ってたんだけど……ま、まぁ、俺が心配したような事態にはなってなくて良かったよ」

また心配してくれていたらしいフレドさんはほっと胸を撫でおろしていた。

依頼の評価で『特優』が付くなんて、よっぽどの事が無いとありえないのに。

例えば今回みたいな採取物の納品なら、「依頼者も想定すらしていないような特別良い品質と状態」とかではない限り。

私が納品した薬草なんて「錬金術の素材として採取するならこのくらいの処理は完璧に出来て当然」と言われていた事しかしていないのだからそれはありえないだろう。

むしろ私は『不可』……依頼達成失敗になるような状態と言われたりしないかとか、ずっとビクビクしていたくらいなのに。

「最初はどうなる事かと心配してたけど、予想と反してリアナちゃんが一般冒険者に完璧に擬態できてるみたいで安心したよ。ああもちろん良い意味でね。リアナちゃんの実力そのまま出してたらいきなり『凄腕冒険者』になっちゃうからさ」

一瞬「擬態、とは実力以上の背伸びがうまく出来てるって事かな」と思いかけたがどうやら違うようだ。

でもフレドさんは私への評価が高すぎて困惑してしまう。さすがに自分で理解してるからうぬぼれる事はないけど、そうでなかったら私が勘違いしてもおかしくないくらいに熱烈に褒めてくれるんだもの。

「でも、この様子なら俺も安心して依頼受けられるなぁ」

どうやらフレドさんがしたかった話とはここから始まるらしい。

「トノスさんが、リアナちゃんからもらった魔道具を商品化したいって言ってたって俺が伝えたのは覚えてるかな」

「はい」

幸い、商品化の話は本当の話だった。製作者が私だと家族に気付かれて、行方を捜すためにねつ造されたとかではない。正規の商品化の打診だなんて信じられずに、私は何度も確認してしまった。

私が作った空調用の魔道具が、たまたま魔石の属性処理に転用できると違う使い道を思いつくなんて、やっぱりプロの商人さんは目の付け所が違う。

「それで、商品化に当たって基礎魔導回路図が欲しいらしくて。俺に『リオ君』の連絡先を知らないかって冒険者ギルドを通して連絡が来てたんだよね」

「なるほど……」

当然、私が名乗った「見習い錬金術師のリオ」は架空の存在なのでどこの錬金術工房を捜しても、どの地域の錬金術師名簿にもいなかったからだろう。でも商品化するからと、手を尽くして連絡が取れないか捜してくれたのだろう。それで、何か連絡先の心当たりはないかとフレドさんにまで話が来たのだ。偶然にも、それが正解だったわけだけど。

信用第一の商人だからというだけではなく、とても誠実な人だ。

「本音言うと商品の設計図引く所から参加してもらいたいみたいだけど、どうする？」

「いえ、私は量産についての勉強をちゃんとやった事はないのでお力になれないと思います」

「そっかぁ、まぁそうだよね。魔道具の開発と、量産化用の魔導回路図を引くのって別の才能だし……じゃあ大元の魔導回路図の買い取りでいいかな？　そっちの方が都合も良いしね」

「はい、喜んで、とお伝えください」

都合がいい、というのは家出している私にとっての話だ。買い取りならその後私が関わることは無い。

商品化するなら、確かに基礎魔導回路図が必要になるだろう。これがないと魔導回路の規格化なんてほぼ出来ない。魔導核は当然だが、天然物なのでひとつひとつ性質が違う。同じ種類の魔物だったとしても。

なのでトノスさんに渡したものの魔導回路と同じものをもう一つ作って、そこに別の魔導核をはめても正しく動作しないのだ。

基礎魔導回路図そのままでも普通は使い物にならない。魔導核と回路図両方をお互いに寄せるような調整をする技術が必要だ。

量産するためには設計図を作り直して、魔導核の均一化規格を定めて、魔導回路を専用に引き直さなければいけない。

そのために、あの大元になる魔導回路図が必要になる。

たまに、出来上がった魔道具から、基礎魔導回路図を逆算して描ける人もいるけど、そんなのコーネリアお姉様くらいしか知らないから置いておく。

私はこの量産のために必要な様々な改変が魔道具製作の中でも特に苦手だった。「使えるもの作ろうか」と言われたのを思い出して、胃がきゅっとなってしまう。

無理矢理その記憶を頭から追い出して、フレドさんとの話に意識を戻した。

「じゃあ、俺が届けてきちゃうね」

「えっ？」

何でそんな事を言うのか本気で分からなくて、私はキョトンとしてしまった。なぜわざわざフレドさんが届けに行くのだろう。

「魔導通信はまだ通信自体の秘匿性に問題が多いし、今回みたいな発表前の商品で使うわけにはいかないでしょ？　軍のを借りるなら別だけど。それに契約書はどの道書類で持ってかなきゃいけないんだし」

「それはそうですけど。でも、普通は元々そっち方向に行く冒険者や商隊に依頼するじゃないですか」

「いや、これは大金を生むだろうから確実に安全な手段を使いたいって先方も言ってるみたいでね」

そんなものなのだろうか。

過去に私の魔道具を商品化した時は、コーネリアお姉様の伝手とジェルマンお兄様の協力を経て量産体制を整えたため、情報漏洩への警戒とか権利面とかそのあたりがどうなっていたのか正直詳しく覚えていない。

その時の書面を見れば分かるだろうが、あれは実家に置いて来たので当然参考にはできない。

契約書を見る限り、先方がどうしてもと申し出ているようで、これで断っても立場が悪くなったりはしないようだが。

少しでも早く着手したい思惑があるのは分かるので、お金をかけずにゆっくり運べば良いという私の意見を通すつもりはない。

魔導回路図と契約書を運ぶフレドさんは、商隊の護衛として交じって向かうらしい。もちろん移動宿泊費は工房が出すが、指名依頼されたというフレドさんは落ち着く間もなくまた長期間の依頼に出ることになってなんだか申し訳なくも思う。

そんな考えが頭をよぎったのに気付いたのか、「また割の良い仕事が入って俺は嬉しいんだけどね」とフォローの言葉をくれた。本当にかなわないな。

商品化を行う錬金術工房の本店はかつての母国の隣にあり、契約書もその国の言葉で書かれている。契約先は大金を生む、と評価しているようで、私は嬉しいが心配になる。評判になったらこの先国を越えて広まってそれに実家が気付くかもしれない。いや、いくら何でもその可能性は無いだろう。

せいぜい「あったら便利」くらいのスキマ需要を埋めるだけだと思う。

フレドさんは信用しているが、きちんとした契約書なので項目すべてに目を通してから納得してサインをした。

偽名を名乗ったせいで、「リオという名前で錬金術師登録しているリアナ」というややこしい身分になってしまった。詐称ではなく、作家でいうペンネームのようなものなので問題は無い。普通はもっと目立って記憶に残る名前を付ける人が多いが。

前後してしまうが明日錬金術師ギルドに行ってリオの名前で登録しないと。遠い地の錬金術師ギルドの所属にして、そこを経由した契約なので通常よりかなり手間が増えてしまうが仕方ない。しかし離れているからこそこちらの正体が知られることもほぼない。売って終わりの取引だからこそ受けたのもある。

自分の分になる、同じ文面が記載された契約書のうち片方をしまいながら「報酬が高すぎないか」と聞いたら「商品化するなら買い取りでこのくらいは当然」だと言われてしまった。……そんなものなのか。

当然実家にいた時にもっと大きな金額は扱っていたことがあるが、新人冒険者である今の私には予期せぬ大きな収入だ。たまたま大金に繋がる魔道具を作ったなんて、幸運だったと思っておこう。

「それで……今回たまたま、クロンへイムの近くに依頼で行く事になったでしょ？」

「そうですね。……あ、お世話になってますし、お礼に、良かったらポーション作りましょうか？」

「いや、いやいや！　あんな高品質のポーション、もしものために一個あれば十分だから！　どこで買ったって問い詰められちゃう……！　えっと、だからそうじゃなくてね。クロンヘイムの近くにまで行くから、リアナちゃんの親友だって子を良かったらついでに迎えに行こうか？　って言いたくて」

私はその言葉に、息を呑んだ。

確かに言った事はあった、「何がしたいのか」って考えてみるといいよって言われて。自分の目標を考えた時に、「またアンナと一緒に過ごしたい」って、そう思ったから素直に口に出した。

フレドさんには「家族に認めてもらえない私を、ずっとずっと褒めてくれてた親友がいるの」って言ったのだ。

彼女くらいしか特別親しい人がいなかったから何か知ってるんじゃないかって疑われてたり、私の専属秘書のような立場だったから待遇が悪くなってないか心配だから、なるべく早く連絡を取りたいって話もした。それをずっと考えてくれていたのだと今気付いた。

「どう、して……ここまで、こんな……」

「……何のこと？」

「ふ、ふれどさん……ありがとう、ございばす……っ」

「俺はついでだから、丁度良いって提案しただけだよ。ああ、そうだ。もらったポーションの品質が良すぎたから、その穴埋めって事で」

直接フレドさんが届けるなんて非効率だし不自然だと思ったけど、きっとこの話をするためにわざわざそうしてくれたのだろう。見返りなんて無いのに、こんなに心を砕いてくれている。

私はそれがとてもありがたくて、嬉しくて、気が付いたらこの人に二度目となる泣き顔を見せてしまっていたのだった。

第十二話　たった一つの心残り

翌日、私は一日中ほとんどの時間を宿屋で過ごした。朝一番で買ってきた便箋にアンナへの言葉をみっちり綴って、ちょっとした本くらいの厚みになったところで「とりあえず伝えるべきことはこれで全部書けているはず」と強引に封筒を閉じる。

家を出た時に置いてきた手紙には書ききれなかった、色々な話が思ったより長くなってしまった。アンナは私の身を第一に案じてくれていると分かっている。心配をかけてしまった事と、一人で勝手に出奔した事に対する謝罪。この手紙を託したフレドさんが信頼に足る相手だという私の保証も忘れずに記した。

あとは、アンナなら手紙を見れば私の字だとすぐ分かるだろうけど、間違いなく私本人が望んで書いたものだと分かるように所々私達二人にとって思い出深い事柄を絡ませて書いておく。

フレドさんに持って行ってもらって、現地でアンナに渡してもらう予定の手紙だ。当然、私はアンナをここに呼びたいと思っているが、それを決定事項として話は進められない。彼女に選んでもらう、そのために書いた。

本人は、あまり思い出のない内に奉公に出された上に不仲だと言っていたがアンナにはあの国に家族がいる。他にも離れられない事情があるかもしれない。

選択できるようにはしているが、内心ではアンナとまた一緒に過ごしたいし、私を選んで欲しいと思ってるのがきっとバレバレだろうけど。

長い時間をかけてやっと手紙を書き終えた私は、フレドさんに託す基礎魔導回路図を清書して、力になってくれたお礼にと心ばかりの品も用意した。

この宿は女性向けで、防犯がしっかりしているがシャワールームとトイレが共用だから……耐熱パネルを敷いても部屋の床では錬金窯はさすがに使えない。あの狩猟会用に用意していた、「もしもの時用」の自作ポーションだがこれをせめて贈らせてもらおう。

いや今の「駆け出し冒険者」の身では手に入らない材料も使ってるし、ここで新しく作るものより間違いなく性能は良い。珍しく納得できる品質になっていたし、きっとあっても困らない程度には役に立つはずだ。

いつかちゃんとしたお礼を渡したいので、心置きなく受け取ってもらえるくらいに稼げるようにならないと。

アンナに向けて書いた手紙と一緒に、運んでもらうための回路図を渡しに行くと、案の定フレドさんにポーションを受け取るのを遠慮されてしまう。

「いや、リアナちゃんが『自分が作ったものにしては中々の性能』って言うようなもの貰いたくない！　怖い！　市場価格いくらするのそれ?!」

「大丈夫です！　ちゃんと使い物になるものにはなってますから」

「うわぁ自覚してないから話がややこしい！」

やだやだと首を振るフレドさんに半ば押し付けるように受け取ってもらったが、「戻ってくるまでに使わなかったら返すからね」と念を押すように言われてしまい、私はそれを受け入れた。まぁ、怪我がないのは良い事だし……。

でも私の親友を、私の代わりに連れてきてもらうのだから本来ならばこんなお礼では足りないくらいなのだが。

当然今の私では、ギルドを通して正式に依頼すると悪目立ちしてしまうためフレドさんは「無事回路図を届けて依頼を終えたら個人的な休暇としてついでにクロンヘイムの王都に旅行に行く」というていを取ってくれるという。本当に何から何まで細かく気を遣っていただいて感謝しかない。ただでさえ「戻ってきてから、成功報酬でいい」と言って、アンナに使う事になる旅費しかまだ受け取ってもらっていないのに。

借りばかり大きくなってしまうのが申し訳ない。恩返しができるように少しでも早く立派な冒険者になりたいと強く思った。

昼前に出発すると言うフレドさんに渡すものは渡したので、私は宿に戻って夕飯の時間まで寝ることにした。

昨日は手紙に書く文面を考えてろくに眠れなかったし、今朝は早くに目が覚めて、さっきまでずっと机に向かって集中していたので気を張っていたようだ。

初心者講習でも「必要ないって思ってても休息日は定期的に入れなければダメ」って言われたし、

今日は最初から休日だったのだと思おう。冒険者三日目でもう休日なんて、とちょっと罪悪感も感じつつ、まだ陽が高い時間にベッドに横になるのはとても気持ちが良かった。「これでアンナにちゃんと事情を説明して、こちらに招ける」と安心したのが一番大きいが。

その日は一歩も宿屋から出ずに一日を終えた私だったが、翌日は当然冒険者ギルドに向かった。

あの魔道具の商品化に当たって一般的な冒険者としては大金が手に入ったが、これをあてにする訳にはいかない。この宿屋ではなくアンナと一緒に暮らすためのちゃんとした部屋を借りられる収入を得られるようにならなければだし、そのためには冒険者として緑札くらいにならないと賃貸契約は難しい。

ギルドへの貢献度を優先して依頼をこなしつつ、部屋を借りてアンナと暮らす余裕があるくらいに稼がないと。

そのためには薬草採取などの納品だけではちょっと。部屋を借りる時の保証金と一年分くらいの生活費は魔道具の商品化の契約金でまかなえるだろうが、依頼を受けずにずっと過ごしてたら不自然だ。冒険者として稼いでその生活を維持しないとならない。

一昨日の報酬では毎日こなしても難しいだろう。フレドさんがアンナを連れて戻ってくる予定の約一月後までには収入を安定させたい。

依頼として出てる討伐を受けるのは私のランクでは不安視されるだろうから、採取のついでに常設で募集しているような魔物を積極的に討伐して納品するなど、考えつく限りをする必要があるだろう。

しっかり稼ぐぞと意気込んでギルドの扉を開けた私の勢いは、しかしすぐさま削がれてしまった。依頼の受諾手続きをしに番号札を持って受付に行った途端、「ああ！　リアナちゃん、あなたの事を待ってたのよ!!」と言われて別室に連れていかれてしまったのだ。

「まず、冒険者ギルドとして謝罪させていただきたい。大変申し訳ない……！」

応接室としても使われているらしいギルドマスターの執務室に案内された私は、そこで恭しく謝罪を受けていた。フレドさんと親し気に話していた、強面だが人の良さそうな男性——サジェさんが、今は申し訳なさそうに小さくなっている。

その隣で頭を下げているのはダーリヤさんともう一人、買取部門の責任者らしい男の人がいる。

どうやら、一昨日に納品した薬草の評定が間違っていたようで、評価を訂正した上でその差額を渡したいという事だった。

納品を担当した職員が怪我で療養中の冒険者だったのだが、その人がわざと不当な評価をしたらしい。非正規とはいえ雇っていた職員の職務をきちんと監督出来ていなかったと、こうしてギルドマスター直々の謝罪に発展してしまったのだという。

何でも今回の他にも若い女の子に、依頼達成評価をたてに連絡先を聞いたり食事に行ったり依頼に同行させたりをしていたらしく、余罪を追及してきちんと処罰するとか……別件は私に関係ないので、報酬が増えるというなら私について被害は無いので再発が無いようにしてもらって終わりでいいと答えた。

そうして訂正してもらった評定を受け取ると『特優』と書かれていて、私は目を疑ってしまった。

今回は、私の納品した薬草を錬金術師ギルドが買い取り、それを「あまりにも処理が素晴らしい」と騒ぎになって誰が納品したか、その時の買い取り評価などを調べて判明したそうだ。

……ほんとかしら。

私はその話に懐疑的になった。

だって、あれは最低限の処理しかしてなかったのに。初級魔法に分類されるもの以外を使えるのは不自然だと言われたことを厳守して、採取した薬草に魔術的な時間停止処置を兼ねたパッキングなどは当然、時間停滞魔術もかけていない。

劣化を防ぐための遮光や真空を施す魔法や容器も使っていないのに。まぁルーマッグミ草みたいなありふれた薬草にそこまでする事は普通ないけど……。

……いや、地域が変われば文化も変わるとフレドさんが言っていたじゃないか。

私が「駆け出し冒険者も知っているような最低限の処理」と思っていたあれは、ここでは広く知られていない知識だったのかもしれない。

錬金術や薬草学についてクロンヘイムとそこまで差はないと思ってたのだけど、目立つような事をしてしまったのかな……。

初心者講習では、「依頼で納品するものは出来るだけ丁寧に、キレイに取ってきて、魔物の血やおおまかな泥汚れとかは落としてから納品すると『状態が良い』って評価が上がりやすくなるぞ」って教えていたし、このくらいも「出来るだけキレイに納品できるように新人冒険者なりに頑張った」に入ると思ってたんだけど。どうやら失敗してしまったようだ。

「それにしても、随分丁寧な処理だったね。見せてもらった俺もだけど、何より錬金術師が感心してたよ」

「私に技術を教えたお祖父ちゃんは猟師でしたけど、何分田舎だったので色々頼まれて獲物以外に薬草なんかも採ってくる事が多くて。素材ごとの処理の仕方なんかも叩き込まれたんです。こんなに評価してもらえるなんてびっくりしました」

私はよどみなくそう答えた。

私の、「リアナ」の設定に矛盾しないように説明を組み立てる。

「そうだなぁ。あの買い取り金額で疑問に思わなかったみたいだもんなぁ。自分の技術の価値を分かってないってフレドが言ってたけど、ほんとらしい。……あれだけ丁寧な処理ができるのに、そのお祖父ちゃんは褒めてくれなかったのかい？」

「そうですね、まだまだだっていつも言われてました」

「こりゃあ厳しいお師匠さんに育てられたんだね」

サジェさんは笑って、「ここからは別の話をしたいんだけど」と居ずまいを正した。

「うちの街の錬金術師ギルドから、君に指名依頼が出てるんだ」

「指名依頼？　でもそれってある程度経験を積んだベテランの方に出されるんじゃないですか？」

「あんなにキレイに薬草を採って来れるなら、指名が出てもおかしくないさ」

なるほど。単純な強さなど以外にもこんな需要があるのか。

提示された報酬の金額に惹かれて、私はいくつかの納品依頼を受けることをほぼ即決した。

これらは通年不足しているので、あればあるだけ欲しいのだそうだ。完全に歩合となる報酬に、私はやる気を出した。と言っても生態系を破壊するような量は採らないけど。

「当然、森の奥なんかじゃないと生えてないこの辺を採取する時はギルドから護衛を付ける」

まずは、私を連れて行って問題なく行って帰って来れるか確認するのにお試しをしたいらしく、三日後の予定を聞かれた。私という採取だけの足手まといがいて大丈夫か、慣らしを兼ねて確認したいのだろう。

元々毎日何か依頼を受けるつもりだった私はそれを了承して、今日は今日で指名依頼のリストにあった、森のごく浅い位置で採取できる薬草を早速採りに行く事にした。

私はまばらに木の生える森の入り口を歩きながら、一つの結論に思い当たっていた。

多分このくらいの処理を出来る冒険者は他にもたくさんいるんだろうけど、新人である私なら安い金額で依頼を出せる。だから指名が発生したのではないか。うん、きっとそうね。

どれも希少な素材ではないが、状態が良いと評価されて上乗せがもらえるなら立派な収入源になる。

張り切ってリストを見ながら採取を行った私は、その日の報酬を計算してこれなら部屋を借りて二人暮らしが出来る十分な収入になるな、と顔をほころばせた。

はやく二人に会いたい。

■□■□

心配だな〜〜。

どんなにあれこれ考えてももう何もできないのだが、やっぱり不安になってしまう。

初心者講習の教官を担当したレイブさんには心配しすぎの過保護だとからかわれたけど、俺が心配してるのはそっちじゃないんだよ。

今時の若い子にしては珍しいくらい真面目で基礎を大事にしている優秀な子だとレイブさんは褒めていた。和を大事にして目立つような行動はしてなかったが相当筋が良いな、とも。リアナちゃんは隠してたのに気付かれたのかと焦ったけど、依頼は目立たない評価で達成してたから安心したのに。何かが起きてそうな懸念がどうしても拭えない。

リアナちゃんは良い子だし、失敗したり悪い方に転ぶような立ち回りはしないだろう。そこは信頼できるけど、自己評価が低すぎるリアナちゃんがとんでもない事をやらかして「目立たずに冒険者としてやっていく」のが無理な状況になってそうで……。

それどころか「百年に一度の天才だ」とか祀り上げられる事になってたりするかもしれない。俺は考えただけで心配で、ここ数日は夜もよく眠れなかった。

トノスさんからの依頼にかこつけたこの輸送は、出発する日が決まってたのでそれに間に合わせるためにバタバタしてきちんと話をする時間がとれなかったのだ。やっぱもっとちゃんと確認しとけば良かったな。

でもリアナちゃんの心残りをなるべく早く解消するためにはこうする必要があったからなぁ。

正式に依頼出せるのは大分先になっちゃうし、そしたらリアナちゃんはずっと心の中で親友の子に謝りながら過ごすだろう。あのままだったら無茶して依頼をこなし続けていたと思う。

商品化する都合上、出発を延ばすのも出来かねた。向こうは一日でも早く欲しいと言っていたから。むしろ飛竜便を使っても良いと言っていたくらいだったのだ。

まぁ、各国が運営する飛竜便でごまかしの効かない形で記録を残すわけにはいかないのでそれはうまく回避したけど。

やっぱリンデメンが今どうなってるか分からないのが一番不安なんだよなぁ。でもリアナちゃんの様子を聞きたいって理由でギルドの通信機使わせてもらう訳にもいかないし……。

中継地点の街に到着していったん解散、となった俺は今回の商隊に護衛として一緒に参加しているパーティーからの夕食の誘いをまたそれとなくかわして一人で先に宿屋に入った。

あの中の後衛の魔術師のミセルさん、最初からほんのり警戒していたのだが……道中で魔物とエンカウントした時にちょっと庇った事がきっかけで今ではガッツリ狙われてしまっている。参った参った。

まぁこのくらいなら今のところは特に問題ないだろう。今回は騒ぎになるような言い寄られ方もされてないし大丈夫だと思う。嫌な慣れだ。

いつもなら極力女性と長時間すごすような依頼はなるべく受けないんだけど、今回ばかりはそうもいかないいから。

リアナちゃんの親友のアンナ・ロイヤーさんは女性なので、女性のメンバーのいる冒険者パーティーと組む必要があった。リアナちゃんみたいに特殊な変装スキルがあるわけじゃないから、国境を越える時だけパーティーの一員に見せかけて誤魔化したいという目的がメインだが。大勢の、それも初対面の男性しかいない所で女性がロイヤーさんたった一人というのはちょっとね。

今回合同依頼として組んでる「モンドの水」の面々はいわゆる幼馴染姉弟と兄妹の交じったグループで、身内の女性がパーティー内にいるため冒険者の男にありがちな乱暴者やオラついた態度を取るものがいない。ちなみにパーティー名は皆の出身地に実在する泉に由来しているらしい。豊穣祭の舞台にもなっているんだとか。

一般女性であるアンナさんを迎えに行く都合上、一番適任だとそれとなく手を回してこの依頼が行くように選んでもらった。サジェのおっさんは俺に誘導されたなんて思ってはいないだろうけど。

しかし「モンドの水」の皆さんが俺の予想以上に仲がいいせいで俺はちょっと苦労している。仲間内で末妹ポジションのミセルさんが俺にどうやら惚れたらしいと察してあの手この手で俺と二人きりにしようとするんだよ。

空気読めない奴のふりして何とか回避してる。まだ直接言い寄られたわけじゃないのに俺が自意識過剰に見えるかもしれないが、残念ながらそうではない。ほんとに我ながら分からんくらいにモテてしまうのだよ。

全部お断りをしてるが、毎回角が立たないように苦労する。俺の生まれの複雑な事情から、安易に血縁を作るわけにいかないってのもあるが。何よりその事情を乗り越えて親しくなりたいと思えた人が今までいなかったから。むしろ平凡な生まれだったとしても恋人なんていないと思う。

円満に冒険者を続けるためには、他の冒険者とも良好な関係を築く必要があるので出来たらきっぱり拒絶せずに終わりたい。この依頼が完了してリンデメンに戻ったらなるべく避けて顔を合わせないようにしてフェードアウトしないと。

何度もあったせいでさすがにもう慣れたが、どうしてここまで面倒を引き寄せるのか俺だって知りたい。目元を隠してからは頻度も減ったが、それでもこうして厄介な事は無くならない。

幸いというか、俺の危機察知能力はかなり優れている。まぁこんな事が何回もあったから嫌でも鍛えられてしまった訳だが。俺に好意を向けて「おかしくなる」人の予兆というか、その見分け方が。

当然、リアナちゃんもそうだけどそうならない人の方が多い。けど既婚者や恋人がいる人でも時々そうなっちゃう人が出るので油断出来ないんだよ。その場合断ってるのにそのパートナーや家族に俺が恨まれるから、予兆を感じたら関わらないようにするしかない。

でも自分の個人的なトラブルでリアナちゃんの依頼に影響を出すわけにはいかない。

俺は気を引き締めた。たとえこの依頼がギルドを挟んでいない、正式なものじゃないにしても大切な依頼だ。とりあえずこの問題はリンデメンに戻るまで棚上げしておこう。

しかし薄々いいとこのお嬢さんだと察してはいたが、リアナちゃんやっぱり貴族のお嬢様だったなぁ。まぁ公爵家とはさすがに思ってなかったけど。

つまりロイヤーさんも公爵家の上級使用人である侍女なので、外国人の冒険者でしかない俺が無計画にフラッと行って会える相手ではない。リアナちゃんも「家出をした私を一応は捜していると思う」と言っていたように、正面から会いに行くつもりも元々無いが。

一応目立たないように連絡を取るためにロイヤーさんが休日に行く店やら日常の過ごし方等を聞いてはあるが、リアナちゃんが家出した後事情が変わってる可能性もある。

まぁ専属侍女だったのが、そのお仕えしてたお嬢様が今はいない訳で。リアナちゃんの魔道具の契約書と基礎魔導回路図を届けて自由行動がとれるようになっても、すぐ接触するんじゃなくて少し調べる必要があるだろう。

使用人の寮になってる敷地内の別邸の見取り図の出番はさすがに無いと思うけど……公爵家の警備をかいくぐって侵入なんてそもそも無理だし。


そうしてクロンヘイムの王都に「観光」という口実で入ってからしばらくアジェット家について観察していたが、リアナちゃんの親友のロイヤーさんの状況は思ったより悪かった。

リアナちゃんから聞いてた家族の様子とも齟齬がある。世間では「アジェット家の天才」とも呼ばれる「公爵令嬢リリアーヌ」は家族全員から溺愛されていた事になっていたのだ。

この国の第二王子との婚約も秒読みだったなんて噂も聞いたが、これはおいておく。

家出したリリアーヌ嬢の専属侍女だったロイヤーさんは、その「家族皆から愛されているリリアーヌ嬢」の家出に関わっていたと、公にされないながらも現在は閑職同然の仕事に追いやられているらしい。職業に貴賤は確かに無いが、上級使用人としての教育を受けた人間に回す仕事内容ではない。これに嫌がらせ以外に何か理由があるならぜひ聞きたい。

アジェット家はリリアーヌ嬢が体調を崩して領地で療養していることにしているらしいが、そうじゃないのは俺がよく知っている。彼女が家出した事を隠しているのだ。

リアナちゃんが嘘をついていたとは考えられないので、ここに何か事情があるはずだ。この件についてリアナちゃん本人より何か事情を知っていそうな専属侍女のロイヤーさんにまず連絡を取らないと、と俺は算段を付けた。


「……ご用件とは、何でしょうか」

目的の人物が向かい側に到着したのを察して、俺は周囲を警戒するため周りに廻らせていた意識をほんの少し自分に戻した。彼女が本来は侍女がしないような仕事まで任されていて、良かったのか悪かったのか。俺はおかげで、厨房の下働きの代わりに買い物を命じられた彼女が外に出てくれた時にこっそりメモを渡してこうして会えたが。

一応、ロイヤーさんへの接触を監視している罠の可能性も考えて、二人で会っている所を見られないように、今回のお使いの通り道にある公園のベンチの後ろの生垣越しにこうして話すことにした。

彼女を監視している存在がいたとして、買い物の途中にちょっと座って休んだようにしか見えないはず。

……勝算はあったけど、信用して来てくれて良かった。俺を誘拐犯か家出をそそのかした犯人として通報する事だって出来たわけだから。リアナちゃんから聞いていた、ロイヤーさんとの思い出に出てくる「水晶百合とカスミ草」の話に気付いてくれたようだ。

「あなた宛ての手紙を預かってるんだ、詳しい事情はそこに」

「ま、待ってください……！」

あまり長時間彼女がひと所にとどまるだけでも、監視が居たらまずい事になる。夜などに個室で一人になる時間はあるはずだと、リアナちゃんのとても分厚い手紙に加えて俺からも事情を説明する一筆を添えて生垣の隙間から彼女の体の陰になるように渡した。

だから一旦この場はすぐに離れた方が良い、とリアナちゃんから聞いた話ではその程度は察する事の出来る人だろうとろくな説明をしなかったのだが、予想外に呼び止められた。俺はつい身構えてしまう。

「私の、私の敬愛するあの方は、ご無事でしょうか」

「……怪我も病気もなく、過ごしてますよ」

「!!　……よ、良かった……」

どうして、何で一人で出て行ったのかとこの場で泣き言を言われるかと思った俺は自分を恥じた。まずリアナちゃんを案じたロイヤーさんの様子に、「あの子にこんな素敵な味方がいたんだ」と改めて知れて安堵していた自分がいる。

この分では迷わずこの国を出ることに同意するだろう。いい知らせが持っていけそうだ。

そして驚いたことに、次に顔をちゃんと合わせた時、彼女はすでに公爵家を退職していた。

判断が早い……思い切りが良すぎるというか。いや、まぁそれだけリアナちゃんの事が大切だって事なんだろう。

一応退職については家令の執事に伝えてもきたらしいが、「悩んでるリリアーヌお嬢様の御心を救えなかった自分が許せないから償いをする」と書置きを残してほぼ失踪同然に出てきたらしい。

……主人に似てるな。

というか、その手紙は本心だろうが、そんな書き方では自殺をほのめかしているようにも見える……いや、これは使えるかもしれない。

「とりあえず、事情を確認したい。『公爵令嬢リリアーヌ』の評判と、今は『リアナ』と名乗ってる彼女から聞いた話があまりにも違うから」

「それは……」

今は人払いも済ませた個室にいるため変に探り合いはせず結論から話す。監視がいない事も確めている、時間も惜しい。内容によっては今夜中にここを発った方が良いかもしれないし。

そうして彼女の口から語られた話は、第三者として聞いてるだけの俺が怒りでどうにかなってしまいそうな腹立たしい話だった。

ロイヤーさんは、俺よりリアナちゃんを知ってる分より強い憤りを感じているのが分かる。話しているうちに涙があふれていた。膝のあたりのスカートの生地を握りしめた指も震えている。

リアナちゃんが家族からの仕打ちにどんな思いをしていたか、それでいて家族はリアナちゃんを愛していたつもりだったなんて、反吐が出る。

「俺も……これはとても酷い話だと思うけど。判断するのはリアナちゃんだ」

「でもっ、正当な評価をしてくれない方達の元に戻っても、リリアーヌお嬢様は……！」

「違うよ……ロイヤーさんも、リアナちゃんに幸せになって欲しい気持ちが一番でしょう？　でもそのためにも、どうしたいのかリアナちゃん自身に選択してもらわないと」

俺が言いたいことが分かったのだろう、ロイヤーさんは激情を抑え込んで「ではお嬢様にいつ、どうやって連絡を取りますか」と建設的な話に戻ってくれる。俺は安心して話を続けた。

「ロイヤーさんを呼び寄せる話について、承諾してもしなくても結果を連絡する事にしてる。商談の進捗について報告するって口実で、クロンヘイムの錬金術師ギルドの通信室を借りる予定」

出来るなら秘密裏に話したいがそれは難しい。人払いくらいは出来るだろうが。こうしてついでに話をさせてもらうのでなければ、国境を越える通信の出来る魔道具なんてそう使えないというのが理由でもあるが。

でも、俺は何となく、リアナちゃんがどんな選択をするのか分かるような気がした。

だったら、傷付くだけの話なんて本当は伝えたくなかったんだけど。「家族に冷遇されてるから評価してもらえなかった」と思っていた方が、まだリアナちゃんにとっては救いになるのではと思ってしまう。でも俺が「リアナちゃんのために」と判断して勝手に真実を隠すわけにはいかない。

それでは彼女を傷付けたアジェット家の人と一緒だ。

だから、予想していたとはいえ、リアナちゃんの反応は胸が締め付けられるくらいにキツかった。

商品化に関わる錬金術工房はこの国でも影響力を持つのもあって、俺が「相手の錬金術師とは個人的に親しくしてるから」と言い含めて上手い事人払いをして通話をさせてもらえる運びとなった。リアナちゃんの側にも他にもう誰もいない。

ロイヤーさんも「むしろ俺より彼女の方がリオ君をよく知ってるんじゃないかな、親戚だし」なんて嘯いて、同席させることに成功。有名な工房に目をかけられている若き天才の友人と親類だって、錬金術師ギルドの職員は最大限便宜を払ってくれた。

その「錬金術師リオ」が作ったポーションを賄賂……いや宣伝を兼ねたプレゼントとして渡したのが何より大きかったと思うが。もちろん出発前にもらった一番ヤバそうなのじゃないよ。まぁ他のもお礼として気軽に受け取るには十分ヤバい性能だけどリアナちゃんは自覚が無いから……。

「……二人がお互いの無事を確かめ合えた所で、大事な話をしたい。きっと君にはつらい真実だと思うんだけど、どうか最後まで聞いてから判断して欲しい」

『は……い、あの、何かトラブルがあったのですか……？』

リアナちゃんには俺から伝える、と話を代わることは前もって決めていた。もし、彼女が家族の仕打ちを受け入れて、家に戻ると判断した場合。今後もそばにいるロイヤーさんとは確執を持たない方が良い。そうなったら一旦辞めたとはいえ、ロイヤーさんには誤解を解いた功労者になってもらえば問題ない。

通信用の魔道具の向こうから聞こえる、少しノイズの混じった声。俺の知る「リアナちゃん」の声色が、少し硬くなった。

ああ。きっとそれが「幸せになる人が一番多い」選択なのは俺も分かってる。家族も憎くてやったんじゃないってのも理解はした。これで実家に戻ったら、今度こそリアナちゃんは家族から正当な評価をもらえるだろう。

けど、納得できない。俺はそれをハッピーエンドと思いたくない。彼女が実際受けた仕打ちも、リアナちゃんが傷ついた事も無かったことにならないんだから。

本当は愛していたの、なんて。ただの加害者側の言い訳だ。

本人が決めないとと言いつつ……リアナちゃん一人だけに我慢を強いる、その結末になりませんようにと祈ってしまっていた。

『え……？　……そんな理由で？　たったそれだけの事で私、ずっと、家族の誰にも認めてもらえなかったの……？』

ただそれは、今よりもさらに傷付くという事でもある。

涙の滲む声、それだけで彼女が今どれだけ深く悲しんでいるのかが伝わってきて、つらい話になると予想していたものの、俺が考えていたよりずっとキツかった。

『わ、私……ずっと、褒めて欲しかった……認めて欲しかった！　外では他所の人に私を自慢してたって……何で？　どうして？　私、一回も、一回も褒めてもらった事、無いのに……ずっと、私がダメだから褒めてもらえないんだと思ってた……！』

ロイヤーさんが、俺の横で「お嬢様……」と切なげに呟きながら涙を流している。俺もつられて泣いてしまいそうだ。

『……ずっと、自分を誤魔化してたの……きっと私がここで満足しないように、あえて厳しい事を言ってるんだって、言い訳して。けど、全然違ったのね。私がいくら頑張っても、どんな成果を出しても、最初から、一回だって褒めるつもりなんて無かったんだ……!!』

ただ厳しいだけの言葉なら、真面目なこの子はきっと受け入れてしまっていたんだろう。

でもその悲鳴のような叫びに、彼女の家族の罪深さを改めて見た。「自分だけは天才のこの子に苦言を呈する存在であろう」って、つまりリアナちゃんがどんなに頑張っても、どれだけすごい結果を出しても認めるつもりは無かったって事なんだから。

養子の嘘を信じてリアナちゃんを叱責した事なんて、ただのきっかけでしかない。

『全部、無駄だったんだ。私がずっと、いつか褒めてもらえるように頑張ってたの、全部。だって私の事……最初っから最後まで、褒めるつもりなんて無かったんだから……うう、うぇぇ……うぇえん……』

まるで小さい子供みたいに声を上げて泣き出したのが聞こえてきて、俺は耳鳴りがするくらい自分に強い怒りが湧いた。もっと上手くやれたんじゃないか。リアナちゃんを傷付けないように、何か。

ああ、どうして俺は今彼女の傍にいないんだろう。独りで声を上げて泣いてるあの子に、魔道具越しでは言葉をかけるしかできない。

抱きしめてあげたい、と考えていた自分の内心にハッと我に返って、俺は頭を振った。

「リアナちゃん！　……お願いだ、どうか自棄にならないで。君が心配してた親友を、俺が連れて帰るのをあの街で待ってて！　頼むから！」

今にも魔道具の前から走り去ってしまいそうな気配を感じて俺は声を張り上げていた。この話を聞いて家族を許すのかそうじゃないのか、聞かなくても分かるからその問答は飛ばす。

「お嬢様!!　……私の事を、親友とおっしゃってくれた事、大変嬉しく思います。どうか、私から……大好きな、大切な親友を奪うような真似はなさらないでくださいね!!」

『アンナ……』

涙声のリアナちゃんの言葉に、「ああ良かった引き留められた」と少しだけ安堵する。けど同時にほんの少しの憧憬を感じた。いや、これは嫉妬か？　違う、そんなの今は関係ないんだよ。

「リリアーヌ様。どうか、どうか許可をください。私の大切な親友の名誉を取り戻し真実を明らかにする許可を」

『……もう、どうでもいいの。家族の事も、ニナの事も』

「いいえ。あの事故ではお嬢様でなければ誰かが亡くなっていたかもしれないのですよ！　あの卑怯な考えの彼女はまた同じことをするでしょうし、次は人が死にます」

俺も真実の告発には大賛成だった。その嘘をついたニナって少女も責任逃れに罪を押し付けた学園の教師も、家族達も全員、相応の報いを受けさせないと気が済まない。けどリアナちゃんは積極的に復讐するような性格じゃないから。

リアナちゃんの事を深く知っている分、どう伝えたら心に響くか熟知してるな、と感じた。自分はないがしろにしてしまうけど、未来の被害者を救うためにだったら考えてくれる。それはロイヤーさんが予想した通りだった。

『それは、確かに……再発は防がないと……』

「彼女の嘘を信用したアジェット家にも多少影響は出るでしょうが、ご容赦ください」

『私がいなくなったら、別の人が無実の罪を着せられちゃうもんね』

リアナちゃんが家族に失望してるのがよく分かる言葉だった。またニナが嘘をついたらろくに調べもせず騙されると確信しているような口ぶりだ。

まぁ、「自分が褒めたら図に乗る」って決めつけでリアナちゃんをずっと傷付けてた人達だからな。

泣きはらした目で出て行ったら職員が不審がるからと、俺の出した氷で目を冷やしてから何でもない演技をしつつ錬金術師ギルドを出た。

ロイヤーさんの目には怒りが燃えていた。元々あったものが、リアナちゃんが悲しんでいると知ってさらに強まったらしい。それは俺もだったけど。

「……お嬢様のファンだった、貴族令嬢達にお伝えしましょう！　あとは……お嬢様が姿を見せないことを純粋に心配している方は他にもいるので、その方に……そうしたら、もみ消される事はないと思います」

話をしたいと汲み取ってくれたロイヤーさんは、昼食にも夕食にも中途半端なこの時間に食事処の個室に入るまで口をつぐんでくれていた。

聞いている人が誰もいないのは分かっているのに、それでも明言を避けつつ口にした「心配している方」とは……やんごとなき身分、婚約間近だったという第二王子の事か。

「いや、それより最適の相手がいる。俺はこの国の情勢には明るくないからちょっと確認したいんだけど……アジェット家の政敵って、現宰相が当主のドーベルニュ公爵家であってるかな？」

「……さようでございます、が……」

「そこにこの件については一任する。政敵の擁立する魔法使いの養子の不祥事だ。何も言わなくても証拠固めから何から何までしっかりやってくれるよ」

ロイヤーさんの目が「こいつえげつない事考えるな」と言っているような気がする。俺の被害妄想だろうか。

「それは……確かに効果は絶大でしょうね……」

「そこで、ロイヤーさんの事も頼むつもりだ。ああ、勘違いしないで。連れてかないとかじゃなくて、リアナちゃんからの手紙の一部を『若い女性の死体が持ってた』って事にすれば君の実家に問い合わせもいかないでしょう？」

「そう……ですね。送金以外は交流が無いとはいえ、家族の情は多少ありますから……私が何も告げずに死んだならそれ以上は追及されないでしょう。それでお願いします」

自分が死んだ事にされるのも、それで戸籍がなくなるのも特に問題無いようだ。すがすがしいくらいに優先順位がはっきりしている。

そのドーベルニュ公爵家には何の伝手も無いので、どう伝えるか考えつつそれについてはこれから頑張ろう。

うーんとりあえず、使用人に狙いを定めて親しくなるかな。それが一番早そう。さっさと情報渡して、可能な限り早くリンデメンに帰らないと。

■□■□

さっきまでクロンヘイムと繋がっていた通信機をぼんやり眺めながら、私は現実感のないふわふわとした頭で「もう帰ろう」と考えて錬金術師ギルドを出た。

帰ると言っても連泊している宿屋の一室だ、私の居場所とは到底言えないけど。

あんなに欲していたのに、「内心では認めつつもリリアーヌが驕らないようにあえて厳しい事を言っていた」「実は家族はリリアーヌの事を外では散々褒めていた」と知っても全く嬉しくなかった。

代わりに胸の内から湧いてきたのは目の奥を焦がすほどの熱を持った怒りだ。ジクジクと暴れて、私の頬に涙がこぼれる。喉が絞まるような感覚がした。息を吸うだけで焼けるように痛んで叫びそうになる。

どうして。どうして。私はそんな事のために、ずっとあんな思いをしていたの？　どうしてあんな思いをしなければならなかったの？

……ああ、そうか。家族はみんな、私が一度でも褒めたら図に乗って手が付けられなくなる、そう思ってたのだから。私を一度も、かけらも認めないのは「正しい事」だったんだ。あの人達にとっては。

家族皆に、いや誰か一人でも良かった。私が頑張ってるって認めてもらえたら。そんな世界を想像する事もあった。いや、いつも夢見ていた。そうなったらいいとあきらめきれずに子供のころからずっと。でも実は知らない所では褒めてたなんて、知っても全然嬉しくなかった。

錬金術師ギルドを出た後、どこをどう歩いて宿屋に戻ったのか記憶に残っていない。その日は顔に枕を押し付けて声を殺して泣き倒した後、気付いたら晩御飯も食べずに眠りに落ちていたようだ。

翌日は逆に思考する事すらおっくうになって、日が高くなるまでベッドで横になったままぼんやりしていた。

ああもうお昼過ぎか、と窓から差し込む光の位置で思ったのと同時に自我が戻ってきた。自分で言うのもおかしいが、さっきまで私は私の中に「無かった」。何かを感じる部分や考える部分が無くなって、ただ呼吸だけをしていた。無気力状態というのか、本で読んだ気鬱の病の症状に似た……いや、本当にこの病気で苦しんでる人に失礼だから、例えでもこんな事言ってはいけない。

意識がややはっきりしてくると、同時に空腹を感じてもたもたとベッドから体を起こした。そうだ私の大切な親友がこの街に来るまでに、しっかり稼いで冒険者ランクも上げないと。

身元の保証人になってくれているフレドさんにも迷惑はかけられない。

顔を洗っても誤魔化せない、一晩中泣いて腫れた瞼を隠すように外套のフードを深くかぶると、依頼を受けるために冒険者ギルドに向かった。今はとにかく出来るだけ仕事に没頭していたい。余計な事を考えないように。

知らなかった、涙ってどれだけ泣いても尽きる事は無いんだ。

第十二話　その新人は気付かない

「リアナちゃん、採取終わった？」

「はい、指定された量は採れました。あとはカジュドラを探したいのでここから近い水場を順に回りたいと思います」

たった今採取した、芽吹く直前の蕾の根元を傷付けないように注意深く綿に包むとまとめて籠に収めて立ち上がった。このマドリアンの蕾はマジックバッグなどの魔帯空間に入れると価値が落ちてしまう繊細な素材なのだ。

本当だったらこの場で溶媒抽出までしてしまいたいくらいだが、冒険者ギルドでは錬金術師である事を積極的に広めたくないのでぐっと思いとどまる。最近の私は注意深く周囲も観察できていて、結構うまく「何の変哲もない冒険者」として活動しているのでは、とほんの少し自画自賛をした。

最初のころは新人には不自然な失敗もしていたが、「地元で猟師として活動していた」という設定から大きく逸脱するほどの事はしていないし。

私の護衛役としてギルドによく依頼をされてる彼女達にも、たまに驚かれたりする事はあるけど悪い感情は持たれていないと思う。男の人もいるが荒っぽいタイプではないし、私と会話するのは基本女性二人だけだが、他の皆さんもとても良い人達だ。

その、ちょっと私の想定が甘くて騒がれそうになった時も「猟師として教わった技術なんですが、冒険者では珍しいんですか?」でうまく有耶無耶に出来てると思う。

こうして純粋に褒めてもらえる事が新鮮に感じる。あの家にいた時は「天才の娘」「天才の妹」と期待されてるのが今思うと大分プレッシャーだったのだろう。

それぞれの分野の第一人者、家族には認めてもらえたことが無かった。だから他人に称賛されても、「業界の最高権威が否定してるんだから、適当に言ってるかお世辞に決まってる。私の家族の御機嫌うかがいにおだててるだけ」と喜べなかったし。

私が褒められると、その場に家族がいると必ず「真に受けないように」と毎回お叱りも入るからむしろ周りから褒められるのはできれば遠慮したいといつも思っていた。

でもあの天才の娘、妹って知らなくても「その年にしては優秀」と言ってもらえるんだ。私は初めてそれを知った。お世辞ではないと思う。新人は慎重に仕事をするようにって初心者講習でも教えられてたし、先輩冒険者はお世辞を言って増長したら新人の命が危険にさらされると十分知っている。

悪意があっておだてる人はいるかもしれないが、これだけ色々な人から褒められるのだからきっとお世辞ではないはず。

ああ、でも、実際はお母様もお父様も、お兄様お姉様達も皆私の事を褒めていたんだっけ。それは私がずっと過ごしていた「常識」と矛盾する。家族について考えようとすると耳鳴りがして、私は意識的に思考をやめた。不自然にならない程度に軽く頭を振って、切り替える。

……そう、次の採取物について考えよう。

カジュドラ……これはキノコの一種で、私のいた国ではセンネンタケという名前の方が有名だった。また別の言語圏では似たものも含めてリスノコシカケとひとくくりに呼ばれている。

成長に魔力と瘴気が必要だが、この大陸の比較的広範囲に分布している。珍しいキノコで、そのままでも薬になるが生活習慣病の魔法薬の材料になると知られてからは需要がさらに高まり、市場価格も年々上がっている。つまり裕福な層の需要があるので高くても良く売れるのだ。

ただ、外見がよく似たキノコも多く、またカジュドラでも薬効成分を持っていない個体もあるためきちんと選別する必要がある。幸い私はそれを見分ける知識をたまたま持っていた。

正しく評価して、私の知識にどのくらいの価値があるのかまだ全然分からない。だから周囲を観察して、「これはやってる人が何人もいたから貴重な技術じゃない、大丈夫」と確信してから使うようにしている。

気にすることなく全力を出せるならもっとやり方はあるのだが、「目立たない」という使命のためにはこうして手探りしていくしかない。……またご迷惑をかけてしまうけど、フレドさんが戻ってきたら一対一で指導してもらおう。

こういった状況でどんな魔術を使うと非常識か、普通の冒険者は何をするのか。細かく聞きたい。

そうだ、依頼として出したら受け取るしかないだろう。報酬で直接の支払いの他に晩御飯を御馳走すると書いてもいいかもしれない。

明るい計画を思いついた私はほんの少し唇の端を持ち上げる。

そうして次の目的地である水場の手前、倒木の陰に目当てのキノコを見つけた私は周りを警戒しながら歩いていた四人に声をかけてから地面にかがんだ。

全て順調だ。

買い取りリストに並んでいた品目から、私はその中でも特にお金になる採取を選りすぐって一番効率良くなるように何を採るか・どの順番でどこを回るかを考えて依頼を受けている。この分では、今回の依頼の納品で緑札に上がれるだろう。

こんなに早くにアンナを呼べると思ってなかった。フレドさん、本当にありがとうございます。

このカジュドラは腐りかけの倒木と場所も良かったためすくすくと育っているようだ、随分と状態が良い。カサが大振りのものの中から選んで、菌核を傷付けないように注意深く切り取る。

「あれ、全部とらないの？」

「はい……これは放っておくとまた増えるので、全部は採らないでおきます」

「へえ~そんなことまで考えられるなんて、リアナちゃんはやっぱりしっかりしてるね」

「あ、ありがとうございます」

不意に褒められるとやっぱり挙動不審になってしまう。普通に答えられただろうか。

カサの縁に黒い斑点が出ているもの以外は、目的の薬効成分をまだ十分に蓄えてないという理由もあるが。もう少し成熟すればまた採取できるだろう。

「こっちにもあるよ」

「ああ、それは。似てるけど別のキノコなんです」

「えぇ……、そうなの？　俺には見分けつかないなぁ」

　縁のまるみやカサ表面の微妙な質感の違いもあるが、微量の魔力を流した時の反発の感触で判別できる。キノコ全般の鑑別はプロでも難しく間違う事があるが、私が知ってる成分だったらこれで容易に判断出来る。誰でもやっていると思って知らずに使っていたが、どうやらこれはちょっと珍しい技術らしくこの街で出来る人は誰も見ていないので、内緒にしている。

　やはり採取するだけで、「本職の錬金術師じゃないとしない」と判断されるような処理をやらないまま立ち上がろうとした私は常時展開していた索敵内に生き物の動きを感知すると同時に「カサリ」と落ち葉がつぶれる音を聞いた。考えるより先に腕に引っ掛けていた弓を構えて、矢をつがえ、感知していた生命反応に標準を合わせてそれを放つ。

「?!　……うっわ、何?!」

　跳ねるように急に動いて、護衛の人の脚をかすめるように矢を放った私に対して視線に攻撃的なものが交じる。しかしそれも一瞬、私の射た矢が刺し貫いた獲物の胴体が大きくうねり、尻尾がびたんびたんと地面を撃つとこの凶行の意味が分かったようで全員の意識がそちらにむいた。

「わっ……え、蛇?!」

「げっ、毒あるヤツ」

　やっぱり、蛇が這う音だったか。毒があるかは確認しないまま射たが、本来蛇は臆病な生き物だ。毒を持たない種が自分より大きな獲物を攻撃する事はほぼないので、ほとんど反射だった。

私は皮手袋をしてまだのたうつ蛇に歩み寄ると、その顎《あぎと》を開けさせて牙からガラス瓶に毒液を採取した。速効の致死性のある毒ではないがこいつは大きな獲物を付け回してその間に何度も咬み付き、弱らせて命を奪う。大型の魔物や熊も時には餌食になると言えばどれほどの脅威か分かるだろうか。

一度咬まれただけでは死に至らないが、神経毒と出血毒の複合で咬傷の周囲の皮膚・筋肉組織が融けて壊死までいく事も多い。治療にはかなりのお金と治癒術の腕が必要になる厄介な蛇だが、その毒は錬金術の貴重な素材にもなる。

「マル！　どうして気付かなかったんだよ！」

「さ、索敵はしてたよ！　けど……ホラ、魔物じゃない普通の生き物は難しくて、」

矢が脚をかすめたケビンさんが、普段パーティー内で索敵や後衛を担うマルさんに咎めるような声をかける。マルさんはそれに対して魔力感知式の索敵魔法の繊細さと、風で揺れる枝や虫にも反応してしまう動作反応式の索敵が屋外で使えないなど問題点を挙げて反論していた。

確かにここから割と離れた湿地が生息地のはずだが、「絶対にいない」とは言い切れない距離だ。現に私は滅多にないと思いつつ、この蛇を警戒して索敵魔法を組み立てていた。周りに自分以外の人間がいて、それがノイズになって察知が遅れてしまったが、怪我が無くて良かった。

活動して四年目の冒険者パーティーの中堅の、索敵魔法の技量をこっそり窺いながら、私は毒液を吐き出し終わった蛇の首を切り落として止めを刺した。毒が残留してる頭だけ埋めて、胴体は野生動物の餌として残していこう。

「もう、やめてやめて。反省会は依頼が終わってから！　……リアナちゃん、ありがとう。あいつに咬まれてたらケビンの脚がしばらく使い物にならなくなっちゃってたところだったわ」

「気付けて良かったです。私、猟師をしていたから耳はいいので」

魔力だけでなく、全ての生き物が持つ生体魔力に反応するものと動作反応式の索敵魔法を複合させて使っていたのは伏せておく。駆け出しの私がこれを使っているには不自然だなと今のやり取りで察したし、護衛がいるのに全て任せず警戒していたのは感じが悪いだろうなと思ったから。

前もってもしもの時に考えていた「耳が良いから音で気付いた」をもう使うとは思っていなかった。本当は、音で気付いたことにして護衛の人達に伝えて討伐してもらうべきだったのだが、あれは遅れたらケビンさんが咬まれてたから仕方がない。

「そ、そうだよ。耳が良い猟師でもないと、魔力がない生き物になんて気付けないから」

マルさんの言葉に、「そうか耳が良いから気付いたって言えば魔物も生き物も感知出来ておかしくないんだ」と思いついた。この口実は次の依頼で使おう。

「しかし、狙いも正確だし矢を放つまでがとんでもなく早かったたな……」

「……そうですか？　猟師では必要な技術なので意識したことなかったです」

しまった、目立つかなと思ったがあの蛇を仕留めるには必要だったので仕方ない。幸い、「冒険者とは要求される技術が違うからねぇ」で納得してそれ以上追及されることは無かった。

「討伐依頼ガンガン受けるようなタイプじゃないからまだ目立ってないけど、リアナちゃんすごい優秀だよね」

「今日の依頼で緑札に上がりそうなんだっけ？」

「早いなぁ、私達は冒険者始めてから何か月後だったっけ」

「そ、そんな……褒めすぎですよ。でも嬉しいです、ありがとうございます」

順調すぎて、怖いくらいだ。ずっと私の味方でいてくれたアンナとまた一緒に過ごせる。事情を知った上で力になってくれるフレドさんもいる。

ここではお世辞抜きに認めてもらえて、頑張ったら頑張っただけ評価されて、こうして冒険者ランクという目に見える形で成果を与えられる。お兄様が関わっていた商会でも利益は出していたけど、こうして実際稼いで得た報酬の方が重く感じた。

私が確かに認められて手にしたものだと実感できている。

ここでなら、家族達とは関係ない新しい生活を築いて幸せになれるかもしれない。


「はい、これでリアナちゃんは今日から緑札冒険者ね。おめでとう」

「ありがとうございます」

新しい緑色のギルドプレートを受け取って、そこに刻印された自分の名前と識別番号を指の腹でなぞる。

魔力紋登録のために、と針で刺して一滴血液を採取した指に巻いた絆創膏がかさついた。応用した身体強化をかけたため傷はもう残っていないが、この技術は駆け出し冒険者で出来る人は少ない。必要ないけど今日は宿の部屋に戻るまで貼ったままにしておこう。

「明日は護衛の人はいないけど指名採取受けたいんです。ダーリヤさん、相談乗ってもらっていいですか？」

「ええ、当然よ。あっちの窓口にいらっしゃい」

リストにあった素材については、ギルドの資料室で既に分布や注意事項などを全品目確認してある。今更「どこで採れるのか」などを聞きたいのではない。「第三者の目から見た今の私の能力で、問題なく達成するだろうって思える依頼ってどれか？」を探りたいのである。

私はどうやらすごい楽天的らしくて、実力のある中堅冒険者でも採取が難しいものも「これは駆け出し冒険者を名乗ってる私でも気軽にこなせると思います」と言っちゃって。それを聞いたフレドさんに絶対に自分で判断しないようにと言われている。不在にすると決まってからは、誰に聞いてどう判断するかも事前に話し合った。

「私が一人で行って、日帰りで問題なくこなせそうな依頼ってどれでしょうか」

指名を受けている錬金術師ギルドから渡されている品目リストを取り出してダーリヤさんに見てもらう。きっと彼女からは、どれが難易度の低い依頼かも分かってない、ほんの少し技術はあるだけの産毛の残った新人にしか見えていないだろう。間違いない。

「そうねぇ……これなんかどうかしら。湿地に慣れてないと大変だけど、リアナちゃんなら問題ないと思うの」

指で示されたのはキオビガエルの採取依頼だった。この近くだと森と岩場の境目近くにある、水源の湧く湿地に生息している。一応魔物に分類されるが、魔法を使う種ではない。小型犬くらいの大きさの茶色いカエルなので、あまり獲物として人気が無いため常設依頼にあるのにこうしてわざわざ指定もして買い取ってるのだろう。このカエルが分泌する粘液は鎮痛剤の原料になるため需要が高いのだ。

なるほど。しくじったら怪我をするような相手ではないが、粘液を利用するため傷付けず生きたまま捕獲する必要があり、それにはある程度の知識と道具がいる。少し森の中を歩くが、猟師の技術を持った新人と思われてる私なら難なくこなしてもまったく不自然ではない依頼だ。

「大丈夫そう？」

「はい、カエルも蛇も、どう捕らえるかは猟師の祖父に教わってます」

心配そうに尋ねてきたダーリヤさんを、安心させるように笑顔で答えた。

どうしても駄目なら、虫型とか霊型《ゴースト》とか、生理的に無理ってものは考慮してもらえる。平常心が保てなくなると分かっててわざわざやらせるメリットはないから。私は虫も蛇もカエルも好きではないが、パフォーマンスに影響が出るような動揺をするわけではない。

「大丈夫？　無理しなくてもいいのよ？」

「無理はしてませんよ。身を守る水に強い外套も持ってますし、カエルなんかを捕獲するのに良い罠を知ってるんです」

「罠？」

「それは私が稼ぐのに必要なので、内緒です」

「ああ、ごめんなさい聞き出そうとしたんじゃなかったの。技術は冒険者の財産だものね。罠も使えるのねって感心しただけで」

　案の定その先を突っ込まれることは無く、話を上手くかわす事に無事成功する。

「どのくらい獲ってきたらいいでしょうか」

「今足りてないらしいから、何匹だって助かるわよ」

　……何匹だったら不自然じゃないか尋ねたかったのだが、これは上手くいかなかったようだ。でも見つけ方のコツさえ知ってれば簡単に捕まえらえるものだし、無茶な話と思っていたら「何匹でもいい」なんて例えは出ない。

「よぉし！　また依頼達成！　これで『夜明けの狼』の活躍に一ページ加わったな！」

「！　……じゃあ明日はこの依頼を受けようと思います。ダーリヤさん、相談に乗っていただいてありがとうございます」

　その時、入口から聞き覚えのある元気な声がして、私は仕切りのついた相談用のカウンターからすっと身を引いて他の冒険者の人込みに交じった。あの声の主は苦手なのだ。顔を合わせるたびに毎回パーティーに勧誘されるし、断ると「じゃあデートしよう」って言われるから。仲間の女性によると冗談らしいけど、その冗談に何て返せばいいか分からないし。それ以来認識される前に逃げるようにしている。

　人をぬって素早く出入り口に向かうと、彼らが入ってきた時に空いた扉が閉まりきらないうちに外に出た。

　一日に稼ぐ目標は二匹で超えるが……まぁたかが大きなカエルだし、実際戦闘能力はほぼ無い。

同じ脅威度に分類される魔物だったら、新人講習のあの場にいた誰でもが十匹くらいなら簡単に倒せるだろう。確かに見つけづらいけど、それだけ。

実際に捕獲する数は、現地で全体の生息数のあたりをつけてから考えればいいだろう。生態系に影響の出ない数にしないと。私は、冒険者向けの道具屋に寄って手で引く台車を一つ手配して、夕食を屋台で買って宿屋に戻った。

■□■□

「あれ？　ダーリヤさん、キオビガエルの捕獲依頼、誰か受けてくれたのか？」

「ええ、今腕の良い子が指名依頼で」

人が増えてきて、血の気の多い冒険者が列に割り込んだ、割り込んでないとつかみ合いになりかけていたのを仲裁したギルドマスターのサジェが、事務机に向かうダーリヤの手元の書面を見て声をかける。足りないものは常に貼りっぱなしなので、書類仕事の苦手なサジェも不足しがちな素材を把握していた。

「ああ、例の。素材の処理が丁寧で納品先には評判が良いけど、でもこいつはまず見つけるのが相当大変だからな……」

「そうねぇ、罠を知ってるらしいから獲れるかもしれないわ。今は一匹でも助かるわ。空振りだったらきっと、水草の根元からマーキングの粘液を採ってきてくれると思うの。繁殖期だし。……伝える前に帰っちゃったけど、あの子なら知ってるわね」

「キオビガエルにそんな習性があるのか？」

「まぁ武器を振るのが得意なギルドマスターは、こんな事知らなくても冒険者として上手くやっていけたんでしょうけど」

「ハハハ、褒めるなよ」

それを聞いていた他の事務員は「それ褒めてないですよ」と思いつつ、わざわざ波を立てるのを嫌って口に出すことは無かった。


「納品お願いします」

戻ってきた冒険者でごった返す時間帯の前にと休憩をとっていたダーリヤは、聞き覚えのある声がして納品口になっているカウンターを覗きに行った。そこには思い描いていた通りの銀髪の少女がカウンター越しに立っている。

ダーリヤは昨日自分が担当した依頼について思い出して、「キオビガエルの粘液はどのくらい手に入ったかしら」とつい納品口担当の職員とのやり取りに耳をそばだててしまった。目をかけてる子だからつい、というわけではない。以前臨時採用していた冒険者の検品が大変ずさんなもので、しかもそれにかこつけてナンパまでしており、関連して様々な問題を起こしたのだ。錬金術師ギルドがわざわざ礼を言ってくるような、素晴らしく状態の良い採取物を納品してくれる優秀な冒険者に大変な迷惑をかけてしまった。その後だから、あんな事二度とないように、とどうしても気になってしまうのだ。

事務机を隠す衝立の陰からダーリヤが覗くと、納品係は手ぶらのリアナに困惑していた。リアナは冒険者として活動し始めてまだ日が浅いが、猟師の師匠でもある祖父からマジックバッグを与えられていると知っているのは一部の職員だけだった。隠している訳ではないが、リアナのようななり立てホヤホヤに属する子供がすでにマジックバッグを持っているとは思っていないのだろう。

ダーリヤは、採取してきた粘液の入った容器をバッグから出してカウンターにドンドン並べていくのを想像していたのだが。

「外に置いてきた台車に、依頼通りに捕獲してきたキオビガエルが乗ってますので、確認お願いします」

リアナの口から出た言葉にダーリヤも、向かい合っていた職員だけではなくカウンター内で他の業務に従事していた者達も一斉に視線を向けた。

「だ、台車ぁ?! キオビガエルを一体何匹捕まえたんだ?」

「十五匹ですが……もっとあった方が良かったですか? どのくらい生息してるか分からなかったので、入れ物ををあまり用意してなくて」

申し訳なさそうにシュンとするリアナの姿に絶句した職員は、なんて見当はずれの事を言い出すんだ、と顔を引きつらせた。その言葉に職員の男は「入れ物さえあればこれ以上に捕獲できていた」と言外に読んでより舌を巻きつつ、とりあえず話を進めている。

台車のまま、大きな獲物を搬入するための解体場と隣接する納品口は別である。一人なら、そこに用のあるような量を持ち込むようなことは無いだろうと伝えていなかったのを、ダーリヤは後悔した。

「と、とりあえず、通りに台車を置いておけないから移動させよう」

職員がリアナを連れて外に出ていくのを見たダーリヤは、「あっちに先に伝えておこう」と解体場の方に向かうことにした。何となく目が離せないというか、放っておいたらいけないような勘が働いたのだ。


リアナの納品した十五匹のキオビガエルは、使いを出した錬金術師ギルドからやってきた「魔法薬製造主任」という肩書の女性が狂喜乱舞して引き取りに来た。生きた状態での納品だったため、錬金術師ギルド側に受け入れについて問い合わせたところ、「状態の確認のために」と口実を付けてポーションの製造部門の責任者がやってきてしまったのだ。

「これだけ潤沢に生きた個体がいるなら、しばらくは鎮痛剤の在庫に困らなくて済むわ！　いえ、むしろ繁殖を試みてもいいかもしれないわ！　十五匹もいるなら試せる！」

鎮痛剤が足りない、外傷用のポーションが十分には作れない、値上がりしたポーションを確保できなかった下位冒険者達が討伐依頼を避ける、と悪循環で低級ポーションの生産量が更に落ち込んでいたこの状況は近々変わるだろう。その原料となる魔物も、討伐が減って数が増えてしまっていたが、これで近々解決する事が予想された。

「どうやってこんなにたくさん捕獲したの?!　キオビガエルは警戒心が高くて、魔力に敏感だから大体の探知魔法にすぐ気付いて逃げてしまうから見つけるのがまず一番大変なのによくこれだけ！　水草のせいで網を投げることも出来ないし、あの湿地の水深は大人の胸より深いから足を踏み入れて追い掛け回して捕まえるのも無理でしょう？　どんな手を……」

「……弱い魔物ですから。捕まえる事自体は難しくないんです。私の地元で猟師がカエルの魔物に使う罠が上手くはまったみたいで。こんなに獲れて私も驚きました」

「罠？　どんなもの？」

純粋に好奇心で聞いているのが分かる、好意でキラキラした瞳だったがその言葉を聞いてダーリヤを含めた職員は内心を曇らせた。

一体どうやったのか、それはベテラン職員のダーリヤも気になりはした。以前キオビガエルを納品していた冒険者はボートを沼に浮かべて、警戒を解いて持ち手のついた網が届く範囲にやってくるのを極力気配を消して気長に待つという狩りをしていた。赤字にはならないが朝から夕方までかけて運が良くても五匹も獲れないと聞いていて、ランクを上げてカエル狩りから卒業した後「後輩のために」と使わなくなった狩りの方法を格安でギルドに売ったが、資料室に置いてあるその技術書を活用しているパーティーを見たことがない。いや、正確には「買い取り価格が良いから」と挑戦する者は時々見るのだ。しかしボートの上で少しでも物音を立てると気付かれてしまうため、長時間身動きせずに待つ必要がある。それがかなり辛いらしく、割の良い獲物ではない、と皆すぐ諦めてしまう。

討伐するだけなら簡単だろうが、ポーションや薬として利用するために粘液を採取するには生きた状態で捕獲する必要がある。

先に言った通りキオビガエルは警戒心が強く、魔力にも敏感だ。金属も嫌うため檻にはかからない。力は強いので運良くかかっても木製の罠は破壊して逃れてしまうし、粘液で滑ってしまうので縄を使ったくくり罠の類は意味をなさない。魔法薬の原料になる魔物の生息地なので、水草を刈る事は禁止されている。

もちろん腕の良い冒険者なら方法はあるだろうが、彼らは普通もっと報酬の良い依頼を受ける。

傷を付けたり弱っていたり、ましてや死なせてしまっては評価が下がってしまうので美味しい仕事ではない。そのため昇級に関わるギルド貢献度は高めに設定されているが、常時ゆるやかに品薄状態のため解消されたことはなかった。

高価な買い取り価格の理由が魔物の強さや希少さだけではないんだなと駆け出し冒険者がその身で学ぶ様子をダーリヤは何度も見ていた。

ならどうやってそれほどの数を捕らえたのかと確かに興味は持った。冒険者のマナーとして聞き出そうとはしなかったが。

「それを知られたら私が稼げなくなっちゃうので、内緒です」

嫌味なくサラッと断ったリアナの言葉に、言われた錬金術師本人も「そりゃそうね」とあっさり諦めたので一同はホッと胸を撫でおろした。彼女はきっとすぐ昇級してキオビガエルの依頼に用が無くなるだろうから、その時は狩りの技術をギルドに売らないか持ち掛けてもいいかもしれない。

やり取りを見ていたダーリヤはそんな事を考えていた。

錬金術師の女性は、今回の指名依頼の納品を検品担当の職員と一緒に捕獲してきた獲物の健康状態の確認にうつると、他の納品と同じ状態の良さにまたも絶賛をしていた。

罠を使ったと言っていたが傷が一切無い、その上全ての個体が健康な状態だと、ギルドの検品よりも素材の品質評価に厳しい錬金術師が興奮しながら感想を述べていく。そのせいでリアナの納品の評価が「特優」である上にそれが毎回の事だと、納品に来ていた他の冒険者が耳にして注目を集めてしまった。ダーリヤはすぐに「冒険者の評価も個人情報になりますから、エマノ女史、それ以上は」と遮ったが、次は「納品に立ち会いたい」と言われてもお断りを願おうと決めた。

錬金術師ギルドは大口の取引先であるが、褒めたたえられてる間謙虚に「そんなにおっしゃっていただけるほどの事はしてませんよ」と気まずそうに返しているリアナの表情が曇っていたから出来るなら避けてあげたい。素晴らしい仕事の出来栄えにお礼を言いたくなるのは分かるが、控えめな子だし、大絶賛されるのは苦手なのだろう。長い職員経験の中で目にしてきた、腕が良くて堅実な仕事をする真面目な職人気質の冒険者達を思い出してリアナをそこに含めた。注目される事自体が得意じゃない人がほとんどだったが、リアナも恐らく同じタイプだろう、と。

■□■□

「……びっくりした……特優になっちゃうなんて」

私の護衛として索敵を担当していたマルさんを思い浮かべる。彼が出来ない事をするのは多分目立ってしまうんだろうというのは分かったので当然複合魔術での索敵は使っていない。これからも人前で使わないようにするのは必須として、今回は目立たないように初級魔法で出来る事をやってみたのだがちょっとした騒ぎになってしまって失敗した。でもあの女の人は、大げさに言いすぎだと思う。どこでも、冒険者の活動に必要な魔法薬を作っている錬金術師ギルドの力が強いのはありがちだが、あのベタ褒めに忖度した結果かもしれない。

使ったのはごく初歩的な、魔力操作を覚えて一週間の子供でも出来る、水球を作る魔法なのに。何もないところに物体……この場合水球を生み出すとか、水球ではなく複雑な形状を作るとかはこの魔法の応用になるが、私は本当に「その場にある水を使って水球を作って浮かべる」しかやっていない。

ギルドで閲覧できた技術書を見て、気配を殺してじっとしていたら警戒を解いて近寄って来る程度の知能しかないのは分かった。なのでキオビガエルが変化に気付かないよう、非常にゆっくりと時間をかけて湿地の水面に魔力を馴染ませた。水球を作る前段階の「水に自分の魔力を浸透させる」で止めただけともいうが。後は私の魔力で把握してる領域内で、肺呼吸のために水面に顔を出したり、餌を捕るために動いたキオビガエルに反応して水球にして捕らえただけ。

水球から逃げられないようにと、暴れて傷付かないようにするため魔力を変質させて水に粘性も持たせたが、これだって幼い子供も出来る。魔力操作の練習だと、コップの中の水に手をかざして学ぶけど。

罠と言えないようなものだし誰でも出来ると思う。捕まえてみないとキオビガエルかどうか分からないので、水面に下りた野鳥や範囲内にやってきた魚も無差別に水球で捕らえてしまったのでそこは不便かな。もちろん用は無いのですぐに解放した。

きっとみんなたまたま思いついてないだけで、遠目で見たらどうやって獲ってるのかすぐ知られてしまうから稼げるのも今のうちだと思う。


翌日ギルド訪れてまた新しく日帰りで受けられる依頼を相談しようとしていると、「リストには無いんだけど」と個室に案内された。昨日みたいに罠を使うなら護衛がいない方が都合が良いのではないかと聞かれたのだ。

確かに。罠を使ってる事にすれば、その場その場でいちいち「これは駆け出し冒険者として不自然じゃない技術だろうか」とか考えながら行動しなくても済む。同行者がいなければ、証拠の残らない事は多少複雑な魔術を使ってしまってもいいし。

私はいくつかの特に割の良い依頼について、「罠を使うから」という事にして護衛を使わず森に入る事を承知してもらった。

「今までの報告を見る限りは大丈夫だと思うけど、十分注意してね」

「戦闘を避けて罠で獲物を捕らえる方がむしろ得意なので、安心してください」

社交性があまり高くない自覚のある自分にとっては、むしろ単独行動できる理由が出来たとともにちょっと気が軽くなった。それにこれは「素材ごとに見つけやすくするためのポイントや採取する際のちょっとした注意を知ってるけど戦闘は不得意な新人」から「戦闘はさせられないが罠を仕掛けるだけなら一人でも問題はないだろう」に私の評価が変わったという事。目指していた、「目立つような大きな成果は無いが、堅実にしかし確実に稼ぐ冒険者」に着々と近付いているのではないか。

最初は冒険者としてやっていけるかどうかすら不安だったが、こうして誰かの役に立てる仕事が出来ているみたいで良かった。

「それでね。依頼の指定素材のリストには無いんだけど。……もし出来るならジュエルバードも仕掛け罠を作って欲しくて」

ダーリヤさんによると、この街の領主の息子さんの病気の薬の材料に常に必要なのだという。資料室にあった街史によると、爵位は無いがここ一帯をまとめる伯爵の血縁だったはず。貴族の親戚か。

提示された報酬は今の自分にとっては大金で、新生活に家具や生活用品も細々買い揃えたかった私は「気に留めておきます」と答えつつ積極的に探すつもりになっていた。

また猟師としてたまたま知ってた罠が役に立ったか、それこそ本当に運よく仕留められたことにしてもいい。

利益のために技術は秘匿しますと言えば方法については深く聞かれないようだし、幸運が重なると不自然だからジュエルバード用の罠をまた考えればいいかな。

戦闘しなくて済む、知識さえあれば「出来てもおかしくない」と思わせられる方法を、と私はその日に受けた依頼の目当てのものを探しながら考え事をしていた。

ジュエルバードは名前の通り宝石のように美しい羽を持った、小さな鳥だ。一応魔物に分類される。その小さな体から想像しづらいが、常人では視認できない程の速さで飛ぶため狙っての捕獲はとても難しい。肝臓が一部の心疾患の特効薬になるので素材としても高値で取引される。常に必要だというなら領主の子供さんは心石化病《ミオコルド》だろうか。

攻撃手段を持たない魔物の中でも更に隠蔽魔術にまで特化してる。なので羽を休めている姿を狙って捕らえようと考えたり、気配を探って巣を探すのは無駄だ。野鳥の集まる水場に羽が落ちていればジュエルバードが生息していると容易に推測できるが、捕まえようと思ってできるものではない。

花の蜜を吸う時に一瞬宙に浮くように止まるけど、生きている姿が目撃されるのはそれくらいかな。

高速で飛ぶために固有魔法を使うが、一度飛び立たないと発動できない。そのため背の高い木にトリモチを仕掛けると運が良ければジュエルバードを捕まえることが出来るが、大抵は空振るか、他の小鳥や小動物が引っかかっている。

ああ、そう言えば森の中の木にやけにトリモチが仕掛けられているなと思ったけどこのせいだったのか。高速で飛ぶジュエルバードには空中に設置する霞網は破られてしまうので、トリモチを仕掛けた枝で羽を休める事を祈ってとりあえず罠を用意するしかない。

私みたいな末端の冒険者にまで微かな希望をかけて依頼の話を通すなんて、余程領主のお子さんの容態は悪いのだろうか。この世の全てという訳ではないが、知ってしまったからには力になってあげたいと思ってしまった。私もそうやってたまたま縁が出来たおかげでフレドさんに助けてもらったし。

容態を調べて魔法薬を作って匿名で届けようかなんて頭をよぎったが、領主お抱えの医者が治せないんだからきっと自分の手に負える症状じゃないに決まってる。余計な事をするのはやめて、普通に罠について考えよう。

その日はどんな罠にするか、それとも初級魔法を使って仕留められるかと上の空で考えていたせいで、予定の半分も収獲ができなかった。そこは大いに反省しなければならないが、いくつか使えるかもしれない案を思いついたので良しとしよう。翌日も、他の依頼を受けてから森に向かった。

……「受けます」って言ってからダメだったらちょっと恥ずかしいから。ダメだったら素知らぬ顔で受けた依頼の納品だけする予定だ。


「納品お願いします。あと……あの、依頼の受領手続きはしてないんですが、常時受け付けてると聞いた魔物が……たまたま仕留められたので、買い取ってもらいたいのですが」

一日粘って二匹。けどゼロじゃなくて良かった。帰り道で探したホウセン茸はあまり見つからなかったけど、冒険者のリアナとしての一日での報酬は間違いなく最高額だ。これなら必需品だけじゃなくてちょっとした嗜好品を買ってもいいかも。私はまだもらってないのに、何を買おうか思い浮かべながら、機嫌を良くしてカウンターの前に立った。

「ああ、聞いてるよ。今朝受けてくれたホウセン茸だね。昨日もアザムの実をたくさん納品してくれてありがとう！　いつも品質が良いから助かるよ。常設依頼の納品だね。何の魔物？」

「ジュエルバードです」

その瞬間、横で別の冒険者の対応をしていた職員と、カウンターの奥で事務机に向かって手元に視線を落としていた数人が一斉に私の方を向いた。そんな反応をされるなんて予想すらしてなくて、思わず固まってしまう。

「ジュエルバードだって……？」

「えっ……と、生きてる個体かな？　申し訳ないけど、魔法薬にするから新鮮な素材じゃないとダメなんだよ。……いやそんなに時間がたってなかったら使えるか？」

どうやら死体を見つけたんだと思われたらしい。確かに狙って捕まえるよりも寿命で亡くなってる個体をたまたま見つける方がありえるかもしれない。

「ま、まぁ羽も価値があるから一羽丸々ならそこそこの額になると思うよ」

「いえ、あの、ちゃんと生きてる状態で捕らえましたけど……」

「ええっ……本当に?!　いやそれも二羽も?!」

職員どころか、納品にとカウンター前にいた他の冒険者までざわめき初めて、私は冷や汗が止まらなかった。え……だって一週間に一羽くらいは納品されてるって聞いたから、そこまで珍しい獲物じゃないはずよね……？　飛んで逃げられないように羽を押さえつけた状態で布で縛ってカウンターに置かれたジュエルバードに視線を落とす。

「……よっぽど運良く一日に二羽もトリモチにかかってたのかな？　それとも一体どうやって……」

職員の声には、単純な疑問だけではなく探るような様子が交じっていた。あ、これ他の人が仕掛けた罠の獲物を横取りしたと思われているのでは……？　だからざわついたのか！

「あの、トリモチは使っていません！　脚を見れば何もついていないのが分かると思いますが……」

「あ、ほんとだ。……いや、え？　それを使ってないならどうやって獲ったの？」

「えっと……気付けば簡単な事だったんですけど、初歩的な魔法を罠のように使って捕らえることが出来て……く、詳しくは技術秘匿のため言えません！」

「あ、ああ、そうだね……ごめんびっくりしちゃって……とりあえず査定するから……」

焦った私は自己弁護するように声を上げた。罠のおかげと言いつつ、その方法まで口走ってしまいそうになった私は慌てて口をつぐんだ。嘘は言っていない、実際初級魔法を使って捕らえたのだ。

最初に考えていた、空中に私の魔力を馴染ませてやってきたところで空気をまとわりつくように変質させて捕らえるのは上手くいかなかった。ウィステリアの花の蜜を吸いに来るのを待ち伏せる発想は良かったんだけど。

ジュエルバードの固有魔法の威力が想像よりずっと強くて、一度捕らえたのに強引に突破されて逃げられてしまったのだ。抜け出された瞬間に発生した衝撃波で、危うく吹き飛ばされるところだったし……失敗した。咄嗟に展開したシールドが間に合って良かった。

次は逆に考えて、同じように蜜を吸いに空中に姿を現した所を真空状態にして地に落としたのだ。これも空気を操って風を吹かせる魔法の応用だが、こっちは上手くいった。固有魔法が「飛行」という現象を与えるのではなく、物理法則の影響を受けるタイプで良かったわ。

気付けば単純な事だった。鳥は真空では羽ばたけないって知っていたのに。でもどうして他の人はやらないのだろう。盲点になってたのかな？　いや、気付いた人は「せっかく自分しかやってないんだから」と私みたいに黙ってるから知られてないだけか。

買い取りの間ずっと冒険者と職員達のざわめきは収まらなかった。横取り疑惑が晴れてない……訳じゃなさそう。向けられる視線は好意的に感じるが、余計に心当たりがない。何を話してるかまでは聞き取れないが全く見当がつかなくて、私はなんだかムズムズしてしまった。

ホウセン茸もあの量にしては良い額になった。予想以上の収入を得た私は、休息が必要なわけではなかったが、次の日は休日にして買い物に出かけることにした。日常生活で使う物品に足りないものが色々出てきたし、アンナのために用意するものも必要だから。当然本人の好みを聞いてから買うべき物がほとんどだが、数日過ごすのに使う消耗品は揃えておきたい。

その帰りにギルドに寄って、明日の依頼を受けてから宿屋に戻ることにした。前日に受けておくと朝余裕が出るので、早起きが苦手な私にはこの働き方が合ってると気付いた。

依頼では最初に決めてた数になったらたとえまだ早い時間でも欲を出さずに切り上げて、人でごった返す前にギルドに報告と納品を済ませてしまうと時間の節約になるのもようやく学んだ。人込みは苦手だしこっちの方が良い。実労働時間は短くなったが、貯金は予定通りできてるので問題ないし。

「そうね……これは採取に技術がいるけど……リアナちゃん、明日はこの依頼でどうかしら？」

「はい、それでしたら一応……採取する時の扱い方は身に付けてます」

「リアナちゃんがそう言うなら十分ね。でも状態が悪くてもあるだけありがたいから、あまり気負わないで」

私はダーリヤさんの指が示した、リストの中の「千年草の花びら」を見ながら頷いた。これは採ってすぐ水分を抜かないと魔法素材として使い物にならなくなってしまうので、その事を言っているのだろう。自然乾燥では当然間に合わないので、魔法を使う。しかし熱に弱く圧搾すると必要な成分が壊れてしまう。私はまだ、コーネリアお姉様が言っていた「三つ数える間に全ての水分を抜いて、一枚一枚をアルバトロスの羽毛より軽く仕上げられたら及第点」までは出来ない。摘み取ってから水分を抜くまでが早いほど良い品質になるのは分かっているのだが、どう頑張っても六つ数えるくらいは時間がかかってしまう。

でも、品質が落ちてもあるだけで良いと言われたので、私は安心してこの依頼を受ける事にした。長年ギルド職員をやってきたダーリヤさんが、私でも大丈夫と言ってくれたし、何より無いよりはマシなのだから。

■□■□

「いいのか？　あんな自信のなさそうな子に千年草の花びらなんて、扱いの難しい依頼を任せちゃって」

「大丈夫よ、リアナちゃんの『一応出来ます』とか『多分大丈夫です』は終わってみれば全部特優って評価される仕事しかしてないんだから」

「え。ええっ?! じゃ、じゃあ何であんなに及び腰なんだ……? あのくらいの年でそんな評価が続いてたら、もっと増長してそうなもんだが……」

依頼についてはダーリヤがほぼリアナの専属のようになっている。そのため、綺麗な子がいる、と遠い親戚の子を見守るような気持ちで名前と顔だけ知っていたが詳しい活躍までは聞いたことのなかった同僚の古参事務員は、リアナの実力を聞いてひどく驚いた。

「もっと自信つけさせた方がいいんじゃないか?」

「ダメよ。冒険者は慎重な方がいいの。自分の実力を低く見積もって、石橋を叩いた上で警戒して渡って、渡った後すらも気を抜かないくらいで丁度良いわ」

確かに、冒険者の死亡率や、引退に迫られるような大怪我を負う可能性は高い。それは「一か月の呪い」「半年の呪い」「一年の呪い」と冒険者の間で語られるほど。かくいうこの男も、中年に差し掛かった頃にだが大きな怪我を負って、冒険者を引退した身だった。

「こんなに活躍してるなら……サジェさんに表彰してもらうか? それとも祝賀会とか。滅多にない事だけど、新人と呼べる歴でこれだけ出来るならそれもアリだろう」

「あまり謙虚になりすぎないようにすごい事よって毎回声はかけてるけど、大げさに褒められるのは苦手そうだからあまり騒ぎにしないであげて。きっとそういう、宴とか表彰とかは苦手よ、あの子」

「そうか。でも勿体ないなぁ。才能あるのに有名になりたくないないなんて」

「彼女ほどの実力があってもあれだけ慎重に動いてるし謙虚なのかと、見本になってくれたら良いとも思うけど……若い子が死ぬのは見たくないから」

「……ああ、そうだな。俺も見たくない」

ダーリヤが、冒険者の夫を亡くしているのを知っている事務員の男は、それ以上何かを口にする事は無かった。


「検品お願いします」

翌日、リアナはまるで何でもないように、最高品質の千年草の花びらと書面を納品カウンターに提出していた。長年冒険者を大勢見ているダーリヤですら「相変わらずとんでもない技術だこと」と思うような事をしれっとして、それがどんなにすごい事か本人は全く理解していない。

いや、本人にとっては本当に「何でもない事」なのか。これを当たり前のように出来てしまうなんて、何回見ても慣れない事だ。

間違って悪い人に目を付けられたら、この謙虚さを利用されて「このくらいできるのが当然だから」なんて言われて不正な賃金でこき使われてしまうかもしれない。……私の目が届く場所ではしっかり守ってあげないと。

姪を見守るような心情で決意したダーリヤは、「こんなに状態の良い千年草の花びらは初めて見た」とその技術がどれほど素晴らしいかをリアナが恐縮しない程度に褒めたたえていたのだが。

「あ、そうだ……運悪く遭遇してしまったので魔物も倒したんです」と買い取りを打診された魔物の名前を聞いて言葉を失った。

ディロヘラジカ。前衛を張っている中堅冒険者でも一対一で倒せる者はそこまで多くは無いだろう。確かに好戦的な魔物なので戦闘は避けられない事も多いが、少なくとも「運悪く」遭遇して「仕方なく」倒せるような魔物ではない。

言葉を失ってる周囲に、リアナは焦ったように「わざと奥まで入ったんじゃないんです。あの、たまたま森の浅いところまで出てきた個体に遭遇したみたいで」と言葉を重ねた。危ない場所は分かるだろうからそこには一人で行かないようにとダーリヤは確かに言った。その弁明らしい。

しかし、ディロヘラジカに突然遭遇して、一人で倒せる実力がある者ならあの森の中のどこでも「危険な場所」にはならないだろう。ダーリヤは、冒険者登録の際に「得意と言えるものは特にない」と言っていたリアナの言葉を思い出して、とんでもない！　と叫びたくなる。

解体場に場所を移した後、マジックバッグから丁寧に処理された角と、なめし前の工程を全て済ませた皮。完璧に血抜きの施された、このまま高級レストランに納品しても問題ないブロック肉の出来栄えにギルド職員達は再度言葉を失う事になるのだった。

錬金術素材の採取については最初の依頼から優秀と評価されていたリアナだったが、こうして採取依頼の最中に魔物に偶然遭遇しても、それを討伐する実力まであるとギルド側が知る事となった。それ故「戦闘は苦手」という本人の言葉で付けられていた護衛は数回の様子見の後に解消される予定だ。苦手でこれだけ出来るなら本人がどう思っていようと問題ない。

ディロヘラジカが一人で倒せるならここに行かせても平気だろう、とダーリヤは次の依頼の難度を上げた。この雪スズランはそこまで採取や取り扱い自体が難しい素材ではないが、分布する地が中堅冒険者でも手こずる程度に脅威度の高い魔物の分布域に重なるため、リアナに渡した錬金術師ギルドからのリストには載せていなかったものだ。

しかし判明したリアナの戦闘能力なら、もし遭遇しても無傷で逃げるのは容易い。アヅムオオトカゲは確かに凶暴で強い魔物だが、ディロヘラジカよりも足が遅い。リアナならきちんと判断して必要ならすぐ撤退するだろう。

ダーリヤがそう信頼して任せた依頼は、いい意味で裏切られることになった。またしても、採取中に遭遇した個体を「仕方なく」倒したらしい。雪スズランのついでとばかりに出された、アヅムオオトカゲの皮と丁寧に取り外された牙と爪を前に、ダーリヤを含めたギルド職員が言葉を失っているとリアナが不安そうに首をかしげた。

「……あの、ダメでしたか？　見つけた雪スズランの群生地近くにいたので、気配を気にしながら採取するより先に仕留めてしまおうと思って……人間に怯えて逃げてくれればとは思ったんですけど……」

これほどの成果を出す実力を持っているというのに未だ自信なさげなままでいるリアナの能力を更に上方修正すると、ダーリヤは次に任せる依頼のレベルをまた引き上げた。

リアナがこなしている依頼は、とっくに現在の階級では本来関われもしないはずの内容になっている。指名依頼には掲示板で受け付けている依頼のように推奨ランクが定められていないとは言え、普通はギルド側が指名される冒険者の階級と依頼の内容を吟味して、あまり乖離《かいり》していると問題になるのだが。リアナの場合は、冒険者登録してからの日数が短すぎるせいで次の四半期試験までもう上がれないだけで、実力は既にはるか上だとギルド側は認識していた。

むしろ、リンデメンから日帰りで受けられる依頼ではもう、リアナは実力を持て余している気もする。未だ実力が計り知れないリアナは、ダーリヤが探るように出した依頼を次々とこなしていく。ここが限界だろうと線を引いた後にそのラインを易々と超えて見せるリアナの実力は、本人の知らない所で評判となり、目立ちたがらない本人の思惑とは逆に広がっていった。

■□■□

あと五日でアンナとフレドさんがリンデメンに到着する予定日になる。指折り数えていた私は、日々堅実に冒険者として仕事をこなしていた。護衛が必要になる依頼は減っていった。というより無くなってしまった。私に護衛を付けるよりも、一人で向かわせて罠を使わせた方が、効率が良いしコストがかからないとギルドが判断したのだろう。

きっと「最初は護衛が必要だったけど、そろそろ大丈夫と判断された」ってことなんだと思う。これは……とても順調なのではないか。

時々変な反応をされるけど、依頼の評価は良いし失敗はしてないと思う。実際ダーリヤさんはいつも褒めてくれているので、私の希望的観測ではないはず。時々見る、ギルドマスターから表彰されたり酒場で祝賀会を開いてもらうような目立つ活躍ではないが。もしそんな活躍が出来たとして、そういった賑やかな催しは私には向いていない。仲間に囲まれ祝福される姿にはちょっと憧れるけど。

錬金術師ギルドからの指名依頼のリストには推奨ランクが書いてないせいで、私がどこまで受けて良いものか毎回悩んでいる。自分では「多分これなら出来るな」と思うのだが、それが真実なのか楽天的すぎる考えなのか、自分が信用できない。

なので毎回、緑札の私でもどれなら無理なくこなせそうかといつも相談させてもらっていた。ベテラン職員のダーリヤさんが薦《すす》めるてくれたんだから、と素直に従わせてもらっている。しかしその全てが、私がこうして危なげなくこなせる依頼ばかりなのでダーリヤさんの観察眼はすごい。きっと私が自分で選んでいたら、「多分これなら出来ると思っていたのに、知識だけから想像していたのとは勝手が違って失敗してしまった」なんて事になっていただろう。

確実に黄札冒険者に近づいている。達成した依頼の数は十分だし、これなら次の昇級試験で上がれるんじゃないかと手ごたえを感じていたある日。いつも通り指定依頼の納品をするためにギルドに戻ってくると、久しぶりに個室へと案内された。

何だろう。ジュエルバードは一昨日納品したばかりだから、別件だと思うんだけど心当たりはない。私何か、個室で注意されるようなことをしちゃったのかしら……？　とドキドキしながら案内された部屋に入ると、そこにはギルドマスターのサジェさんが待っていた。

「おお！　リアナ君今日もお疲れ様。話は聞いてるよ」

「あ、ありがとうございます」

何の話を……？

案内してきてそのまま、ギルドマスターの隣に座ったダーリヤさんにも目を向けたが、二人のにこやかな表情からは何も読み取れなかった。笑顔なので多分悪い話ではないんだろうと推測して、ほんの少し安心する。なら余計に、何の用なんだろう？

「三日後に四半期試験があるだろう？」

「はい、私も黄札への昇級に挑むつもりです」

「リアナ君にはそこで、銀級への飛び級を推薦したいんだよ」

「えっ？」

あまりに思いもよらない言葉すぎて、思わず素で聞き返していた。

「と、飛び級って、よっぽど優秀じゃないと受けられないのでは？　それに、銀級まで一気に三つも飛ばすなんて、聞いたことも無いんですけど……」

「いやぁ、リアナ君の実力だと別におかしな話じゃないと思うぞ。君は十分『よっぽど優秀』だと思うが」

「大げさな話じゃないのよ。ただ、リアナちゃんの本来の実力に相応しい階級になるだけだから」

「銀級なんて！　わ、私にはまだ早すぎると思うんですが……！」

「そんな事ないぞ！　俺が保証しよう。むしろ遅いと思うくらいだ。初心者講習の時にリアナ君の才能を見いだせてたら良かったんだが。まぁ、あれは冒険者としてやっていくための最低限の実力と知識があるかの確認しかしてないからなぁ」

うちのギルド史上では最速だと言われた私は、一瞬気が遠のきかけた。

これは私……とても目立つ事をしてしまったんじゃないかしら？　失敗を悟った私は、自分の行動を振り返るも、どこでどんな失敗をしてこうなってしまったのかさっぱり分からないのだった。

あとがき

この本を執筆したまきぶろと申します。

こんにちは。この本を初めて手に取っていただいた方、初めまして、そしてありがとうございます。

他の本で私を知っている方。またお会いしましたね。再度私の本をお迎えしていただきとても嬉しいです。


今回の話は、「自分の能力を正しく認識してない主人公が、いい意味でとんでもない事を自覚無くやらかす話」というネット小説でわりと使われてるネタ。元々好きでよく読んでいたのですが、自分で書くならどうするかな、と考えてて思いついたお話になります。

主人公が「何故自分の能力を正しく認識できていないのか（自覚がないのか）」を、こう書いたら面白いんじゃないかと考え出したら止まらずに気が付いたら投稿をしていました。当時まだ話的には序盤の始まり部分ぐらいでしたが書籍化の話をいただいて、驚くと共にとても嬉しかったです。

私はテンプレが大好きです。テンプレートとは言いますが、言い換えれば「定番になるくらい長い時間、大勢の人に愛されてきた設定」ということです。使ってる素材は同じですが、まったく同じものは存在しません。それだけ書く人も多く、差別化は難しいですが、その中に埋もれない面白い話ってやっぱりありますよね。

自信満々で「この本もそうでしょ」と内心思っていますが、謙虚に公言しないでおきます。

いつも書きたいものを書いているだけになってしまっていましたが、書籍化に当たって担当していただいた編集者様にはとてもお世話になっています。書きあがったものが話していた事と変わっている時も多いですが、おおまかな道筋など一緒に考えていただけて、とても助かりました。

表紙・イラストを担当していただいた狂zip先生にも、この場で是非お礼を言わせてください。リアナちゃんもフレドさんも、他のキャラクターもこちらが思っていた以上に素敵に仕上げていただき、感謝してもしきれません。

特にリアナちゃんは私の好みを詰め込んでしまい、細かいお願いも多かったのにそれにお応えいただき本当にありがとうございました……！

本作はコミカライズも進んでおり、ぜひ私と一緒に楽しみにして欲しい、と思える素敵な作品になりそうです。お知らせをするのが楽しみです。

ファンレターはとても励みになるので……！　「アース・スターノベル編集部　まきぶろ先生

へ」まで！　お待ちしてます……！
最後に、ここまで目を通していただきありがとうございます。
また、二巻でお会い出来るのをお待ちしてます。

あとがき

この度は素敵な作品に関わらせて頂き、ありがとうございました。

大家族ということもあり沢山デザインさせて頂きました、
個人的にフレドの服装やウィルフレッドのデザインを考えるのに
時間が掛かっていたりします、
リアナは割とスッと出てきた記憶です。
いつかリアナの華やかな服も描いてみたいなと思います。

挿絵に関しましては私自身普段、漫画のお仕事が多いせいか
最初は漫画のようにコマ割り多く描いてしまって
修正をしたりとうっかりなこともありました。

まだリアナの旅は始まったばかりですが、
彼女と共に私も成長していければと思います。

@kyo_zip

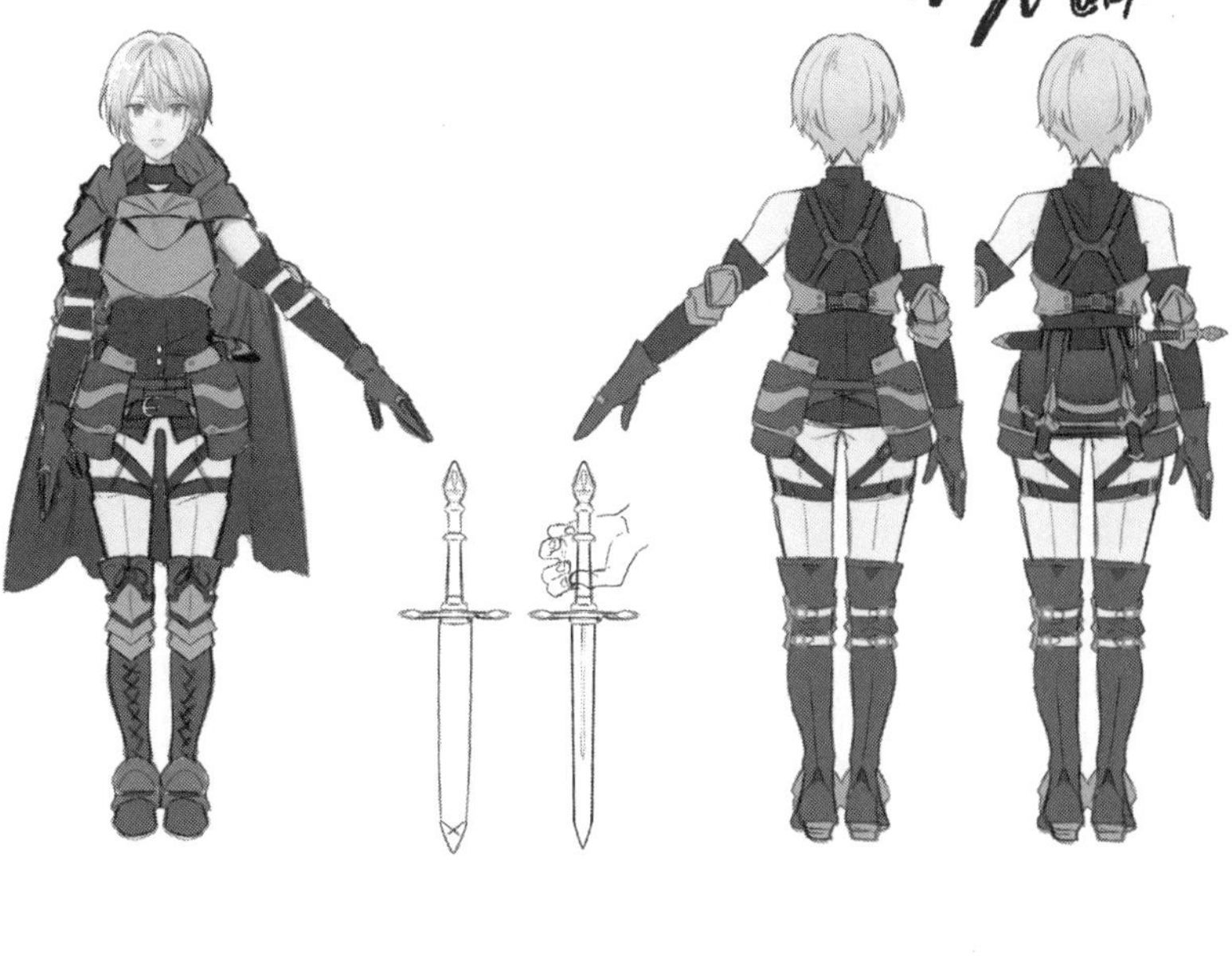

ルルナ刊行中!!
オススメ作品
ますます目が離せんな
ルナの相棒の獣人族の青年。おっちょこちょいな彼女をサポート＆護衛してくれる頼もしい味方。
老若男女楽しめる作品を、
今後も続々と刊行予定!!
EARTH STAR NOVEL

アース・スターノベ
Luna
はじめまして、ルナです！
未熟者ですがこれからも
どんどんオススメ作品を
ご紹介していきます！
ルナマークが
目印だよ！
『異世界新聞社エッダ』に
勤める新米記者。あらゆる
世界に通じているゲートを
くぐり、各地から面白い
モノ・本などを集めている。

学校の教師をしていたアオイは異世界に転移した。
森の賢者に拾われて魔術を教わると
あっという間にマスターしたため、
さらに研究するよう薦められて
世界最大の魔術学院に教師として入ることに。
しかし、学院には権力をかさに着る
貴族の問題児がはびこっていた──
異世界転移して教師になったが、魔女と恐れられている件
~王族も貴族も関係ないから真面目に授業を聞け~
井上みつる
Illustration 鈴ノ
1巻
好評発売中!
特集ページはこちら!
EARTH STAR NOVEL
Luna

王族相手に保護者面談!?

木刀で生徒にタイマン指導!?

最強の新人女教師が
魔術学院のしがらみを
ぶち壊す!?

EARTH STAR NOVEL

無自覚な天才少女は気付かない①
～あらゆる分野で努力しても家族が全く褒めてくれないので、家出して冒険者になりました～

発行 ―――― 2021年12月15日　初版第1刷発行

著者 ―――― まきぶろ

イラストレーター ―――― 狂zip

装丁デザイン ―――― 冨永尚弘（木村デザイン・ラボ）

発行者 ―――― 幕内和博

編集 ―――― 佐藤大祐

発行所 ―――― 株式会社アース・スター エンターテイメント
〒141-0021　東京都品川区上大崎3-1-1
目黒セントラルスクエア　7F
TEL：03-5561-7630
FAX：03-5561-7632
https://www.es-novel.jp/

印刷・製本 ―――― 中央精版印刷株式会社

ISBN 978-4-8030-1597-3